엄마의 독서

엄마의 독서

현재진행형, 엄마의 자리를 묻다

정아은 지음

한겨레출판

'책'이라는 동아줄을 붙잡고

식당과 마트, 거리에서 아이들과 마주칠 때마다, 그 아이들의 뒤편에 있을 엄마들을 상상했다. 잠시도 가만히 있지 못하고 뛰어다니는 아이들, 호기심과 생명력으로 충만한 이 아이들의 몸과 마음을 하루도 빠짐없이 건사하고 있을 엄마들을. 그들은 어떻게 엄마라는 역할을 수행하고 있을까. 한 사람의 의식주와 습관과 정신과 미래의 자질을 몽땅 책임져야 하는 그 무거운 자리를, 다들 어떻게 소화하고 있을까.

다른 엄마들의 마음을 들여다보고 싶다는 소망은 다 같이 모여 애환을 나누고 싶다는 열망으로 이어졌다. 함께 마음에 걸친 옷을 벗어던지는 장면이 떠올랐다. 책, 영화, 드라마, 강연 같은 다양한 경로를 통해 우리 안에 뿌리내린 '좋은 엄마'라는 강박관념을 과감하게 벗어던지고 서로의 속마음을 들여다보는 장면이 자꾸만 떠올라 머릿속에 떠다녔다. 그러나 사람의 마음은 복잡한 것이라 한순간 손쉽게 확 열어 보일 수는 없을 것이다. 설사 의기투합하여 동시에 열어 보인다 해도 각자의 피부 아래 복잡한 형태로 얽혀 흐르고 있을 각기 다른 역사와 경험을 제대로 읽어낼 수도 없을 테고.

이 이야기는 애당초 엄마로서의 내 삶을 정리해보기 위해 틈틈이 썼던 소소한 기록에서 출발했다. 때문에 이야기 중간중간에 나의 본모습이 많이 드러난다. 특히 어질지 못한 성정, 예민하고 변덕스러운 기질, 속물적 욕망과 허위의식이 그대로 드러난다. 출간을 결정한 뒤, 여러 번 번복하고 싶었다. 고민 끝에 다른 이들의 마음을 들여다보려 하기보다 먼저 내 마음을 드러내 보여야겠다는 생각으로 출간을 결심했다.

엄마라는 막중한 타이틀을 달게 되면서 나는 늘 그런 책을 읽고 싶었다. '엄친아'를 키워낸 완벽한 엄마가 다른 이들에게 비법을 전수해주는 책이 아닌, 어떻게 해야 좋은 엄마가 될 수 있는지 가르쳐주는 전문가들의 책이 아닌, 당사자의 경험이 새겨진 진솔한 책. 자신이 했던 실수와 못난 성정을 가감 없이 드러내고 경험에서 얻은 깨달음을 아낌없이 공유해주는 책.

나는 2005년에 첫아이를, 2009년에 둘째를 낳았다. 14년 차 경력의 아들 둘 엄마다. 나이가 차면 결혼해야 한다는 통념에 따랐고, 아이 또한 당연한 수순으로 생각하고 낳았다. 대한민국 엄마들의 평균이라 할 수 있는 수준보다 한 단계 더 극성스러운 엄마였고, 사교육에 대해서도 강박관념에 가까운 열망을 가지고 있었다. 닥치는 순간순간 늘 당황했고, 언제나 불안했으며, 바짝 긴장한 상태로 살았다. 아이를 키운다는 건 방향을 알 수 없는 정글을 영원히 헤매고 다니는 것과 같다. 나는 그런 정글에서 헤매다 두려움과 불안함 때문에 아무것도 할 수 없는 지경에 이르면 책에게 달려갔다. 책은 때로는 도피처가, 때로는 친구가, 때로는 심오한 가르침을 던져주는 선생님이 되어 살얼음판 같은 일상에 동행해주었다.

이 책은 자신이 무얼 하고 있는지 자각조차 못 하던 사람이 엄마가 된 뒤 시시각각으로 떨어져 내리는 온갖 책임에 이리저리 치이며 필사적으로 붙잡았던 '책'이라는 동아줄에 대한 이야기다. 책이라는 작은 직사각형의 물건을 붙잡고 간신히 지나갔던 위태위태한 여정에 대한 회고이기도 하다. 이 책이 지금 뜨겁게 엄마라는 이름을 살아내고 있는 누군가에게 작은 위안이라도 되기를, 그리하여 자신의 경험을 드러내 공유하고 싶다는 마음을 불러일으킬 수 있기를 바라본다. 우리 엄마들은 동료 엄마들이 삶으로 헤치고 지나온 진짜 이야기를, 모든 것을 완벽하게 해내면서 단 한순간도 모성애가 마르지 않는 '인위적인 엄마상'으로 가공되지 않은 날것의 이야기를 더 많이 만날 권리가 있으니까. 그래서 내가 지극히 정상임을, 지금도 굉장히 잘 해내고 있는 것임을 알아야 하니까.
앞으로 무수히 세상에 나오게 될 엄마들의 '진짜' 이야기를 기다리
며 조심스럽게 나의 이야기를 내밀어본다.

차례

1장

투명인간의 발견

사 회 라 는 낯 선 세 계

여성이라는 존재의 특별함을 본격적으로 인식한 것은 학교를 졸업하고 사회에 나갔을 때였다. 내 첫 직장은 은행이었는데, 우리 기수에는 남녀 비율이 1 대 4 정도로 여자가 월등히 많았다. 그러나 신입 행원 연수를 갔을 때 우리를 가르친 '교수님(실은 선배 행원인)'들은 모두 남자였고, 우리를 인솔한 교관이나 각 팀의 리더, 연수의 책임자들도 모두 남자였다. 연수 도중 유난히 총명한 눈빛을 발하던 여자 동기 하나가 이렇게 물었다. "그런데 왜 저희를 가르치는 분들이 모두 남자인가요?" 그 말을 들은 교수는 당황스러운 듯 머리를 긁적이다가 "여기 계시는 여성 행원들이 훌륭하게 성장하여 나중에 이 자리에 교수로 서시라"고 답했다. 이후로 나는 여러 직장을 전전했고, 어느 곳에서나 낮은 직급이거나 단순노동으로 분류되는 자리는 여자가, 대표성을 띠거나 고위직으로 보이는 자리는 남자가 차지하는 장면을 당연한 일인 양 받아들이게 되었다.

이런 경향은 비단 회사나 일반 사회조직에만 있는 게 아니었다. 직장에 다니던 어느 해 여름, 당시 유행하기 시작한 템플 스테이에 3박 4일로 참여했던 적이 있다. 강원도 깊은 산골에 있는 단아한 절에 들어섰을 때, 파르라니 깎은 머리의 젊은 남자 스님이 우리를 맞았다. 수행을 주관하고 부처님의 가르침을 전파해주실 담당 스님이었다. '속세의 때가 묻지 않았다는 말은 이런 사람을 보고 하는 것이로구나' 하는 생각이 들 정도로 맑은 눈과 선한 미소를 지닌 스님이었는데, 설법 도중 자주 이렇게 말씀하셨다. "돈하고 여자를 조심해야 해. 항상 그 두 가지가 문제야." 후렴구처럼 반복되는 그 말씀을 들을 때마다 마음속으로 되뇌었다. 저는 여자인데요? 어떻게 여자가 여자를 조심해요? 설법 중간에는 여자의 유혹을 이겨내야 한다는 말도 심심치 않게 등장했고, 참가자의 대다수가 여자인데도(총인원 열다섯 명 중 열 명이 여자였다) 주어를 남자로 설정한 천편일률적인 설법은 3박 4일 내내 한결같이 이어졌다. 스테이를 마친 뒤 고속버스를 타고 돌아오면서, 나는 그 스님의 마음을 헤아려보았다. 어떻게 그게 가능하지? 눈앞에 수많은 여자들이 앉아 있는데 그들을 향해 여자를 조심하라는 말을 그렇게 여러 번 하면서 단 한 번도 이상하다는 느낌이 들지 않는 게… 어떻게 가능하지? 내가 그 스님이었다면 가능했을까? 눈앞에 수많은 남자들이 앉아 있는데 그들을 향해 설법을 하면서 돈과 남자를 조심해야 한다고 말할 수 있었을까?

이 물음에 답이 될 만한 안이 한 가지 있으니, 여자는 너무 투명해서 보이지 않는다는 것이다. 너무나 투명해서, 그게 너무나 자명하고 익숙해서, 누구도 의식하지 못하는 상태가 되었다는 것. 이를 깨닫게 되자 그동안 아무렇지도 않게 받아들였던 뉴스 속 언어나 생활 규범, 서사 속 인물들이 얼마나 남성 위주로 짜여 있는지를 인식하게 되었다. 내 안에도 당연한 듯 '사람'을 '남자'로 가정하는 경향이 견고하게 자리 잡고 있었다는 사실도.

그런 인식은 평화롭던 내 일상을 산산조각 내버렸다. 그때까지 제도권 교육에서 쌓았던 지식들이 근저에서 흔들리기 시작했고, 커다랗게 한 무리를 이루었던 주위 사람들이 갑자기 두 갈래로 나뉘며 범접할 수 없는 위화감을 형성했다. 한쪽 성에 속하는 사람들을 갑자기 불편하게 인식하며 맞았던 고통과 혼란 사이를 거칠게 통과해가면서, 나는 여성을 화두로 하는 책을 찾아 읽기 시작했다. '또 하나의 문화'에서 나온 《새로 쓰는 성 이야기》, 《새로 쓰는 사랑 이야기》, 《새로 쓰는 결혼 이야기》 등을 읽으며 그동안 당연시했던 세상의 모습이 하나하나 깨져나가는 광경을 목격했다. 20년이 넘는 세월 동안 당연하게 받아들였던 관습들의 저변에 놓인 인류의 카르텔과 정면으로 맞닥뜨렸다.

왜 '창남'은 없는가

《역사 속의 매춘부들》| 니키 로버츠

니키 로버츠의 《역사 속의 매춘부들》을 읽고 머리가 얼얼해질 만큼 충격을 받았다. 이 책은 여성의 '성'을 파헤치는 책이다. 나는 중·고등학교 성교육 시간을 통해 여자가 몸가짐을 조심하지 않으면 몸을 '버리게 된다'고 교육받았던 세대에 속한다. 그런 교육을 받은 뒤로 한순간의 실수로 몸을 버려서 인생을 망치게 될까 봐 얼마나 두려워했는지 모른다. 괜히 이 남자, 저 남자 만났다가 '걸레'라는 낙인이 찍힐까 봐 늘 언행을 돌아보며 조심했다. 내 의도와 상관없이 내가 '여기저기 꼬리 치고 다니는 것'으로 보일까 봐, 혹은 내게 앙심을 품은 누군가가 거짓 소문을 퍼뜨려 '걸레'라는 오명을 뒤집어쓰게 될까 봐 걱정이 되어 잠을 이루지 못한 적도 있었다. 《역사 속의 매춘부들》을 읽으면서, 그런 강박관념이 어디서 비롯된 것인지 알게 되었다. 여자를 성녀 아니면 창부로 나누는 이분법적인 사고가 모두 남자의 편리를 위해 만들어진 것이고, 그 사고 때문에 여성들이 평생 정신 분열적인 상태에서 살게 된다는 사실도.

600쪽이 넘어가는 이 두툼한 책은 왜 우리가 알고 있는 역사적 인물 중 여성들이 대부분 '창녀'라고 불리는지 사료를 통해 차분하게 짚으며 분석한다. 트로이의 예언자였던 카산드라나 탁월한 정치력으로 유명했던 그리스의 아스파시아, 예수의 일대기에서 중요한 장면마다 출현하는 막달라 마리아는 왜 언급될 때마다 이름 앞에 '창녀'라는 수식어를 달고 다니는가? 역사 속의 남자 인물들은 왜 '창남'이라 불리지 않는가? 백 명이 넘는 여자와 관계를 가졌다는 카사노바는 왜 바람둥이나 호색한 정도로 불리는가? 책장을 넘기다 보면 그동안 무분별하게 받아들였던 역사 서술 방식에 커다란 의문을 품게 된다. 몇천 년 동안 통용되어온 관념들을 제시한 뒤 하나하나 뒤집어 보여주는 서술 방식 덕분에 쉽게 몰입해 새로운 시선으로 세상을 바라보게 된다.

이 책을 읽은 뒤 '창녀'라는 개념에 대한 관점이 완전히 바뀌었다. 그때까지는 누군가가 '창녀'라는 말로 불리면 나도 모르게 어깨를 움츠렸다. 행여나 내게 그 이미지가 옮아올까 봐 두려워 그 사람을 의식에서 밀어내고 단죄하려 들었는데, 그런 태도가 사라진 것이다. 아울러 혹여나 내가 '걸레', '창녀'로 불리게 될까 봐 불안해하던 마음이 상당 부분 가라앉았다. 어떤 현상의 심장부로 들어가 그 메커니즘을 알게 되는 것, 즉 '지식'을 습득하는 것이 실생활에 커다란 힘을 미칠 수 있음을 최초로 알게 해준 독서 경험이었다.

이런 경험은 활활 타오르는 분노로 이어졌다. 예전이었다면 대수롭지 않게 듣고 넘어갔거나 '나는 절대 저런 평을 듣지 말아야지'라고 생각하며 얼른 피해갔을 일들에 의문을 제기하기 시작했다. 주위 사람들이 아무렇지도 않게 내뱉는 여성 비하적인 말들을 그냥 들어 넘기지 못하게 된 것이다. 남자들이 이 여자, 저 여자 만나고 다니면 '능력 있다'고 평가되고 여자들이 이 남자, 저 남자 만나고 다니면 '헤프다'고 평가되는 것에 분노했다. 그런 남자들에 대해 이야기할 때 일부러 '헤프다'거나 '걸레'라는 말을 사용하려고 노력했다. 지금 개념으로 보면 '미러링'을 한 것이다. 덕분에 나는 여기저기서 '싸움닭'이라는 별명으로 불리게 되었다. '너무 부정적이다', '여자가 너무 드세다', '사회 부적응자다', '그러니까 남자 친구가 안 생기지'와 같은 말을 밥 먹듯 들었다. 그러면 그냥 넘어가지 않고 그런 말을 내뱉은 상대와 논쟁을 벌였고, 맹렬하게 싸우며 끝까지 저항했다. 하지만 거세게 저항하는 겉모습과 달리 마음 한구석으로 는 '그래, 내가 너무 드세서 남자 친구가 없나 봐'와 같은 생각을 하 며 괴로워했다. 사회 전체의 지지를 등에 업고 자신만만하게 던지 는 상대의 말은 은연중에 마음 깊이 스며들어 논쟁이 끝난 뒤에도 내 안에서 두고두고 메아리로 울려 퍼졌다. 여성이라는 정체성을 온몸으로 끙끙 앓았던, 참으로 아프고 혼란스러운 시절이었다.

페미니즘이 '힙한' 트렌드가 되기까지

《82년생 김지영》 | 조남주

최근 《82년생 김지영》 열풍을 보면서, 그 시절의 나를 떠올리지 않을 수 없었다. 20대, 의기와 분노로 들끓어 올랐던 시기, 미친 듯이 싸우며 울고 다녔던 나를. 그때는 '페미니즘'이라는 말이 이제 막 우리 사회에 날아와 발아하던 시기였다. 개념 자체를 모르는 사람이 많았고, 알더라도 누군가 그 개념을 드러내면 사람들은 격렬한 거부감을 보였다. 페미니즘은 '못생긴 여자들이 하는 과격한 짓'으로 여겨졌고, 페미니스트들은 사회적으로 배척당하거나 못되고 이기적인 여자라는 손가락질을 받았다. 스스로 페미니스트임을 선언한 이들이 선입견에 시달리고 박해받고 사회적으로 불이익을 당하는 모습을 지켜보면서, 여성들은 페미니스트라는 낙인이 찍힐까 봐 두려워하게 되었다. 한 분야에서 실력으로 인정받은 여성이 공식적인 자리에서 자기 생각을 당당하게 토로하다가 '그럼 당신은 페미니스트인가?'라는 질문을 받으면 '그렇다고 내가 페미니스트인 것은 아니다'라는 말을 정해진 공식처럼 늘어놓았다.

나는 그날의 자리에 따라, 상태에 따라 페미니스트임을 선언하거나 하지 않으면서 엄청나게 고뇌했다. 선언하면 선언한 대로 '앞으로 드센 여자로 낙인찍히겠구나' 하는 두려움에 시달렸고, 선언하지 않으면 또 그런대로 스스로 페미니스트임을 당당하게 드러내지 못했다는 데 자괴감을 느꼈다. 지금 생각해보면 '누가 물어봤다고!' 싶으면서 쓴웃음이 나오지만, 당시 내게는 너무나 아프고 뜨거운 화두였다. 《82년생 김지영》이 처음 나왔을 때, 나도 모르게 예전 기억을 떠올리며 그때처럼 작가가 매도당하고 상처받을

까 봐 걱정을 했더랬다. 그러나 그 책은 무사히 살아남았다. 뿐만
아니라 조금씩 입소문을 타며 화제가 되더니 대형 베스트셀러가
되었다. 그 책이 베스트셀러에 올랐을 때 얼마나 기뻤던가. 얼마나
안도했던가. 이제 페미니즘이 당당히 드러낼 수 있는 하나의 신조
로 자리 잡았을 뿐만 아니라 '힙한' 트렌드가 되기에 이른 것이다.
아마 나와 같은 세대의 여성들은 그 책의 베스트셀러 진입을 보며
비슷한 감흥에 젖어들었을 것이다. 정말이지, 가슴이 후련하다 못
해 시베리아 바람이 불어오는 듯 온몸의 혈관이 뻥뻥 뚫리는 느낌
이었다.

내 말이! 내 말이!

《간절히 @ 두려움 없이》 | 전여옥

가슴속에 풀리지 않는 응어리가 묵직하게 얹혀 있을 때, 다른 이들
의 삶을 지켜보는 것만으로 위로가 되는 경우가 있다. 특히 뾰족한
해답을 발견하지 못하고 있을 때, 그 문제와 관련해 좋은 예시가
될 만한 사람을 발견하고 존경하게 되면 희망의 끈을 놓지 않고
생을 이어가게 된다. '여성'이라는 화두를 붙잡은 채 싸움닭처럼
여기저기 부딪치고 다녔던 20대 시절, 당당하고 강한 어조로 목소
리를 높이며 내 시선을 붙잡은 인물이 있었다. KBS 기자이면서 베

스트셀러 저자였던 전여옥. 지금은 그 이름을 호명하는 데 복잡한 감정이 들러붙어 존경하노라고 단언하기 힘들게 되었지만, 인정해야겠다. 당시 전여옥은 내가 롤모델로 삼기에 손색이 없을 만큼 우뚝 솟은 인물이었다.

시작은 《일본은 없다》였다. 명쾌한 문장들과 날카로운 통찰력에 반한 나머지 책장을 덮자마자 서점으로 달려가 저자의 다른 책을 찾아보았다. 두 권의 책이 있었다. 《여성이여, 테러리스트가 돼라》는 직설적으로 여성에게 일어서서 저항할 것을 권하는 책이었고, 《간절히 @ 두려움 없이》는 그보다 좀 더 종합적이고 성숙한 어조로 여성의 각성을 권하고 일깨우는 책이었다. 이 두 권을 읽으면서 얼마나 설레었던가. 얼마나 감탄했던가. 내 말이! 내 말이! 큰 소리로 부르짖으며 잡아먹을 것처럼 책에 달려들었다.

전여옥이 두 권의 책을 통해 보낸 메시지는 학교에서 공적으로 배워왔던 만민평등 사상과 실제 사회에 나가 접하게 된 남존여비 사상의 괴리 사이에서 어쩔 줄 몰라 하던 내게 커다란 지침이 되었다. 그 책들을 읽으면서 내가 속해 있는 사회의 실제 모습이 어떤지, 그 모습이 어디서 유래했는지, 지도를 보는 것처럼 선명하게 파악할 수 있었다. 또한 여성으로서 혼란과 분노를 느끼는 게 이 사회에서라면 어느 시기엔가 거쳐 갈 수밖에 없는 수순임도 알았다. 그러니까 내가 특별히 드세고, 성격이 나빠서가 아니라 이 사회의 지형이 나와 같은 여성들을 만들어내게끔 되어 있다는 사실을 알게 된 것이다. 이런 '앎'은 자존감의 고양으로 이어졌다. 내가 하고 있는 행위의 의미와 그 행위를 둘러싼 환경을 이해하자 갑자기 자신감이 생기면서 움츠러들었던 어깨를 펴게 된 것. 나는 전여옥의 책들과 만났던 때 내 안에서 피어나던 용기와 생에 대한 의지를 지금도 선명하게 기억한다. 그것은 자신의 경험을 활자화해 동시대 다른 여성들과 공유할 줄 알았던 한 총명한 영혼이 내게 베풀어준 축복이었고, 나는 그 축복을 냉큼 받아들여 내 것으로 체화한 뒤 생의 다음 단계로 넘어갈 수 있었다. 시간이 흘러 그 총명한 영혼이 변하는 모습을 보았을 때, 내 괴로움이 얼마나 컸을지는 굳이 덧붙이지 않겠다. 그저 내게 커다란 용기와 계속 생을 이어갈 발판을 마련해주었던 젊고 총명한 영혼에 대해 회고만 하고 넘어가고 싶다. 훗날 어떻게 변했든, 당시 그 작가는 분명 아름다웠으니까.

완벽하지 않아도 괜찮아
《엄마의 말뚝 2》| 박완서

처음 박완서 선생의 작품과 어떻게 만났는지는 잘 기억나지 않는다. 아마도 고등학생 때쯤 선생의 작품들을 발견하고 게걸스럽게 읽어 내려갔던 것 같다. 주위에서 흔히 볼 수 있는 인물이 나오고 가독성이 좋은 선생의 소설들은 10대와 20대 내내 변함없고 친근한 벗이 되어주었다. 나는 주로 뭔가를 잊고 싶을 때, 시간을 때우고 싶을 때 박완서의 책을 펼쳐들었는데, 선생의 소설들은 그러한 목적을 달성하는 데 완벽히 부합했다. 어떤 소설에서도 찾아볼 수 없을 정도로 압도적인 몰입감을 선사했던 것이다.

한국 현대사에서 가장 굵직한 사건인 6·25를 배경으로 하는 《엄마의 말뚝 2》는 선생의 작품 중 가장 자주 들추어보는 작품이었다. 사회 시간에는 전혀 실감하지 못했던 전쟁의 참상이, 선생의 소설을 통과하자 살아 꿈틀거리는 감각이 되어 다가왔다. 전쟁이 인간 개개인의 삶을 어떻게 바꾸어놓는지 등장인물들의 삶을 통해 생생하게 보여주는 《엄마의 말뚝 2》는 소설이 우리에게 무엇을 해줄 수 있는지 보여주는 전형과도 같은 작품이다. 나는 그 소설을 읽으면서 6·25를, 수많은 생명을 앗아가고 현재진행형으로 우리 삶에 시퍼렇게 영향을 미치고 있는 그 어마어마한 사건을 바로 어제 내 옆에서 일어난 일인 양 생생하게 실감했다.

선생의 소설이 우리 문학사에서 어떤 위치를 점하고 있는지 알게 된 것은 그로부터 20년이 훌쩍 지나 마흔이라는 나이에 접근해갈 무렵이었다. 내 의식 속에서 박완서의 소설은 시간을 때우기에 좋은 재미용이었다. 출판 관계자나 문학평론가들의 글에서도 은근히 박완서의 소설을 '사소설' 혹은 '여성지 수기' 정도로 폄하하는 분위기가 있었기에 나는 그토록 좋아하면서 두고두고 읽었던 그 소설이 얼마나 훌륭한 '문학'인지 인지하지 못했다. 몇 년 전, 조한혜정의 《탈식민지 시대 지식인의 글 읽기와 삶 읽기 2》라는 책의 말미에 부록으로 붙은 박완서 작품에 대한 소고를 보고 나서야 비로소 알게 되었다. 박완서 소설의 진정한 위상을.

주위에서 쉽게 볼 수 있을 것 같은 등장인물이 나와 생생하게 자기 삶을 펼쳐 보이는 이야기야말로 훌륭한 문학작품이라는 걸 알게 되는 데 40년에 가까운 세월을 보낸 셈이다. 국가나 민족, 저항운동에 대한 담론을 펼쳐야만 의미 있는 문학작품이고 개개인의 삶을 펼쳐 보이는 소설은 사소설이라고 폄하하는 풍조가 남성 중심 사회에서 흘러나온 지류라는 것을 알게 된 다음에야 비로소 우리 문학사에서 선생의 작품이 위치해 있는 지점을 알게 되었다. 또한 내가 선생의 작품을 그토록 즐겨 읽고 좋아했던 이유도 되짚어 깨닫게 되었는데, 그것은 작품에 등장하는 여성들의 현실성에 있었다. 박완서 소설에 등장하는 여성 인물들은 ①천사 같거나 ②엄청난 매력으로 모든 남자를 압도하는 팜 파탈이거나 ③똑똑하고 완벽해서 절대로 실수를 하지 않는 커리어 우먼이 아니다. 때로는 눈살이 찌푸려질 정도로 속물이고, 때로는 한 대 때려주고 싶을 정도로 얄미운 행태를 일삼는다. 작가의 의도에 맞추어 정형화된 여성이 아니라 실제 우리 삶에 있을 법한 '선악이 뒤섞인' 인물인 것이다.

여성이라는 정체성을 붙잡고 힘들어하던 때, 희로애락의 감정과 속물적 욕망이 뒤섞인 여성 인물들이 인생의 고민을 현실감 있게 풀어가는 이야기를 읽는 것은 내게 커다란 용기를 주었다. 박완서는 여성이 천사나 완벽한 엄마, 엄청나게 똑똑한 커리어 우먼이 아니어도 얼마든지 잘 살아갈 수 있음을 등장인물들의 생생한 삶으로, 기운 자국이 보이지 않는 천의무봉의 이야기 솜씨로 보여주었다.

이로써 내가 왜 훌륭하다고 일컬어지는 남성 작가들의 작품에서 박완서 소설만큼 감동을 얻지 못했는지도 설명이 된다. 일부 남성 작가들의 작품에 나오는 여성들은 인조인간 같았다. 그저 소설의 짜임새를 위해 만들어낸, 현실에는 절대 있을 것 같지 않은 여성들이었다. 가짜 같은 인물들 때문에 쉽게 소설에 몰입하지 못했고, 한번 읽고 난 뒤에 다시 집어들게 되지도 않았다.

전여옥의 책들이 여성의 위치와 상황에 대해 직접적으로 깨닫게 해주었다면, 박완서의 소설들은 생생하게 활자화된 삶으로 나아갈 방향을 가리켜 보였다. 전여옥의 책이 확실하게 내리꽂히는 지침이었다면, 박완서의 소설은 이야기와 직관으로 평범한 사람들의 인생을 보듬고 정당화하는 요술 방망이였다.

2장

너는 '그나마 나은 편'이라고?

결혼이라는 통과의례

　　　　　　　　　　사시나무처럼 떨며 위태롭게 건너간 20대
의 나날들은, 그러나 내가 맞닥뜨린 다음 통과의례에 비하면 정말
이지 새의 깃털에 불과했다. 다음 통과의례는 (그렇다) 결혼이었다.
나는 주변 사람들이 엄청나게 궁금해했고 스스로도 왜 여태껏 안
하고 있는지 궁금해서 미칠 것 같은 그 놀라운 일을 결국 20대의
끝자락에 가서 하고야 말았다. 한 타인을 만나서 영원히 함께하겠
다는 언약을 하고 새로운 가족으로 묶인 것이다.

　결혼이라는 것이 어떤 의미인지, 특히 대한민국이라는 나라에서
여자에게 어떤 의미인지 알았다면 내가 그렇게 용감하게 돌진했
을까. 이후 오랜 세월 동안 나는 두고두고 돌이켜보며 이때의 선택
을 곱씹게 된다. 그러나 사실 인생이라는 여정에서 각각의 코스가
어떤 의미인지를 제대로 알고 실행하는 사람이 얼마나 되겠는가.
결혼이 몰고 온 폭풍우에 휩싸여 휘청거릴 때마다 이렇게 생각하
며 끓어오르는 마음을 가라앉히려 애썼다.

　내가 생각하는 결혼은 타인과 타인이 만나 함께 '새로운 가정'
을 일구는 것이었지만, 2003년 당시 한국 사회에서는 그런 의미

가 아니었다. 결혼은 내가 선택한 타인의 원가족에게 귀속되는 것이었고, 나의 원가족에게서 다른 원가족에게로 보내지는 것이었다. 그리고 결혼 생활은 이런 개념이 실생활에서 엄연히 힘을 지닌 채 위력을 발휘하고 있다는 사실을 매일 발견하는 지난한 과정이었다. 수많은 충고와 꾸짖음, 원망, 기대가 쏟아졌고, 내가 행하겠다 약속한 적 없는 수많은 의무들이 시시각각 생겨나 내 존재를 내리눌렀다. 놀랍고, 두렵고, 끝없이 자신을 비하하고 삶을 비관하게 되는 고통의 나날이었다.

내가 택한 타인과 그의 가족은 그나마 다른 가족들에 비하면 몹시 양호한 편이라고 주위에서 말했지만, 그런 '평균'이나 '너는 그나마 나은 편이다. 남은 이러저러하다더라' 하는 얘기는 내 일상과 의미 있는 연관을 맺지 못했다. 내게는 그저 청천벽력처럼 떨어진 구속감, 한 번도 내 것이라고 생각해본 적이 없었던 기상천외한 의무들, 족히 50년은 과거로 퇴보한 듯한 열패감, 멀쩡한 시민에서 갑자기 노예로 전락한 듯한 참담함, 이 모든 고통이 오직 여자라는 종족에 속한 나에게만 해당하고 남편에게는 전혀 해당하지 않는다는 억울함만이 손에 잡히는 유일한 현실이었다.

결혼한 지 서너 달이 지났을 즈음, 시간당 12만 원이라는 거금을 주고 '가족 심리 상담'을 받으러 갔다. 패닉 상태에 빠진 나를 구원해줄 누군가를 찾고자 붙잡은 비싸디비싼 기회였다. 전문가라 불리는 사람에게 매달리고 싶었다. 폭발할 것 같은 마음을 쏟아놓고 전문적인 조언을 듣고 싶었다. 그가 해준 이야기대로 실천해서 내 상태를 개선하고 싶었다. 무조건 전문가 선생님이 하라는 대로 할 거라고, 거의 결연하기까지 한 다짐을 수십 번씩 한 뒤 이루어진 만남이었다. 그러나 나를 맡았던 그 상담 전문가는 그때까지 내가 수십 번도 더 들었던 얘기, 너무나 뻔하고 실효성이 없어서 이게 과연 '전문가'라는 사람의 입에서 나올 만한 소리인지 의심이 가는 얘기만 주야장천 늘어놓았다. 남편이 ①도박에 빠진 것도 아니고 ②알코올중독자도 아니고 ③폭력을 휘두르는 것도 아니니 감사하고 만족하며 살라는 것.

그때 느낀 절망감을 어떤 말로 표현할 수 있을까. 마지막으로 지푸라기라도 붙잡아보자는 심정으로 그곳에 갔더랬다. 기대를 너무 하면 실망할 거라는 생각도 했지만, 그래도 보통 사람들과는 다른 뭔가를 던져줄 거라고 기대했다. 그러나 '만족하고 긍정적으로 받아들이라'는 말이 뒤통수를 치며 거세게 가격해왔다. 그때까지 수없이 들어왔고 앞으로도 수없이 듣게 될 그 말이, 가슴에 천 근의 무게로 얹혀왔다. 여자는 얻어맞지만 않으면 감지덕지하고 살아야 한다는 말. 그 말은 여자는 하등동물에 지나지 않는다는 말이 아닌가. 세세한 감정과 자기평가와 자아를 가진 고등동물이 아니라는.

개인이 아닌 구조의 문제야

《이갈리아의 딸들》 | 게르드 브란튼베르그

심리 상담에 실패한 뒤 내 손길은 《이갈리아의 딸들》이라는 책에 이르렀다. 페미니즘의 고전이라 불리는 책에 손을 뻗치게 된 것이다. 권해주는 이들이 꽤 있었지만 무심히 흘려들었던 그 유명한 책을 삶의 막다른 골목에 다다른 다음에야 비로소 펼쳐들게 되었다. 여성 중심 사회를 상정하고 펼쳐가는 이 책에서 작가는 일상의 구석구석까지 섬세하게 상상력을 뻗친다. 여자가 세수하는 동안 수건을 들고 기다리는 남자, 가슴이 없다는 이유로 취직이 되지 않는 남자, 페호라는 속옷으로 페니스를 감싸고 다니는 남자…. 단지 남녀의 상황을 바꾸어 서술하기만 했는데도 그렇게 우스꽝스러울 수가 없었다. 이 작품의 기법은 단순하다. 그저 남자와 여자의 상황을 반대로 바꾸어 세세하게 묘사할 뿐이다. 그런데 그것을 읽다 보면 독자는 많은 것을 깨닫게 된다. 지금 여성이 처해 있는 상황이 얼마나 이상한지. 이런 상황이 얼마나 비인간적인지.

이 책의 파생으로 베티 프리단의 《여성의 신비》, 캐롤린 하일브런의 《글로리아 스타이넘》 같은 책들을 접했다. 덕분에 내가 결혼 생활에서 겪고 있는 갈등과 고통이 딛고 선 지점에 대해 좀 더 넓은 범위에서 윤곽을 잡게 되었다. 그전까지 내게 가해지는 문화 충격과 고통의 가해자를 남편이나 개별 인물 누군가로 생각했다면,

이제는 일개 개인이 아닌 사회구조 자체를 가해자로 인식하게 되었다. 그러자 주위 사람들에게 품었던 미움과 분노도 상당 부분 누그러들었다. 첨예하던 감정이 가라앉으면서 이전보다 침착한 태도로 결혼의 파고를 넘어갈 수 있었다. 그래도 결혼한 여자에게 쏟아지는 사회적 시선과 압박은 꿈쩍도 하지 않고 여전히 생생하게 나를 시험하려 들었고, 나는 분노의 파도와 후회의 물결에 번갈아 휩쓸리며 힘겹게 순간순간을 지나갔다.

정신 차리고 너부터 고쳐!

《남과 여》 | 엘리자베트 바댕테르

어느 날 나는 궁금해졌다. 결혼이 이런 모습으로 고착화한 것은 언제부터일까? 남자가 밖에서 먹을 것을 구해오고 여자가 안에서 살림과 육아를 맡아 한다는 이 시나리오는 어떻게 이렇게 공고하게 자리 잡게 되었을까? 프랑스 철학자 엘리자베트 바댕테르의 저서 《남과 여》는 이런 물음에 긴 서사시로 대답해준다. 선사 시대부터 지금까지 남녀 관계가 어떻게 변화해왔는지, 변화의 동인은 무엇이었는지, 그에 따른 권력 변동이 어떤 양상을 띠었는지를 생물학적·인류학적·정신분석학적 관점에서 다채롭게 조명한다.

바댕테르에 따르면 남자가 여자를 거느리고 보호한다는 개념의 가부장제에 균열이 생긴 것은 200년 전부터였다.

> 가부장제의 쇠퇴는 아버지가 권한을 잃은 것과 여성이 권한의
> 분배 방식을 바꾼 사실로부터 초래되었다. 18세기와 19세기는
> 아버지에게서 신적인 대부권을 빼앗았고, 20세기는 도덕적 권위
> 와 경제적 독점권을 완전히 앗아갔다. 가부장제를 여성의 임신
> 통제와 업무의 성적 분담으로 규정지을 수 있었다면, 최근 20년
> 사이에 여성은 이중적 승리 — 스스로의 의지에 의한 임신 조절
> 과 남성과의 경제권 분담 — 을 이뤄낸 것이다. 그 이후로 여성은
> 더 이상 물건이 아니다.(182쪽)

프랑스 혁명을 기점으로 '신＝왕＝아버지'로 대표되던 큰 축이
무너진 것이 가부장제가 낸 최초의 파열음이었다. 그러나 가부장
제는 단번에 끝나지 않고 길게 끌면서 조금씩 스러져갔고, 그 끝
물에 이르러 껍데기만 남은 것이 지금의 모습이다. 가부장제의 귀
퉁이가 허물어져 내리는 만큼 여성의 권리도 조금씩 면적을 넓혀
갔다. 바댕테르는 이를 "풍습의 변혁이 완성되기까지는 몇 세기가
필요하다"고 표현했는데, 이 한 문장이 내게로 와 강렬하게 내리
꽂혔다. 결혼하기 전까지 30년 동안 머물렀던 자리에서 내려와 그
보다 훨씬 낮은 자리로 가라는, 그 자리에서 고분고분 '여자의 도
리'를 행하라는 합창을 사회 각층에서 매일매일 들으며 들끓어 올

랐던 내 마음을 이 문장이 차분히 가라앉혀주었다.

저자가 속한 서구권과 우리나라의 가부장제는 역사적으로나 문화적으로 한참 달라 보였지만, 그래도 이 문장은 강력한 효과를 발휘했다. 기다려라. 너를 괴롭히고 있는 그 제도는 이미 수명을 다했다. 지금 이는 것은 여진일 뿐, 가만히 들여다보면 핵심부의 지진은 끝났고 그 여파는 그리 길게 가지 않는다는 것을 알게 되리라. 그렇게 말해주는 것 같았다.

작가의 서술은 단순히 역사적인 사실에만 머물지 않는다.

> 점차적으로 그들의 권한을 양도하면서 여성은 본래 그들의 몫이었던 책임감에서 해방된다. 그 대신 그들은 거기에서 수동성의 달콤한 즐거움과 마조히즘적인 욕망의 비밀스런 만족도 얻은 것 같다.(161쪽)

선사 시대부터 중세에 이르는 기간에 여성의 권력이 얼마나 잔인하게, 압도적으로 남성에게 넘어갔는지를 묘사하는 대목 끝에 나오는 문장이다. 권력을 빼앗기고 남성의 말 한마디에 생사가 달린 위치로 전락하면서 여성들은 고통스러워했지만 한편으로는 나른한 수동성의 세계로 빠져들었다. 어쩔 수 없다는 생각으로 복종하면서 사는 삶의 안락함. 이 부분의 의미를 너무나 잘 이해하는 나를 보면서, 정신이 번쩍 들었다. 내 안에 그런 부분이 없었다면 그 문장을 그렇게 매끄럽게 이해하지 못했을 터. 나는 그제야 내가 속하지 않은 성별에 대해 적개심을 불태우던 단순하기 그지없는 양태에서 빠져나오게 되었다. 눈을 크게 뜨고 내 모습을 주시하게 되었다. '남자가 뭐가 어쩌네, 결혼이 뭐가 어쩌네' 하지 말고 네 모습을 봐라. 너는 '기대는 성별'이 아닌 '자립하는 성별'이 되기 위해 투철히 노력했는가? 대답은 곧바로 나왔다. 아니, 안 그랬어. 남편이 의식적·무의식적으로 남녀 성별분업을 행하려고 했던 것처럼, 나 또한 내가 편리한 분야에서는 자동적으로 성별분업을 행하려 했던 것이다.

작가는 남녀 관계의 변천사를 전개해가면서 남녀가 어떤 식으로 대응했는지를 냉철하고 일목요연하게 보여준다. 권력을 일방적으로 빼앗아가는 입장의 남성에게 양가감정이 있었던 것처럼, 권력을 빼앗기는 입장의 여성에게도 양가감정이 있었다. 그리고 속수무책으로 권력을 빼앗겼던 선조 여성들의 경험을 대리 체험하면서, 나는 현재 내 안에 들어 있는 양가감정을 들여다보게 되었다. 이 책의 효용은 그 지점에 있었다. 이를테면 '남들한테 뭐라고 하기 전에 네 안에 있는 가부장적 선입견부터 타파해라' 하는 경각심 같은 것. 정신 차리고 너부터 뜯어고치라는 준엄한 호통 같은 것.

왜 모든 가정에서 전투가 지속되는가

《사랑은 지독한, 그러나 너무나 정상적인 혼란》
울리히 벡·엘리자베트 벡 게른스하임

이 책이 사랑과 결혼의 실체에 대해 확실히 알려준다는 추천을 받고 손에 들었다. "문제를 해결하려면 일단 문제가 되는 것이 뭔지를 정확히 알아야지." 추천한 이가 이런 말도 곁들였던 것 같다.

　실제로 읽어본 책은 생각과는 달랐다. 사랑과 결혼에 대해 명쾌하게 정리해준다기보다는(지금 생각해보면 그런 책이 세상에 있을까 싶지만) '너희가 생각하는 그런 사랑은 세상에 없다'는 메시지를 에둘러가지 않고 직설적으로 퍽퍽 날려대서 다소 당황스러운 책이었다. 특히 사랑의 완성은 결혼이며 사랑하는 남녀가 만나 이룬 가정은 안정과 행복의 근원이라는 생각을 확실하게, 가차 없이 산산조각 내버린다.

> 남녀가 실제로 평등해질수록 가족의 토대(결혼, 부모 되기, 섹슈얼
> 리티)는 더욱 불안해진다.(59쪽)

남녀평등이라는 가치가 시대의 화두로 떠오른 현대에서 결혼이
지니는 의미를 이 책은 이처럼 노골적으로 드러낸다.

수많은 가정에서 실망과 죄의식을 번갈아가며 치르고 있는 '세기의 전투'가 맹렬히 계속되고 있는 것은 남녀 양성이 모두 집밖에서는 성별에 관한 고정관념을 그대로 유지하면서도 사생활에서는 이러한 관념을 내던지려고 하기 때문이다. 가정과 가사 노동으로부터 여자들을 자유롭게 하려면 남자들은 '이 현대적인 봉건적 존재'에 적응해야 하고, 여자들이 거부하고 있는 바로 그 일을 떠맡아야 한다. 이것은 역사적으로 말하자면 마치 귀족을 농부의 농노로 바꾸려고 노력하는 것과 같다. 남자들도 여자들과 마찬가지로 '부엌으로 돌아오라!'는 요구에 복종할 생각이 전혀 없다는 것이다.(66쪽)

이 부분을 읽으면서 알았다. 어째서 결혼 뒤 남편과 아내가 가사 노동을 놓고 그토록 다른 청사진을 그리게 되는지. 왜 부인과 미묘하고 끈질긴 갈등을 되풀이한 뒤에도 남자에게 가사 노동이 자신이 받아 들어야 할 절반의 몫으로 자리매김되지 않는지. 내가 결혼 뒤 내 앞으로 떨어져 내리는 온갖 종류의 무보수 가사 노동들 때문에 50년쯤 과거로 퇴보하는 듯한 느낌을 받게 되었다면 남자들은 그보다 몇 배는 더한, 몇천 년은 과거로 퇴보하는 듯한 느낌을 받게 되는 것이다. 자기네 종족이 수천 년 동안 공고히 유지해온 전통에서 갑자기 떨어져나가는 것인데 어찌 하루아침에 받아들일 수 있겠는가!

이 책을 통해 내 안에 커다랗게 자리 잡고 있던 환상이 깨졌다. 사랑에 대한 환상, 결혼에 대한 환상이. 이 부부 작가는 가문의 권유에 의한 정략결혼보다 자기 의지로 하는 연애결혼이 더 확실한 행복행 티켓이라는 현대인들의 생각을 완전히 뒤집는다. 사랑은 가문이나 조건 같은 외적 요인들에 비해 유효기간이 짧고 변덕스럽기 그지없는데 그 감정에 기반해 평생 함께할 배우자를 택하는 게 과연 현명한 일인지 묻는 것. 또한 그렇게 결혼과 가정을 개인의 의지에 따라 선택하게 하고 핵가족으로 쪼개는 과정에서 공동체의 범위가 확 줄어들게 되었고, 이로써 산업자본주의가 인간을 더 작은 단위로 분해해 이용하기에 좋은 토양이 되었다는 것이다. 그리고 자유의지로 사랑해서 결혼한 남녀 앞에 펼쳐지는 것은 전통적인 습속(성별분업이라는)과 새로운 가치관(평등이라는)의 미묘한 힘겨루기 속에서 끝없이 신경전을 벌이게 되는 구차한 일상이다.

그렇다고 해서 이 작가들이 가문과 가문이 결탁하여 여성을 물건처럼 주고받았던 중세의 결혼을 더 높이 평가하느냐 하면 그건 아니다. 다만 현대 결혼 생활의 양상을 가감 없이 드러내고 겉에 둘러쳐 있는 아름다운 장막을 걷어낼 뿐. 그렇다면 나는 대안이나 다가올 미래에 대한 청사진은 한 조각도 찾아볼 수 없는 이 인정머리 없는 책을 읽으면서 왜 그렇게 좋아했던가. 왜 그렇게 쾌감을 느꼈던가. 아마도 현상을 직시하게 되었기 때문일 것이다. 내가 처해 있는 상황이 어떤 것인지, 왜 나와 남편이 '설거지를 네가 하네,

내가 하네' 같은 소소한 문제를 놓고 격렬하게 싸우게 되는지. 내가 못돼 처먹은 인간이어서가 아니었다. 남편이 자기 생각만 하는 괘씸한 인간이어서가 아니었다. 그것은 현재를 살아가는 동시대의 남녀 모두, 결혼한 남녀 모두 지구 곳곳에서 겪고 있는 시대적인 문제였다. 역사의 발전 단계에서 파생할 수밖에 없는 현상이었다. 그리고 이 책은, 문제의 근원은 건드리지도 않은 채 '다 잘될 거야' 라고 두루뭉술하게 긍정의 언어를 늘어놓는 책이나 '남편이 도박을 하는 것도 아니고 알코올중독자도 아니고 폭력을 휘두르는 것도 아니니 만족하고 감사하며 살라'는 충고보다 훨씬 더 근본적인 힘이 되어주었다.

3장

시시포스가 되어
날마다 산을 오르다

엄마의 탄생

처음 아이를 낳았을 때의 느낌을 뭐라고 표현할 수 있을까. 놀라운 일이라고밖에는, 너무나 놀라운 일이라고밖에는 말할 수 없을 것 같다. 사람은 아이를 낳고 나면 이전과는 다른 존재가 된다. 지향점, 한계점, 가능성이 완전히 달라지면서 기존의 삶을 이루고 있던 조건들이 맹렬히 파편화된다. 그리고 산산이 부서져나간 조각들은 다시 '부모'라는 정체성에 어울리는 형상으로 빠르게 조립된다. 특히 '엄마'라 불리게 되는 종족, 그러니까 여성에게 아이가 생긴다는 것은 완전히 다른 세상으로 이동해가는 사건이 된다.

　　그러나 당사자인 여성은 그걸 몰라서, 아이를 낳기 전과 후, 그리고 아이가 제법 성장해 성인의 형상을 갖춰가는 시기에 이르러서도 매번 당황하고, 놀라고, 충격받고, 죄책감에 휩싸인다. 아이가 생기긴 했지만 자신이 그때까지 영위해왔던 삶의 패턴을 계속 유지할 수 있을 거라고 착각한다. 이전에 누려왔던 기회들과 지켜왔던 가치들을 계속 이어갈 수 있을 거라고. 그런 착각은 아이의 성장과 함께 조금씩 깨어져나가지만, 그래도 근본적으로는 여전히 자신이 이전과 같은 존재라고 생각한다. 그리고 자신이 행한 수많은 시행착오들을 돌아보며 끝없이 반성한다. 다음엔, 다음엔 이러지 말아야지. 미안하다, 아가야. 엄마가 너무 몰라서 그랬어.

첫아이를 낳아 기르며 폭풍우를 헤쳐나가던 3년 동안, 아이를 낳기 전까지 나를 짓누르던 첨예한 의식, 그러니까 내가 여성이라는 사실에 대한 자각과 사회에서 보내는 메시지에 부응하지 못해 괴로워하던 상태에서 상당 부분 빠져나왔다. 해결되지 않은 의문과 분노로 이글거리던 마음이 차분히 가라앉았고, 여성 비하적인 언행을 일삼는 사람들과 맞붙어 파르르 떨며 언쟁을 벌이지도 않게 되었다. 뿐인가. 예전 같았으면 눈도 안 마주치려 했을 '꼰대' 아저씨들과 눈을 맞추고 웃으며 얘기를 나누는 경지에 이르렀다. 내 아이, 작고 예쁘고 꼬물거리는 내 아이에게 눈길을 보내는 모든 사람에게 사랑과 감사의 감정을 느꼈던 것이다. 엄마인 내가 모나지 않게 살아야 아이 인생이 복되고 환하게 피어날 거라는 기복적인 생각도 품었다. 그러나 정확하게 따져보자면 내가 첨예한 분노와 적대감의 외줄 타기에서 내려올 수 있었던 것은 아이로 인해 너그럽고 따뜻한 사랑이 피어올랐기 때문이라기보다는, 육아와 살림과 직장 생활을 병행해내는 데서 오는 어마어마한 노동량에 치여 '여성'이라는 추상적인 화두에 열과 성을 기울일 여유가 없었기 때문이다. 그전까지 내가 뜨겁게 아파한 문제들이 대부분 말이나 시선, 제스처에 따른 '기분'과 관련된 일이었다면, 아이라는 존재가 몰고 오는 문제들은 구체적이고 물리적인 형태를 띠고 있어 한 순간도 방심할 수 없었다. 한마디로 인생의 쓴맛이 그보다 더 커다란 쓴맛에 의해 압도되어버린 경우다.

이 시기에도 물론 여성 비하적인 언사 혹은 여성을 너무 신비화한 시각으로 내게 스트레스를 안겨주는 이들은 무수히 많았다. 출산 당일에 병원으로 찾아와 아직 몸을 추스르지도 못한 내게 "너 앞으로 죽기 살기로 살 빼라. 안 그러면 네 신랑 금방 바람난다. 남자가 바람나는 건 다 여자 탓이야."라는 전형적인 '뭐든지 여자 탓' 노래를 부르고 돌아간 시가 쪽 어른, 첫아이가 아들이라는 말을 듣고 "너무 다행이다. 동생 안 낳아도 되겠네"라는 말을 거리낌 없이 외쳤던 친구, 3개월간의 출산휴가를 마치고 복귀한 내게 도저히 믿을 수 없다는 얼굴을 해 보이며 "세상에. 아기 보고 싶어서 어떻게 회사에 나왔어? 아기 얼굴이 눈앞에 어른거리지 않아?"라는 말을 던져 나를 아연하게 만들었던 직장 상사 등 다양한 장소에서 다양한 사람들이 놀라운 언사를 퍼부으며 자신의 상식과 여성관과 배려심의 수준을 적나라하게 보여주었다. 이런 말을 들을 때마다 생각했다. 남자들도 이런 말을 들을까? 부인이 바람나면 모두 남자인 네가 뚱뚱한 탓이라고 처가 어른들에게 한소리를 들을까? 출산휴가를 마치고 왔는데 뜬금없이 아이가 보고 싶어서 어떻게 회사에 왔느냐며 놀라워하는 시선을 받을까?

이런 말들을 통해 우리 사회가 의식 면에서 내가 생각했던 것보다 훨씬 더 낙후돼 있고 앞으로도 갈 길이 멀다는 생각이 들었지만 예전처럼 상처를 받지는 않았다. 왜? 시간이 없었으니까. 얼른 일을 해치우고 부리나케 퇴근해서 아이를 데리러 가야 했으니까. 아이를 먹이고 씻겨야 했으니까. 쌓인 아침 설거지를 하고 저녁을 지어야 했으니까. 빨래를 돌려야 했으니까. 집 안을 정상적으로 돌아가게 하기 위해 발바닥에 불이 나도록 움직여야 하는 여자 생명체에게 '여성에 대한 고정관념'에 대해 고찰해볼 여유 같은 건 없었다. 때때로 똑같이 밖에 나가 일하는데 여자인 나만 집안일을 너무 많이 한다는 생각에 억울한 마음이 들 때도 있었지만, 그 마음은 가차 없이 덮쳐오는 집안일의 파도와 아이의 잔병치레, 일정한 간격으로 등장하는 성장의 징조에 대해 조사하고 반응하고 다음 징조에 대비하는 데 쓸려 흔적도 없이 사라져버렸다.

아이를 낳고 키우느라 눈코 뜰 새 없이 바빴던 이 시기를 나는 '드디어 어른이 되었다'고 받아들였다. 어리고 철딱서니 없고 모나기 그지없었던 내가 아이를 낳고 어른이 되어 너그럽고 둥글둥글해졌다고, 남자는 군대 가야 사람이 되고 여자는 애를 낳아야 어른이 된다더니 그 말이 정말 맞나 보다고 생각했다. 흐뭇하기도 했던가? 언제나 피곤에 절어 있는 가운데 흐뭇해했던, 아니 흐뭇하다고 믿으려 애썼던 순간들이 있었던 것 같기도 하다. 그러나 정말 흐뭇했던가? 정말 애를 낳아 어른이 되었다고 믿었던가?

아이가 물리적인 도움을 필요로 하는 시기를 지나면서, 이런 생각은 흔들리기 시작했다. 만 3세가 될 때까지는 엄마가 육체적으로 제일 힘든 시기다. 한 사람이 먹는 것, 배설하는 것, 입는 것, 자는 것을 모두 도와줘야 하고 어디 가거나 올 때 반드시 데려다주고 데리고 와야 한다. 혼자서 하기엔 너무 어리므로 살아가면서 행하는 일거수일투족을 모두 대리하거나 보조해주어야 하는 것이다. 이 시기의 자녀를 둔 엄마들은 아이가 혼자 어디에 다녀오거나 의식주의 많은 부분을 독립적으로 할 수 있는 6~7세나 초등학생 자녀를 둔 엄마들을 몹시 부러운 눈으로 쳐다보게 된다. 대통령도, 재벌 3세도 안 부럽지만 그 나이까지 키워낸 엄마들은 부러워 미칠 것 같다. 나도 그랬다. 제발 저 정도로만 컸으면, 셔틀버스에서 내려 혼자 걸어올 수 있을 정도로만 크면 더 바랄 게 없을 텐데!

* * *

세월이 흘러 큰아이가 제법 많은 일을 혼자서 해낼 수 있는 연령대가 되었다. 그러나 아이에게 가는 잔손이 줄었다는 기쁨을 만끽한 것도 잠시, 나는 이내 새로운 복병을 만나게 되었다. 이제 제법 자란 내 아이가, 혼자서 밥도 먹고 옷도 입고 걸을 수도 있게 된 기특한 내 아이가 말을 안 듣는 것이다! 아이는 육체적으로만 자라는 게 아니라 정신도 함께 자라서, 내가 하는 말에 토를 달기 시작했다. 예전 같았으면 그냥 내가 손을 휙 놀려 한 번에 해결해주었을 일들을 혼자서 자기 방식대로 하겠다고 어찌나 끈질기게 주장해대는지, 이전보다 그런 일들에 할애하는 시간이 배로 늘어났다. 이 때문에 일(이 시기에 나는 집에서 단행본 번역일을 하고 있었다)이 계획했던 대로 진행되지 않는 경우가 많아서, 마감 날짜를 떠올리며 발을 동동 구르는 게 당연한 일과처럼 되어버렸다. 예상치 않은 사태에 나는 아이에게 화를 내거나 아이의 바람을 매정하게 일축하는 것으로 사태를 무마하려 들었고, 정신없는 하루를 보내고 파김치가 되어 잠자리에 들면서 죄책감으로 몸서리를 쳤다. 애한테 그렇게 소리를 지르다니. 난 나쁜 엄마야. 아아, 나처럼 못된 엄마는 세상에 없을 거야.

이렇게 전쟁처럼 변해가는 일상에서 남편은 늘 한 걸음 물러나 있었다. 육아와 가사에 비교적 협조적인 편이긴 했지만, 근본적으로 육아에 임하는 자세가 제한적이고 간접적이었다. 하다가 피곤하면 그냥 내버려두어도 된다는 걸 아는, 그러니까 자기가 하다 만 일은 원래 '육아 담당자'인 내가 모조리 해치울 거라는 걸 아는 사람 특유의 '선심성' 제스처들이 내게 너무나 선명하게 드러나 보였다. 그리하여 나는 그 사태에 가장 어리석은 대응책으로 응수하는 우를 범하고 말았는데, 그것은 그에게 매일 화를 내고 억울함을 토로하며 그가 정말 나쁜 사람이라고 비난하는 것이었다. 그러면 그는 '다른 남자들은 내 절반도 안 하는데 너는 감사할 줄 모르는구나'라는 듯한 표정을 지어 보였고, 그러면 나는 그런 생각이 괘씸해 더더욱 펄쩍펄쩍 뛰는 나날이 이어졌다.

큰아이가 어린이집에 다니고 내가 작은아이를 임신했을 때, 남편이 대학원에 진학했다. 주간에 회사를 다니면서 야간에 대학원을 다니게 된 것이다. 작은아이가 태어나면 회사에 육아휴직계를 내서라도 자기가 전적으로 맡아 키우겠다고 큰소리를 쳤던 사람이, 막상 아이가 생기자 언제 그랬냐는 듯 갑자기 대학원 진학 얘기를 꺼냈다. 그 얘기를 듣고 나는 기겁했다. 갓난아이가 태어나면 나는 그나마 파트타임으로 하고 있던 일들까지 전면 중단해야 할 텐데, 내 일은 하나도 하지 못하는 상태에서 온종일 집안일과 아이들 뒤치다꺼리를 혼자 해야 한다니…. 상상만 해도 눈앞이 캄캄했다. 더구나 작은아이를 낳으면 자기가 키우겠다고 큰소리를 쳤던 그가 아닌가! 아이가 돌이 될 때까지만 기다렸다 진학하라고, 그때는 나 혼자 어떻게든 해보겠다고 회유와 협박을 오가며 여러 차례 권유했지만 남편은 결국 자기 의지대로 대학원에 진학하고 말았다. 그리고 수업이 끝나면 동기들과 어울려 술을 마시고 새벽 3, 4시에 들어오는 날들이 이어졌다.

주위 사람들은 약속이라도 한 듯 "회사에 다니면서 저녁때 대학원에 가는 거야? 와, 너희 신랑 너무 힘들겠다. 네가 진짜 잘해줘야겠다"는 반응을 보였다. 남편이 나의 동의 없이 대학원에 진학했고, 아이가 태어나면 내 일을 완전히 포기해야 한다고 하소연하면 사람들은 미리 입을 맞추기라도 한 듯 이렇게 말했다. "그래도 너는 집에서 노는데 남편은 밖에서 회사에, 대학원 공부에 얼마나 힘들겠니? 먹을 거 잘 챙겨주고 신경 좀 많이 써줘라." 나는 집에서 '놀지' 않는다고, 집안일과 육아로 한시도 놀 틈이 없다고 몇 번 항변하다가, 결국 입을 다물게 되었다.

하루아침에 남편과 사회 전체가 한통속이 되어 적군으로 변한 듯한 그 상황에서 나는 자포자기 상태로 나날을 보냈다. 그런 상황은 끝날 길 없이 영원히 이어질 것이고, 남편과 나의 차이는 날이 갈수록 커질 것이었다. 그는 대리에서 과장으로, 차장으로, 부장으로 승진하고 연봉도 차곡차곡 오르며 가방끈도 길어질 것이나, 나는 오늘도, 내일도, 모레도 영영 음식물 쓰레기를 치우고 식탁 밑을 기어 다니며 밥풀을 떼어내고 아이들에게 소리를 질러댈 것이었다.

그로부터 한참이 흐른 지금에 와 돌이켜보면, 당시 남편도 참 힘들었겠다는 생각이 든다. 조금만 틈이 생기면 바로 낙오자가 되어버리는 극강의 자본주의 사회에서 살아남기 위해 얼마나 용을 써야 했을까. 부양해야 할 생명이 하나 더 늘어난 상태에서, 부담스럽고 위기감을 느꼈을 것이다. 대학원에 가야겠다는 절박감도 그런 데서 나왔겠지. 부모 세대보다 몇 배는 치열하게 살아야 간신히 회사에서 자리를 유지할 수 있게 된 상황에서, 이 시대의 아버지들은 부모 세대의 아버지들이 그랬던 것처럼 살림과 육아를 완전히 면제받지도 못한다. 어깨에는 어떤 일이 있어도 처자식을 먹여 살려야만 사람 취급을 해준다는 사회의 룰이 예나 지금이나 변함없이 철통처럼 얹혀 있다. 그러니까 그는 그대로, 나는 나대로 한국 사회가 남녀에게 각기 다르게 부여하는 과제를 붙들고 힘겹게 분투하고 있었던 것이다.

그러나 당시 나는 상황을 그렇게 거시적으로 통찰해내지 못했다. 사회적으로 존재감이 완전히 소멸될 예정인 사람으로서, 닥쳐올 나날에 대한 두려움으로 어쩔 줄 몰라 하며 버둥거렸다. 다시는 사회에 나가지 못할 것이며 그저 이렇게 밥하고 빨래하고 청소하고 애를 보다가 한생이 다 가버릴 거라는 절망감, 사회적·경제적 표식들을 모조리 잃고 오직 육아의 담당자로서만 자리매김된 나에 비해 사회적·경제적으로 아무것도 잃지 않았을 뿐만 아니라 '나'라는 조력자가 스물네 시간 집을 지키고 앉아 육아와 살림을 온전히 도맡을 것이기에 가정에 대한 걱정 없이 마음 놓고 출근하고 대학원에 가고 회식도 가고 5박 6일짜리 출장도 갈 수 있는 남편의 대조적 상황에 대한 분노로 억장이 무너질 것 같았다.

폭풍우처럼 몰아치는 이 모든 감정에도 불구하고 엄마로서 행해야 할 의무는 하루도 빠짐없이 돌아와 아우성쳤다. 행여 조금이라도 빠뜨리면 사방에서 비난의 말이 일제히 날아와 박혔다. 그렇게 시시포스가 되어 매일 산을 오르던 내가 깊고도 넓은 시선으로 남편의 내면을 들여다보고 그도 힘들어하고 있음을, 돈 벌랴, 승진에서 처지지 않기 위해 공부하랴, 틈날 때마다 아내의 눈총을 받으며 집안일을 해치우랴, 절망감이 뒤섞인 아내의 비명에 날카로워지는 신경을 다스리랴, 혼이 나갈 지경임을 알아봐주고 토닥여줄 수 있었을까? 밖에 나가서 힘들게 돈 벌어오는 남편을 아내가 집에서 따뜻하게 맞아주어야 한다고 우리 사회 전체가 열렬히 합창을 해대고 있었지만, 나는 그렇게 할 수 없었다.

여러 과제를 동시에 떠안고 힘들어한 건 사실이었으나, 그는 어쨌든 사회 저편에 속해 있었다. 어느 회사에서 어떤 일을 하는 누구라고 당당하게 말할 수 있었고, 여러 개의 조직에 속해 있었다. 낯설고 흥미로운 타인들과 매일 만나고 새롭고 전문적인 지식을 매일 배우며 지력을 키워나갈 수 있었다. 힘들긴 해도 결국 '자기 발전'으로 이어질 과정이었다. 10년이 지나도 똑같은 자리에서 똑같은 일을 하고 있을 나와는 달리. 나는 힘든 남편을 보듬어주기는커녕 그처럼 '사치스러운 힘듦'에 대한 질투심으로 가슴을 앓았다.

시간을 잊고 나를 잊게 해준 구원자

《벚꽃 지는 계절에 그대를 그리워하네》 | 우타노 쇼고

이 시기에 나를 구원해준 건 추리소설들이었다. 나는 이때 일본 추리소설에 '입덕'했는데, 미야베 미유키의 《화차》를 필두로 해서 히가시노 게이고의 《백야행》, 우타노 쇼고의 《벚꽃 지는 계절에 그대를 그리워하네》같은 책들을 게걸스럽게 읽어치웠다. 내 상황과 아무 관련이 없는 곳의 극적인 이야기들을 읽는 동안은 완전히 나를 잊을 수 있었다. 출산까지 남은 시간을 세면서 답답한 마음을 임시방편으로나마 가라앉힐 수 있었다. 태교를 해야 할 기간에 피가 난무하는 살인 사건 이야기를 읽다니. 통념에 따르면 바람직하지 않은 일이겠으나, 그 기간에 그 책들은 생명의 은인이라고 해도 과언이 아닐 만큼 강력한 구원자였다. 시간을 잊고 나를 잊게 해준 구원자. 반전 소설의 최고봉이라 해도 손색이 없을 작품인 《벚꽃 지는 계절에 그대를 그리워하네》의 마지막 장을 넘겼던 어느 날, 새벽 3시가 되도록 들어오지 않는 남편이 대학원 동기들과 즐겁게 지나가고 있을 시간을 떠올리며 창밖을 바라보다가 어느 순간 자리에서 벌떡 일어섰다. 책상으로 다가가 컴퓨터를 켰고, 한글 창을 띄운 뒤 타자를 치기 시작했다. 한참 치다가 아침 해가 떠오르는 것을 보면서 그제야 내가 치고 있는 것이 글임을, 긴 이야기를 이루는 글임을, '소설'이라는 분과에 속하는 글임을 알

았다. 그때부터 매일 밤, 아이를 재우고 소설을 썼다.

소설을 쓰기 시작한 이후로 내 안에서 끓어오르던 첨예한 분노가 한풀 가라앉았다. 화가 나고 답답해서 견딜 수 없을 때면 방으로 뛰어들어 컴퓨터를 켰다. 더 이상 사회적으로 쓸모없는 사람이 된 것 같은 소외감이 사무칠 때면 컴퓨터를 켰다. 그것이 6년간 지난한 작가 지망생의 나날로 이어질 줄 몰랐던 그때는 소설을 쓰는 그 시간이 그렇게 좋을 수가 없었다. 그렇게 행복할 수가 없었다. 머릿속에서 펼쳐지는 온갖 터무니없는 상상들을 컴퓨터에 옮겨 넣으면서 나는 뿌듯해했다. 내 손끝에서 나오는 문장 속에서 나는 무엇이든 될 수 있었다. 억대 연봉을 받으며 잘나가는 회사원도, 대학원에 진학해 석사, 박사, 박사후 과정까지 한 대학교수도 될 수 있었다. 소설 속에서는 커다란 배를 힘겹게 구부리고 앉아 식탁 밑 밥풀을 떼어내지도 않았고, 회사와 대학원을 동시에 다니는 남편을 시샘하며 질질 짜지도 않았다. 언제나 여유 있고 너그러우며 예쁘게 웃고 똑 부러지게 말하는, 엄청나게 멋진 인간이었다.

펼치는 것만으로도 위로가 되는 어린이책

《어린이와 그림책》 | 마쓰이 다다시

아이를 키우면서 가장 힘든 게 무엇이냐고 묻는다면 나는 주저 없이 '외로움'을 들겠다. 세상에 오직 나 혼자만 있는 것 같은 느낌. 강 건너로 화려하고 북적이는 세상이 보이는데 나만 홀로 외딴 섬에 고립돼 끝없이 고행을 반복하는 느낌. 다시는 사회에 나가지 못하고 능력(그런 게 있다면) 발휘를 하지 못한 채 마르고 닳도록 다른 사람들의 뒤치다꺼리만 하다가 죽을 것 같은 느낌. 이런 심정을 호소하면 사람들은 육아와 살림이 얼마나 가치 있는 일인지 몰라서 그런다며 자부심을 가지라고 위로하려 들었지만, 그런 말은 내게 그다지 위로가 되지 않았다. 그런 말로 나를 다독이려고 수없이 노력해보았지만, 어느 정도 견디고 나면 결국 똑같은 자리로 되돌아와 중얼거렸다. 가치야 있겠지. 하지만 모두 남을 위한 일인걸. 다 남 잘되라고 하는 일인걸. 정작 나는? 나는 뭐가 되는 건데? 이쯤에서 자식이 어떻게 '남'이냐는 질문이 날아올지도 모르겠다. 그렇다면 이렇게 되묻고 싶다. 그렇다면 자식은 '나'인가? 내가 두통으로 한 걸음도 땅에서 떼지 못하는 상태가 된다 치자. 자식이 그 고통을 같이 느낄 수 있는가? 내가 세상에 대한 고립감으로 가슴이 미어지는 것 같다고 하자. 자식이 그 마음을 체감하는가? 천만에. 세상 누구도 내 두통, 내 고립감, 내 슬픔을 느끼지 못한다. 10분의 1, 아니 100분의 1도. 그러므로 자식은 남이다. 남편도, 부모도 마찬가지다. 가족은 비교적 가까운 남일 뿐, 남이다. 이 개념을 이해하지 못하기 때문에, 혹은 남들에 의해 부정당하기 때문에 가족 관계가 상처와 불행의 근원이 되는 것이다. 남이란 무엇인가? 내가 아닌 사람. 그렇다면 남과는 어떻게 지내야 하는 가? 거리를 두고 예의 바르게.

우리 가족 문화에서는 이게 안 된다. 특히 아이와 부모 사이에서 이 개념이 가장 많이 훼손된다. 아이와 부모가 뒤얽혀 내가 너인지, 네가 나인지 알 수 없는 상태로 수많은 시간을 보낸다. 그러나 아이와 부모는 분명히 다른 생명체이기 때문에, 이 상태가 서로에게 고통을 주는 순간이 온다. 나는 이러한 얽힘이 정점에 이르는 '독박 육아' 시기를 통과하고 있었고, 감당하기 힘든 무게를 분산시키기 위해 엄마와 시어머니, 친척들에게 허우적허우적 손을 내밀었다. 결혼 뒤 위험하게 휘청거리다가 겨우 다시 정립되는가 싶던 나와 부모 사이 적당한 거리감이 아이의 탄생과 함께 와르르 무너졌다. 나와 너를 구분하지 못하는 가족 구성원들 간의 구렁텅이에 빠져들어 나는 하루가 멀다 하고 눈물을 쏟아냈다.

문제는 이런 내 처지에 공감할 사람이 없다는 점이었다. 양가 조부모를 포함한 확대가족 중 누구도 나와 같은 입장에 처해 있지 않았다. 아이에 대한 책임은 일차적으로, 노골적으로, 온전히 나에게 있었다. 나 한 사람에게. 다른 사람들은 그저 도움을 주는 위치에 있을 뿐이었다. 심지어 남편도. 육아의 한 귀퉁이를 나누어든 이들은 어떠한 형태로든 내가 고마워해야 한다고 느꼈고, 내가 기대만큼 충분히 고마워하지 않으면 괘씸해했다. 나는 이 세밀한 마음의 흐름을 포착한 뒤 괴로워했고, 차츰 도움을 받는 비중을 줄

여나갔다. 도움을 받고 고마워하는 형태가 아니라 동등한 입장에서 애환을 나누려면 결국 다른 엄마들과 어울려야 했는데, 나와 성향이 맞으면서 아이들 연령이나 성별이 얼추 비슷한 엄마를 찾기란 하늘에서 별을 따는 것만큼 어려웠다. 설령 부단한 노력 끝에 비슷한 상황의 엄마를 찾는다 해도, 아이들의 다툼이나 생활수준 차이 때문에 미묘한 감정이 생기면 금세 멀어져버리곤 했다.

그 외로움. 세상에 나 혼자 남아 아이를 건사하고 있다는 감정만 아니라면 그 시기가 그렇게 고통스럽지 않았으리라. 누군가 옆에 있다는 느낌만 있었다면, 혹은 몇 년 이렇게 하고 나면 사회에 다시 나갈 수 있다는 보장만 돼 있었다면 밥이나 빨래, 설거지 같은 육체노동은 얼마든지 할 수 있었을 것이다. 할 수 있는 게 다 뭔가. 하루 세 끼가 아니라 다섯 끼, 여섯 끼도, 빨래를 하루에 열 번, 스무 번도 할 수 있었을 것이다. 그러니까 문제는 몸보다 마음에 있었다. 외로움. 뼛속까지 스며오는 외로움. 세상에서 격리되었다는 고립감.

그 느낌을 감소시켜주는 것은 역설적이게도 아이였다. 정확히 말하면 아이와 연계되어 다가오는 새로운 분야의 세계들이었다. 취학 전 아이 하나를 키우던 이 시기에 나는 '어린이책'이라는 분야에 푹 빠져들었다. 아름다운 삽화와 꾸밈없이 맑은 문장이 나오는 어린이책들은 펼쳐드는 것만으로 나를 치유해주었다. 그리고 어른이 어린이책에 대해 쓴 《어린이와 그림책》은 나와 내 아이가 함께 책을 읽는 행위에 서리는 예술적인 아름다움을 알아볼 수 있게 해주었다. 엄마라는 자리에 날아드는 각종 부담들을 감당하느라 허덕이는 가운데, 엄마라는 자리만이 누릴 수 있는 특권과 빛, 깊은 사랑이 있음을 알게 해주는 단비 같은 책이었다. 때로 취학 전 아이를 둔 엄마들이 선배 엄마인 내게 육아의 외로움과 고단함을 호소할 때가 있다. 그 엄마들에게 나는 그림책을 읽으라고 권해준다. 아이에게 읽어주기 위해 억지로 읽지 말고 본인이 끌리는 그림책을 골라서 읽으라고. 풀 길이 없는 감정에 깊이 빠지게 될 때는 해결책을 찾기보단 아름다운 것들과 대면하는 편이 낫다. 특히 그 감정이 지독한 외로움일 때는 사람보다 사물이, 소박한 그림이 담긴 작은 직사각형의 물건들이 더 효과적일 수 있다.

4장

가능과 불가능의 사이에서

두 아이의 엄마

2009년, 두 아이의 엄마가 되었다. 한 아이의 엄마가 된다는 것이 엄마가 아니었을 때는 상상도 할 수 없던 변화를 동반한 것처럼, 두 아이의 엄마가 된다는 것은 한 아이의 엄마였을 때는 상상할 수 없던 지각변동을 동반했다. 둘째를 출산하기 전, 이미 두 아이의 엄마가 돼 있던 친구가 이런 말을 한 적이 있었다. "아이가 둘이 되면 일이 두 배로 늘어날 것 같지? 아니야. 일이 네 배, 다섯 배, 아니 무한대로 늘어나." 아이가 하나일 때 어떻게든 사회적인 삶을 유지하려 애쓰던 부부들이 둘이 되면 모든 걸 포기하고 가정에만 매달리게 된다는 말도 덧붙여주었다. 그러나 겪기 전에는 어떤 일이든 절대 그 강도를 알 수 없는 유한한 인간인 나는 당시 그 말을 조금도 알아듣지 못해서, 실제 두 아이의 엄마가 된 뒤 거의 패닉에 가까운 상태에 빠지게 되었다.

아이가 둘이 된다는 건 '일이 두 배가 되네, 세 배가 되네' 하는 차원이 아니었다. 그건 가능과 불가능의 사이에서 처절하게 울부짖으며 뛰어다니는 일이었다. 아직 돌도 안 된 갓난아이가 자고 있는데 유치원에서 돌아오는 큰아이를 마중 나가야 하고(세상모른 채

자고 있는 아이를 와락 깨워서 둘러업고 나가야 하나? 아니면 그대로 두고 나가야 하나? 그대로 두고 나갔다가 혹시 사고라도 나면 어떡하지?), 작은아이를 재워야 하는데 큰아이가 놀아주지 않는다고 울고(30분에 걸쳐 겨우 갓난아이를 재웠는데 방문을 확 열고 들어와 막 잠든 동생을 깨우는 큰아이!), 작은아이가 열감기에 시달리고 있는데 큰아이 유치원 행사에 꼭 참석해야 하고…. 돌보는 손은 하나인데 아이는 둘이니 매 순간 한 아이를 방치하거나 데리고 가는 것 중 선택을 해야 했고, 어떤 선택을 해도 후회와 죄책감이 후폭풍으로 따라붙었다.

이 시기에 나는 애를 봐달라며 여기저기 구걸하고 다녔는데, 상황이 너무 급박했기 때문에 '부모님과의 적절한 거리감'이라든가 '자존심' 같은 건 도무지 챙길 겨를이 없었다. 가끔 자존심을 지켜보겠다고 나 혼자 둘째를 둘러업고 큰아이 관련 일에 참가하면, 두 아이 모두 마음을 다치게 되어 역대급으로 오래가는 초강력 죄책감에 시달려야 했다. 아이가 하나일 때는 그나마 배 속으로 들어간다는 느낌을 가지고 먹었던 밥도, 이제는 대체 입으로 들어가는지 코로 들어가는지 알 수가 없게 되었다. 아니, 내가 밥을 먹었는지 안 먹었는지 자체를 알 수가 없었다. 언제나 배가 고팠으니까. 시간에 쫓겨 급하게 욱여넣는 밥은 조금의 포만감도 주지 못했고, 나는 틈만 나면 먹을 걸 배 속으로 쓸어 넣으며 이미 살로 출렁이고 있던 몸 면적을 나날이 늘려나갔다. 이때도 큰아이 때와 마찬가지로 다양한 이들이 '지금 살 안 빼면 큰일 난다'는 충고를 시도 때도 없이 퍼부어주었지만, 아이 하나일 때와는 비교도 할 수 없게 늘어난 집안일에 치이던 나에게는 그런 충고에 기분이 상할 만한 에너지조차 남아 있지 않았다.

육체적으로도 지쳐 있었지만 이 시기에 나를 가장 괴롭힌 건 육체의 피곤함보다는 아이들을 대하는 나의 태도였다. 두 아이의 엄마가 된 뒤, 아이들에게 잘해주려 애쓰다가도 어느 순간 폭발해 버럭버럭 소리를 질러대는 버릇이 내 안에 똬리를 틀고 있었다. 큰아이가 제힘으로 제법 많은 것을 하게 된 즈음이었을 것이다. 포효는 주로 조금 더 어른에 가까운 큰아이를 향했다. 아이의 눈에 맺힌 눈물을 보며 '이건 아닌데'라고 생각했지만, 분출하기 시작한 굉음과 분노에 찬 손짓 발짓, 한 맺힌 듯 풀리는 폭언은 제 리듬을 타고 맹렬히 기세를 높여갔다. 이러면 안 된다고 생각하면서도 결국 '갈 데까지' 가버렸고, 아이가 잘못했다면서 한참 눈물을 흘린 뒤에야 정신을 차리고 그 상태에서 빠져나왔다. 그런 날 밤이면 죄책감에 잠을 이루지 못했다. 눈물을 글썽이며 애정을 호소하던 아이의 눈빛이 자꾸 떠올라 도저히 의식을 놓을 수 없었다. '아이한테 상처를 주었다. 아이는 오늘을 잊지 못할 것이다. 나는 악마 같은 엄마다….' 이런 생각을 하며 뜬눈으로 밤을 지새웠다.

다시는 그렇게 하지 않을 거라고 다짐했으면서도 며칠 지나지 않아 같은 행동을 되풀이했다. 참다 참다 한순간 소리를 지르고 발을 구르며 분노를 표출하고… 반복될 때마다 행동의 강도는 조금씩 높아졌고, 급기야는 손을 쳐들어 아이를 내리치기 직전에 이르렀다. 거의 아이를 때릴 뻔한 순간까지 갔다가 가까스로 나를 추스른 이후로, 뭔가를 해야겠다고 생각했다. 그리고 인터넷으로 검색을 시작했다. '아이한테 자꾸 화를 내요'라는 검색어로 시작한 장시간의 서핑 끝에 내가 할 수 있는 일은 ①육아서를 읽거나 ②부모 교육 강연을 들으러 다니는 일이라는 결론에 도달했다. 물론 전문가에게 개인 상담을 받으러 가는 게 가장 강력하고 확실한 방법 같아 보였지만, 내가 향유하기에는 너무 값비싼 여정이라 몇 번 검색을 해보다 포기하고 말았다.

육아서를 읽으면 좋은 엄마가 될 수 있을까

《엄마 학교》 | 서형숙

우선은 육아서에 접근했다. 책을 사서 읽기만 하면 되니 실현성이 높았고, 여유 있을 때 읽다가 상황이 급박하면 바로 내려놓을 수 있으니 시간 제약도 없을 터였다. 처음 손에 잡힌 육아서는 서형숙의 《엄마 학교》였다.

《엄마 학교》를 읽던 초반에는 일상이 거의 눈물로 도배되다시피 했다. 책에 따르면 위험한 유리그릇들을 치워놓은 뒤 부엌 찬장을 아이한테 완전히 개방하라는데, 나는 전혀 그러지 않고 있었다. 그 이유가 아이의 호기심과 도전 정신을 북돋기 위함이라는 문장을 읽어 내려가면서, 가슴이 뜨끔하고 얼굴이 벌겋게 달아올랐다. 아이들이 부엌 찬장을 열려 하면 "위험해! 그쪽으로 가지 말라고 도대체 몇 번을 말해!"라고 쏘아붙이던 내 모습이 너무나 선명하게 오버랩되었던 것이다. 아아, 나는 아이의 호기심을 북돋워줄 기회를 발로 차버렸구나, 정말 나쁜 엄마였구나!

당시 유행하던 육아서를 섭렵해나가면서 나는 부끄러움에 휩싸였다. 육아서에 나오는 말들이 마치 나를 관찰하고 있다가 반면교사로 인용해 쓴 것처럼 느껴졌다. '저 엄마처럼 하면 절대 안 되고 이렇게 해야 해!' 그렇게 말하는 것 같았다. 책에서 권하는 방법들이 내게는 한 문장도 해당되지 않았다. 책에서는 아이가 원할 때

하던 일을 멈추고 바로 반응해주라고 했지만 나는 그러지 못했다. 뭔가를 하고 있을 때 아이가 부르면 일을 멈추고 달려가기는커녕 "넌 지금 엄마가 뭐 하고 있는지 안 보이니?"라고 반문했고, 도마질을 하다가 전화가 걸려온 와중에 아이가 와서 자기를 봐달라고 하면 "지금 엄마 바쁜 거 안 보여? 엄마 몸이 두 개니?"라고 매정하게 일갈했다. 정말이지 하나에서부터 열까지 내게는 좋은 엄마에 해당되는 자질이 하나도 없었다.

부끄러움을 넘어서 죄책감과 공포심을 느끼게 하는 육아서도 있었다.

여자는 자식을 낳고서도 혼자 몸일 때와 같은 연약한 여자의 심성으로 살면 자식을 잘 키울 수 없다. 이런저런 자극에 흔들리며 불안해하고, 자기 마음대로 안 된다고 성질내던 내 습관대로 아이를 키우면, 아이도 엄마처럼 불안정하고 분노가 많은 사람이 된다. 아이가 건강하고 심리적으로 안정되고 행복하려면 먼저 엄마부터 마음의 중심을 잡아야 한다. 이리저리 흔들리는 불안한 여인의 마음이 아니라, '내 아이는 무슨 일이 있어도 내가 지킨다'는 굳건한 엄마의 마음을 가져야 한다. 그래야 아이가 그런 엄마의 마음을 지지대 삼아서 잘 자란다. (법륜, 《엄마 수업》, 15쪽)

내가 분노하면 내 아이도 나처럼 분노가 많은 사람이 된다니….

나는 이 부분을 포스트잇에 써서 여기저기 붙여놓고 화가 날 때마다 들여다보았다. 아침에 일어나자마자 여러 번 소리 내 읽기도 했다. 덕분에 사흘간 '친절하고 다정한 엄마'로 살았다.

하지만 이런 부분은 아무리 노력해도 그대로 지켜지지 않았다.

아침에 눈을 떴을 때 갱에 갇혀 있다 살아 나온 칠레 광부처럼 기뻐해야 돼요. 얼싸안고 '아이고, 오늘도 살았네' 이러면서 펄쩍펄쩍 뛰어야 돼요. 그러면 인생의 고민은 싹 다 해결이 됩니다.

《엄마 수업》, 233쪽)

아침에 눈을 떴을 때 내 눈에 들어오는 건 어젯밤에 두 아이가 노느라 난장판이 된 집 안이었고, 뇌리를 점령하는 건 '아침은 뭘 해 먹이지?' 하는 생각뿐이었다. 의무감과 부담감이 밀려올 뿐 살아 있어서 기쁘다는 마음은 아무리 노력해도 들지 않았다. 집 안을 치우고 있는데 아이들이 방금 치운 블록을 다시 엎어버렸을 때는 '왜 나는 이렇게 허덕허덕 집안일을 하는데 저 아이들은 저리 태평하게 블록을 갖고 놀아야 하는가?'라는 억하심정에 휩싸이기도 했다. 내가 하녀처럼, 아이들이 상전처럼 느껴졌던 것이다. 그러나 그 순간에도 나는 마음을 다잡으려 노력했다. 저렇게 예쁜 아이들을 두고 하녀, 상전 운운하다니 너무 계산적인 것 아닌가. 엄마가 돼서 어떻게 아이들을 보며 그런 생각을…

앞의 두 책과 완전히 다른 부류의 육아서도 있었다. 《지랄발랄 하은맘의 불량육아》라는 책이었다. 앞서 예로 든 두 권이 주로 '따뜻하게 품어주라'며 정서적 지지를 강조하는 부류였다면 《지랄발랄 하은맘의 불량육아》는 학원을 보내지 않고도 '해리 포터' 시리즈를 원서로 줄줄 읽게 해주는 '학습 비법'을 알려주는 육아서였다.

특이하게도 이 책은 기존 육아서들에 대한 성토로 시작한다. "아이가 내 인생 최고의 선물이라고요? 이럴 줄 알았으면 안 받았어요. 절대." 이렇게 포문을 연 작가는 육아에서 오는 괴로움과 사교육 시장에 휩쓸려 아이를 여기저기 보내야 하는 엄마들의 고충을 적나라하게 토로한다. 육아서에서는 금기에 해당하는 거친 욕도 섞어가며 아이를 학원으로 내돌리는 것은 어리석은 짓이고 오직 책으로만 키워야 한다는, 아이가 원할 때는 밤을 새워서라도 책을 읽어주어야 한다는 주장을 거침없이 펼쳐나간다. 솔직하고 재미있는 화법에 적나라한 자기 사례 노출, 어떻게 하면 학원에 보내지 않고도 아이가 영어에 통달하도록 만들 수 있는지 깨알 같은 학습 비법들을 설명하는 이 책은 굉장히 신선하고 흥미로웠다.

나는 속을 후련하게 후벼 파주는 것 같은 이 책을 한달음에 다 읽고 저자가 권한 대로 어린이용 전집 두 세트를 사들였다. 원래부터 책에 관심이 많아서 이미 집에 전집이 넘치도록 차 있었지만 이 책을 읽으니 그 정도론 어림없겠다 싶었다. 원래 있던 책을 종류별로 정리하고 새로 들인 책을 새로 사들인 책장에 일렬로 꽂아

넣으면서 나는 전의를 불태웠다. 그래, 책이다! 책이 나를 구원할 것이다! 아이들이 책을 많이 읽으면 모든 게 해결될 것이다. 학원을 안 보내도 되는 건 물론, 인성적으로도 훌륭한 아이로 자라나게 되리라. 몇 년만 더 참으면서 아이들을 책벌레로 만들자. 파이팅!

그러나 막상 실행에 들어갔을 때, 좌절감에 휩싸였다. 일곱 살, 세 살인 아이들은 내가 거금을 들여 구비해놓은 전집에 눈길도 주지 않았고, 읽는다 해도 한두 권 정도에 관심을 보이다가 이내 도망가서 블록을 쌓거나 칼싸움을 벌였다. 저자의 아이는 새벽 3, 4시까지 책을 읽어달라고 졸라서 읽어주느라 목이 쉴 뻔했다는데, 내 아이들은 안 그랬다. 새벽까지 책을 보기는커녕 5분도 채 넘기지 못했고, 며칠간 붙잡고 읽어줬지만 종내는 사들인 전집에 눈길도 주지 않는 사태에 이르렀다. 원래 책을 좋아하는 편이라 환경만 잘 조성해주면 저자의 아이처럼 신들린 듯 읽게 될 거라 내심 기대했는데 실망이었다. 나는 엄마의 원대한 기대에 미치지 못한 아이들에게 짜증을 부리기 시작했다. 자기도 모르는 새 시험에 들었다가 합격선을 넘지 못한 아이들은 쏟아지는 신경질에 영문을 모른 채 눈을 깜빡이기만 했다.

먼저 너 자신을 치유하라

《심리학이 어린 시절을 말하다》 | 우르술라 누버

어린 시절의 기억에 맺힌 우리 엄마는 차갑고 강한 사람이었다. 초등학교 선생님이었던 엄마는 늘 바빴고, 틈만 나면 언니와 나에게 짧고 강렬한 꾸짖음을 날렸다. 이제 와 생각해보면 일하랴, 집안일 하랴, 아이들 키우랴, 얼마나 힘들고 바빴을까 싶지만 어린 내 뇌리에 그런 조숙한 생각이 들어 있었을 리 만무하므로 나는 엄마를 막연히 무섭고 좀 귀찮은 존재쯤으로 여겼다. 한번 말해서 듣지 않으면 무서운 얼굴로 호통을 치던 엄마는 늘 피곤한 모습이었다. 호통과 살벌한 분위기에 압도되어 엄마가 하라는 일들을 마지못해 꾸물꾸물하면서 내 마음을 스쳐 갔던 두려움과 희미한 죄책감이 바로 어제 일인 것처럼 기억날 때가 있다. 그 기억에 대한 소회는 시간이 지나면서 계속 색깔을 달리했는데, 취학 전 아이 둘을 두었던 그 시기에는 매번 야박한 쪽으로 흘렀다.

"우리 엄마는 정말 매정한 사람이었거든."

사람들에게 내 어린 시절에 대해 얘기할 때면 이렇게 서두를 꺼냈다.

"내가 하는 말을 다 차갑게 잘라버렸어. 안 된다고 하거나 쓸데없는 생각 하지 말라거나, 이런 반응이 전부였지."

그러고는 성장 과정 내내 엄마가 얼마나 쌀쌀맞게 굴었는지, 얼마나 내 말에 귀 기울여주지 않았는지, 그것이 얼마나 상처를 주었는지 구구절절 늘어놓았다.

"내가 소심하고 사람들과 관계 맺는 데 자신 없어 하는 게 다 엄마 때문이야. 엄마가 나를 따뜻하게 대해주지 않으니까 늘 거절당한다는 불안을 안고 산 거지."

어릴 때 사랑을 많이 받아야 사랑을 줄 수 있는 사람이 되는 것이라는, 그러므로 부모인 당신이 너그럽고 따뜻하게 대해주어야 아이가 따뜻하고 온정적인 사람으로 자랄 것이라는 논지의 육아서를 넘치도록 읽은 뒤, 정작 나 자신이 아이에게 사랑을 실천하는 것보다 내게 사랑을 베풀지 않았던 엄마를 탓하는 작업에 더 심혈을 기울였다.

"거절당할 거라는 생각이 몸에 배어 있으니까 사람들에게 잘 다가가지도 못하고. 내 자존감이 낮은 건 다 사랑받지 못했던 성장 과정 때문이야."

정작 그런 말을 하고 다니던 시점에 엄마와 나의 관계는 무척 좋았다. 인생에서 너무 이른 시기에 엄마는 배우자를, 언니와 나는 아빠를 잃었는데, 그 엄청난 사건을 통과하면서 우리 세 모녀의 관계에는 차츰 관용과 이해가 들어섰다. 아마도 '남자가 없는 집'을 엄청난 결핍이 있는 곳으로 바라보는 사회의 차갑고 모순된 시선이 우리 모녀를 단단하게 뭉치게 했을 것이다. 우리에게는 다 함께 맞서 싸워야 할 순간들이 있었고, 힘을 합치기 위해서는 지난 자잘한 일 같은 건 통 크게 이해하고 넘어가야 했다. 이 과정을 통과하면서 나는 어른들이 말하는 '철'이 들었을 테고, 엄마도 이전과는 달리 나를 조금 더 성인으로 인정하는 관점이 자리 잡았을 것이다. 결혼 뒤 아이를 낳자 엄마와 나의 관계는(그때는 의식하지 못했지만) 일종의 친구 같은 관계로 서서히 변모해가고 있었다.

"내가 겉으론 세 보여도 사실 남들이 하자는 대로 이끌려가는 편이거든? 그게 왜 그러겠어. 자존감이 낮으니까 자기 의견을 끝까지 못 밀고 나가는 거라고."

그럼에도 나는 엄마의 지난날, 그러니까 나를 키우던 30대의 엄마를 내 낮은 자존감 형성의 주범으로 자주 회고했다. 왜? 대체 왜 그랬을까? 지금에 와서는 그때 내 모습이 어처구니없게 느껴지지만, 당시는 열심히 그런 말을 하고 다녔다. 매정했던 엄마. 내 움츠러든 자아는 모두 엄마 탓. 엄마가 조금만 따뜻하게 대해줬더라면, 조금만 내 말에 귀를 기울여주었더라면, 공부하라고 무지막지하게 몰아붙이지 않았더라면 나는 자존감도 더 높았을 것이고, 반발심에 포기해버리는 일 없이 공부도 열심히 해서 사회적으로 더 좋은 입지에 섰을 텐데. 아아, 훨씬 잘나갈 수 있었던 내가 이렇게 별 볼일 없이 사는 것은 모조리 엄마 탓, 엄마 탓, 엄마 탓이다!

"그런데 재미있는 게 말이야."

엄마를 너무 흉보는 게 마음에 걸릴 때쯤엔 슬며시 화제를 내 아이들에게 돌렸다.

"내가 뚜껑 열려서 애들한테 불을 뿜을 때 보면(당시 애환을 나누던 이웃 엄마들과 나는 아이들 때문에 한 번씩 폭발하는 걸 '불을 뿜는다'고 표현했다) 딱 엄마가 갔던 선까지만 가는 거 있지? 엄마가 나를 혼낼 때 갔던 최고 강도, 딱 거기까지만."

언니와 나를 혼낼 때 엄마는 소리를 지르고 짜증을 냈다. 대부분 그 선에서 마무리가 됐지만 상황이 너무 심각할 때, 그러니까 우리가 저지른 짓이 너무 심하거나 꾸지람의 천둥 앞에서도 적절히 반성하는 기미를 보이지 않을 때 엄마는 손으로 우리 등짝을 내리치거나 자로 손바닥을 때렸다. 자주 있는 일은 아니었고, 엄마가 너무너무 화났을 때만 일어나는 일이었다. 그런데 가만 보니 나도 그러고 있었다. 화가 나는 일이 있을 때 소리를 지르며 발을 굴렀고(지금 생각해보니 엄마보다 훨씬 강도가 셌는데 당시에는 비슷하다고 생각했다), 연속해서 짜증을 냈으며(지금 생각해보니 엄마는 나처럼 여러 번 반복해서 짜증을 내지는 않았다. 딱 한 번 강렬하게 화를 냈으며 이후에는 무시무시한 침묵과 특유의 표정으로 우리를 제압했다. 그런데 당시에는 엄마와 같은 정도라고 착각했다), 그래도 사태가 진전되지 않으면(아이들은 대부분 금방 잘못을 인정했으니 엄밀히 말하면 '그래도 내 분에서 풀려나오지 못하면'이라고 표현해야 할 것이다) 등을 찰싹찰싹 쳤다.

이 시점에서 정확히 정리하고 넘어가자면, 엄마와 나 사이의 유사점은 최고점에 이르렀을 때 하는 행위뿐이었다. 손으로 등짝을 치는 것. 그 외에는 내가 엄마보다 훨씬 비이성적이었다. 나는 엄마가 절대 하지 않았던 '했던 말 미친 듯이 반복하기', '아이에게 내 인생에 대한 넋두리를 주절주절 늘어놓기', '울면서 공룡처럼 발 구르기', '엄마가 힘들어서 집을 나가버렸으면 좋겠냐고 협박하기'를 단골 레퍼토리로 써먹었다. 등짝 치기는 정말 드물게, 전부 합쳐서 다섯 손가락 안에 들 정도로만 하다가 세상에 '사랑의 매'는 없다는 사실을 깨달은 이후 다시는 하지 않았으므로, 이 부분에서는 내가 엄마보다 훨씬 더 '성인'급이라 생각했다. 그러나 이 역시 체벌에 대한 사회적 합의나 분위기의 변천사를 고려해보면 엄마가 내게 했던 것이나 내가 아이들에게 했던 것이 비슷한 수준이었다고 할 수 있다. 어쨌든 절대평가를 해보자면 나는 엄마보다는 덜 '때렸다'. 그러므로 화가 솟구칠 때 딱 엄마만큼 최고점에 이른다는 건 그냥 내가 그렇게 말하고 싶어 갖다 붙인 것에 불과했다.

그렇다면 나는 왜 그렇게 말하길 즐겼던가? 왜 내가 엄마랑 아이를 기르는 방식이 똑같다고 말하길 즐겼던가? 답은 당시 읽었던 수많은 육아서들에 있었다. '푸름이 아빠' 최희수의 저서들, 존 브래드쇼의 《상처받은 내면아이 치유》, 우르술라 누버의 《심리학이 어린 시절을 말하다》와 같은 책들은 '어린 시절의 상처', '내면아이' 같은 개념을 즐겨 사용했다. 네 안에는 어릴 때 부모로부터 혹은 주위 환경으로부터 받은 상처가 그대로 남아 있고, 그 때문에 똑같은 상처를 네 아이에게 주게 되는 것이다. 그러니 이제 그러지 마라. 정신 차리고 네 내면아이의 상처에서 걸어 나와 너 자신을 치유하라. 그런 뒤 네 아이에게 사랑을 주어라. 아이의 내면에 귀 기울여주고, 따뜻하게 답해주고, 엄마는 너를 사랑한다는 메시지를 계속해서 전해주어라. 네가 하는 매정한 말, 안 된다는 말, 무관심한 말 한마디는 아이의 가슴에 거대한 못이 되어 박힐 것이다. 아이 인생에서 돌이킬 수 없는 암초가 될 것이다. 당시 내가 읽었던 육아서들이 열성적으로 웅변하는 말이었다. 나는 그 책들을 읽으며 열심히 고개를 끄덕였다. 밑줄을 그었고, 암송했고, 가슴에 사무치는 문구는 베껴서 집 안 곳곳에 붙여놓았다. 분노를 다스리지 못하고 폭발해버리면 다음 날 일어나자마자 제일 먼저 포스트잇에 적힌 문구를 스무 번씩 큰 소리로 외쳤다.

엄마와 나의 관계를 나와 내 아이들의 관계에 일직선상으로 놓고 비교하며 회고하는 것은 책을 읽은 후 자연스럽게 따라붙는 '독후 행위'였다. 내가 그런 말을 즐겨 하게 된 데는 ①누군가에게 길게 말하는 행위가 좋았고 ②심리학이나 교육학에 대단히 조예가 깊은 것처럼 보이는 게 만족스러웠으며 ③그렇게 말을 하면 아이 앞에서 자꾸 폭발하는 내 버릇을 바로잡을 수 있을 거라는 믿음이 깔려 있었다. 그래서 나는 틈날 때마다 이런 이야기들을 늘어놓았다. 그러면 누군가의 엄마인 상대방도 열렬히 내 말에 찬동하며 자신과 자신의 엄마 이야기를 꺼내놓았다. 기나긴 공감의 향연. 길고 긴 이야기의 끝에는 서로 장렬한 눈빛을 나누며 '우리 다시는 아이들에게 그러지 말자'는 굳센 다짐을 반복했고, 그렇게 다짐을 한 날이면 그보다 더 상냥한 사람을 찾아볼 수 없을 정도로 따뜻한 엄마가 되어 아이들이 꿈나라로 갈 때까지 훈훈하고 사랑 넘치는 모드를 유지할 수 있었다.

행복해야 한다는 또 하나의 의무

《행복한 엄마가 행복한 아이를 만든다》 | 슈테파니 슈나이더

그러나 나는 못된 습성을 버리지 못했다. 육아서를 읽거나 다른 엄마들과 손을 맞잡고 '다시는 그러지 말자'는 다짐을 주고받은 뒤면 하루나 이틀 정도 '웃는 얼굴로 친절하게' 아이를 대했지만, 일정한 시간이 지나면 어김없이 소리를 지르고 화를 냈다. 이것은 엄청난 스트레스 요인이 됐다. 내가 나를 자제하지 못한다는 것, 그렇게 많은 책을 보고 그렇게 많은 강연을 듣고 그렇게 수없이 다짐을 했는데도 내가 나를 억제하지 못한다는 것은 나에 대한 자괴감과 열등감으로 이어졌다. 이러한 감정의 수렁에 빠지자 '못된 습성'은 더욱 기승을 부렸다. 육아서 읽기와 교육 강연 순례하기, 동료 엄마들과 다짐 주고받기 의식에 매진하기 전보다 더 빈번하게 불을 내뿜게 되었던 것이다.

혹시 나는 쓰레기인 것일까?

이 시기 마음속에 맺힌 내 이미지는 '쓰레기'였다. 엄마면서 애

들에게 사랑을 주기는커녕 툭하면 소리나 질러대고 울며 아이들을 탓하는 못나고 멍청한 인간. 그렇다고 돈을 '왕따시'만큼 벌어오는 워킹맘도 아닌 주제에(당시 번역 일로 적지 않은 액수의 수입을 올리고 있었지만 출퇴근할 장소도, 누군가에게 일하는 엄마임을 증명할 재직 증명서도 내놓을 수 없는 나를 스스로 어정쩡한 위치에 자리매김해두고 경시하고 있었다) 살림도, 육아도 제대로 하지 못하는 못난이. 한마디로 뭐 하나 잘하는 게 없이 불평만 많은 인간이라고 생각했던 것이다.

이 시기에는 주로 엄마가 더 행복해져야 함을 설파하는 책들을 읽었다. 신의진의 《나는 아이보다 나를 더 사랑한다》, 슈테파니 슈나이더의 《행복한 엄마가 행복한 아이를 만든다》와 같이 아이를 제대로 키워내기 위해서는 엄마가 먼저 행복해야 함을 강조하는 책들이었다.

엄마가 아이보다 자신을 더 사랑해야 한다는, 행복해야 한다는 당위성을 설파하는 책들을 읽으면서 얼마나 막막했던가. 얼마나 답답했던가. 눈물이 나면서 뭔가 말하고 싶었지만, 인생의 다른 단계에서 그러했듯 당시 나는 그 책들을 읽고 느낀 게 무엇인지 정확히 알지 못했다. 타인에게 좋은 영향을 미치기 위해 행복해야 한다는 것이, 의무로 다가오는 행복이 얼마나 억압적인 것인지를 그때는 인식해서 말로 풀어낼 수 없었다. 그냥 행복해야겠다고, 내가 행복하지 않아서 우리 아이들이 행복하지 않은가 보다고 습관처럼 죄책감을 느끼며 자책을 해댔다. 이 글을 쓰면서 이 시기에 만났던 책들을 다시 읽어보았다. 놀랍게도 그 책들은 지금 내가 하고자 하는 이야기와 맞닿아 있는 경우가 많았다. 그러나 당시 상황상 나를 더 사랑하는 삶을 살 수 없었던 내게는 책 속에 나오는 말들이 모두 허황한 말처럼, 빛 좋은 개살구처럼 느껴져 그저 '행복해야 한다는 또 하나의 의무'로만 다가왔다.

그렇다면 행복의 의무를 설파하는 그 책들을 읽으면서 '나쁜 엄마'라는 열등감과 죄책감에 더해 '행복해야 한다는 의무감'까지 갖게 된 나는 당시 어떻게 대응했던가? 술을 마셨다. 사방에서 황량한 모래바람이 불어오던 그 시기에, 나는 술을 마셨다. 유치원에 다니는 큰아이와 이제 걸음마를 떼고 왕성한 호기심으로 온 집안을 헤집고 다니는 작은아이 둘을 허덕이며 건사하고 어깨가 축 처질 즈음이면 황혼이 왔고, 황혼이 왔다는 건 이제 그날의 가장 크고 무거운 과제인 '저녁밥 차리기'에 돌입해야 한다는 소리였다. 아침과 점심은 시간이 없다는 핑계로 대충 먹고 지나갈 수 있어도 저녁은 반드시 제대로 영양가가 들어간 밥상을 차려내야 한다는 강박관념을 갖고 있었기 때문에, 저녁 할 시간이 돌아오는 건 어마어마한 스트레스였다. 쳇바퀴 돌듯 반복되는 일과를 보낸 뒤 저녁을 하려다 말고 부엌에 서서 냉장고에 남아 있던 매취순을 컵에 따라 마신 게 발단이었다. 빈속에 달큰하고 새콤한 술이 들어가자 싸하게 위장이 불타올랐다. 술기운이 저릿하게 몸으로 퍼져나가자 저녁을 짓는 일이 갑자기 별거 아닌 일처럼 느껴졌다.

까짓 밥, 하면 되지! 별거야? 까짓 국, 끓이면 되지! 몇 가지 뚝딱 뚝딱 썰기만 하면 되잖아? 그게 뭐라고! 밥 짓는 과정이 껌 씹듯 손쉽게 느껴졌다. 알딸딸하게 취기가 오르자 아이들이 그렇게 귀엽고 사랑스럽게 느껴질 수가 없었다. 평소 같으면 귀찮게 여겨졌을 말과 행동들도 아이답기 그지없는 순수함으로 다가왔다. 저녁을 해결하고 나면 어김없이 닥쳐오는 잔일들, 산더미처럼 쌓인 설거지와 아이들을 씻기고 재우는 일도 다 사소하게 느껴졌다. 그렇게 술의 힘으로 저녁 시간을 버티고 나자 다음 날에도 한잔, 그다음 날에도 한잔 마시게 되었고, 술의 향연은 매일매일 나 자신에게 내리는 위로와 격려의 의례로 자리 잡기에 이르렀다.

5장

아빠, 넌 누구냐

아빠의 자리

어쩌면 남편도 나만큼 힘들지 모르겠다고 생각한 것은 세월이 한참 지난 뒤였다. 큰아이가 초등학생, 작은아이가 유치원생이 되었을 무렵이다. 아이들을 먹이느라 내 식사는 허겁지겁 배 속으로 쓸어 넣다시피 하던 상황에서 벗어나 의식주 전반을 보다 인간다운 환경에서 누릴 수 있게 되자, 나는 첨예한 긴장 상태에서 빠져나와 너그러운 시선을 갖게 되었다.

번역서의 원고 마감 때문에 내가 시간을 낼 수 없었던 주말, 남편이 아이 둘을 데리고 작은아이의 유치원 행사에 참석한 게 발단이었다. 남편은 아이를 데리고 올 주체가 처음부터 끝까지 일관되게 '엄마'로 명시돼 있는 행사 안내장을 훑어보다가 난감한 표정을 지었지만 이내 자기가 참석하겠다고 했다. 한창 작업을 하고 있는데, 나간 지 세 시간도 채 되지 않아 아이들과 남편이 돌아왔다.

"왜 벌써 왔어?"

나는 의아한 얼굴로 물었다. 유치원 측에서 행사 뒤에 아이들끼리 어울려 노는 시간을 마련해줄 거라고 미리 알려주었던 터라 더 늦게 오리라 예상하고 있었던 것이다.

"그냥… 좀 앉아 있다 왔어. 애들도 빨리 가자고 하고."

남편이 떨떠름한 얼굴로 말했다. 나는 질문을 몇 가지 더 해보다가 그냥 저녁 메뉴에 관한 화제로 넘어갔다.

저녁을 먹으면서도 계속 행사에 대해 물었다. 궁금증이 시원하게 풀리지 않았던 것이다. 분명 애들은 남아서 더 놀고 싶어 했을 텐데 왜 이렇게 일찍 왔을까. 뒤풀이로 같이 키즈 카페에 저녁이라도 먹으러 갈 분위기였는데?

시큰둥한 남편의 대답을 듣다가, 어느 순간 깨달았다. 그 자리에 있기 어색했구나! 처음부터 참석자로 '엄마'가 호명되어 있던 행사였다. 아이들에게 물어보니 행사 내내 원장이 보호자를 지칭할 때 '어머님들'이라는 말을 사용했다고 한다. 안 봐도 어떤 분위기였을지 상상이 갔다. 공식 행사가 끝난 뒤 티타임을 마련해주면서도 "어머님들, 이쪽으로 오세요"라고 했을 것이다. 가끔 의식적으로 "아버님들도 이쪽으로 오세요"라는 말을 곁들였겠지.

"아빠는 당신 혼자였어?"

문득 궁금해졌다. 스무 명 정도의 보호자가 왔을 텐데, 나 빼고 모두 엄마가 참석했을까? 시간이 안 되는 엄마가 나밖에 없었을까?

"아니. 다른 아빠들도 있었어. 한… 대여섯 명?"

조금 놀랐다. 대여섯 명이면 4 대 1의 비율이 아닌가? 아빠들의 참가율이 상당히 높았던 것이다.

"다른 아빠들도 다 뒤풀이 안 가고 집에 갔어?"

남편은 잠깐 생각하는 표정을 짓더니 천천히 고개를 끄덕였다.

"어… 그런 것 같은데?"

남편의 표정을 살피다가, 나도 천천히 고개를 끄덕였다. 뻘쭘했겠구나. 그래서 일찍 왔구나.

그때 처음 생각했다. 동시대의 아빠들에 대하여. 가사와 육아에 참여하는 비율이 예전보다 훨씬 높지만 공식적으로는 여전히 가사와 육아에서 열외인 것처럼 취급되는 아빠들, 그들이 느낄 당혹스러움에 대하여. 그 어색함과 곤란함에 대하여.

미안해, 남편. 내가 미처 못 봤어

《아빠의 이동》| 제러미 스미스

그날 밤, 아이들을 재우고 책 검색에 돌입했다. 검색어는 '남편', '아빠', '성별 분담'이었다. 생각보다 많은 책이 있었다. 이것저것 보다가 《아빠의 이동》이라는 책을 발견했다. "광범위한 조사와 학문적인 연구를 더해 '아빠가 아이를 돌보는' 여러 가지 유형의 가정을 찾아냈으며, 변화하는 가정의 모습과 육아 형태를 풀어낸 책"이라는 출판사의 책 소개가 눈에 확 들어왔다.

저자는 미국의 소설가이자 칼럼니스트로, 아이를 전담해 키운 경험이 있는 사람이다. 그는 아이를 혼자서 돌보게 되었던 최초의 밤을 애틋하게 회고한다.

내가 알게 된 어떤 아버지들로부터 들은 이야기나 그들의 행동으로 판단하건대, 자신에게 자녀를 돌볼 책임이 있다고 생각하지 않는 사람들도 있다. 하지만 리코와 단둘이 그날 밤을 보내고 다음 날 아침 눈을 떴을 때, 나는 내가 아빠라는 걸, 그리고 앞으로도 평생 그러할 것이라는 걸 깨달았다. 그런 경험을 하고 나자 훨씬 행복해졌다. 그리고 이상하리만치 자유로웠다.(166~167쪽)

그는 처음엔 부담스럽고 어떻게 해야 할지 몰라 당황했지만, 아이와 단둘이 하룻밤을 보내고 난 뒤 아이를 키우는 게 자신에게 커다란 자신감과 활력을 주는 일임을 깨닫게 된다. 아울러 누군가를 돌보는 능력이 특정 성별만이 아니라 인간이라면 누구에게나 주어진 기본적인 능력이자 권리라는 사실도 알게 된다. 저자의 사유는 한 단계 더 나아간다. 자신을 비롯한 미국의 아버지들이 살림과 육아에서 당연한 듯 배제되어왔다는 사실과 그것이 여성에게는 물론이고 남성들에게도 커다란 해악이 되어왔다는 사실을 깨닫고 경악한다. 그때부터 그는 육아를 전담하는 아빠들을 찾아 심층 인터뷰를 하기 시작한다. 그리고 그 결과를 정리하여 미국 아빠들의 주부 생활 연대기를 기술하고, 옛날 아버지와 요즘 아버지의 차이점을 분석하며, 요즘 아버지들만이 겪는 애환을 구석구석 절절하게 그려낸다.

책을 읽으면서 여러 번 고개를 끄덕였다. 미국의 상황은 현재 우리나라의 상황과 별반 다르지 않았다. 육아를 전담하는 미국 아빠들 이야기를 읽는데, 전에 있었던 일들이 주마등처럼 스쳐 지나갔다. 우리 집에서도 남편이 육아의 장면에서 곤란함을 호소해온 경우가 꽤 있었다. 큰아이가 갓난아기였을 때 남편 혼자 아이를 데리고 마트에 갔다가 수유실에 엄마만 출입하게 되어 있어 분유를 먹이고 기저귀를 가는 데 어려움을 겪었던 경우, 남편이 큰아이를 데리고 어떤 프로그램에 참가하려 했는데 참가 대상이 '아이와 엄마'로 명시되어 있어 데리고 가지 못했던 경우, 이유식 조리법을 알려고 인터넷 카페에 가입하려 했는데 '엄마'가 아니어서 가입하지 못했던 경우…. 남편은 '아빠'이기 때문에 육아의 많은 장면에서 당연한 듯 제외되어 있었다. 당시에는 어린아이 둘을 보면서 내 일을 할 시간을 내는 게 너무 절박한 상황이라 남편이 그런 이야기를 하면 귓등으로 흘려들었다. 아이를 봐주기 싫어서 평계를 댄다고 생각했다. 마음만 있으면 왜 못 한단 말인가? 남편의 하소연을 듣는 둥 마는 둥 하다가 '그래도 데리고 가라. 거기서 못 들어가게 하지는 않을 거다' 하며 아이 손을 쥐여주고 등을 떠민 적도 있었다. 이제야 남편이 겪었을 상황이 마음에 들어오기 시작했다. 못 갈 자리에 끼어든 사람처럼 어색하게 시간을 보내야 했을 상황이.

아마도 가사와 육아에 남편을 참가시키려고 애썼던 엄마들은 대부분 이런 상황을 겪었을 것이다. 그리고 마치 자신이 해야 할 일을 남편에게 떠민 것처럼 찝찝했겠지. 상황상 모든 것을 혼자 해낼 수 없어 번번이 남편의 등을 떠밀면서, 그때마다 껄끄러움을 느꼈을 것이다. 그러니까 문제는 이 부분에 있었다. 현실에서 아빠가 육아에 동참하는 비율이 급속도로 증가하고 있는데, 사회와 조직은 여전히 엄마가 아이를 전적으로 돌본다는 예전 버전의 매뉴얼을 가동시키고 있는 것.

우리 사회는 남자가 밖에서 돈을 벌어오고 여자가 집에서 살림을 하는 구조에서 이미 한참 전에 빠져나왔다. 애초에 그런 구조가 온전히 존재했는지도 의문이지만, 부부 중 한쪽이 정규직으로 일하면서 4인 가족을 온전히 먹여 살리는 구조는 신자유주의라는 돌풍에 휘말려 진즉에 역사 속으로 사라져버렸다. 어느 날 갑자기 회사에서 밀려나 더 이상 '좋은 일자리'에서 임금을 받는 생활을 영위하지 못하게 된 남자들이 내 주변만 해도 차고 넘친다. 일과 시간에 남자가 집에 있다는 사실이 더 이상 놀랍고 예외적인 일로 여겨지는 시대가 아니라는 말이다. 그런데도 제도는 여전히 '아빠가 밖에서 일을 하고 엄마가 집에서 아이들을 돌보는 생활 패턴'만을 단일 시나리오로 삼는다.

이런 상황에서 가사와 육아의 주체를 '엄마'로만 한정했을 때 피해를 보는 것은 오히려 아빠일지도 모른다. 내 주위에는 다니던 직장을 그만두고 집에 있는 아빠들이 많지만, 이 중 가사와 육아에 당당하게 참여하는 사람은 한 명도 없다. 자신이 더 이상 직장에 다니고 있지 않음을 확실히 밝히지도 못한다. 집에 있으면서 자연스럽게 가사와 육아에 동참하게 되지만, 이웃과 마주칠 때는 그 사실을 슬며시 가리려 한다. 당분간 휴가를 받았다고 하거나 몇 개월 뒤 다른 직장에 나갈 예정이라고 애써 강변한다. 그리고 괴로움에 빠져든다. 자신이 정상적이지 못하다고, 있지 않아야 할 자리에 있다고 느끼는 아빠들의 괴리감과 자괴감은 어쩌다 한 번 마주치는 내게도 그대로 건너올 정도로 생생하고 강렬하다. 이미 정규직에 편입될 수 있는 남성의 비율이 현저히 줄어든 현실에서, 얼마나 많은 남성들이 이런 생활을 하며 괴로워하고 있을까?

제도와 정책이 시대의 변화를 따라가지 못할 때, 그 모순과 갈등은 온전히 사회 구성원들에게 돌아간다. 가사와 육아는 오랜 역사를 거쳐 여성의 일로 자리매김되면서, 마치 천연자원처럼 언제든지 제공되는 무보수 단순노동으로 평가절하되어 왔다. 하지만 생명을 살게 하고 키워내는 가사와 육아는 인간의 가장 중요한 부분을 채워주는 일이다. 돈으로 가치를 매기는 그 어떤 일들보다 값지고 귀한 일이다. 그리고 앞으로 우리는 첨단 기술과 인공지능 개발의 여파로 남녀 모두 시간과 장소의 제약을 받지 않는 일을 하면서 가사와 육아를 병행하게 될 것이다. 그것은 우리의 희망이나 의도와 상관없는 시대의 거센 흐름이다. 그런데도 국가와 사회는 이미 낡아버린 옛 사고와 가치관에 기대어 '엄마는 살림! 아빠는 돈!'을 외친다.

아들들의 밥그릇 속으로 열심히 생선 살을 발라 넣어주는 남편의 옆모습을 슬그머니 쳐다본다. 갑자기 울컥하면서, 미안함이 물큰물큰 목을 타고 넘어온다. 내가 내 의식주와 일할 시간을 확보하기 위해 사투를 벌이는 동안, 남편 또한 자기 의식주와 시간을 확보하기 위해 사투를 벌였을 것이다. 내가 우격다짐으로 밀어 넣은 육아의 자리에서, 남편은 못 올 자리에 온 것 같은 뻘쭘함을 무릅쓰며 어색한 시간을 견뎌야 했을 것이다. 좋은 아빠가 되어야 한다는 강박관념과 어떠한 경우에도 밥벌이는 해야만 당당히 아빠라고 말할 수 있다는 구태의연한 사고방식에 동시에 짓눌리며 무겁게 하루하루를 버텼을 것이다. 내게 일이라는 영역이 여성이라는 사회적 정체성 때문에 힘겹게 올라도 넘을 수 있을까 말까 한 높다란 언덕이었듯, 남편에겐 가사와 육아라는 영역이 사회적 선입견 때문에 오르기 힘든 거대한 산이었으리라. 그러니까 남편과 나는 남자와 여자라는 각자의 젠더를 뒤집어쓴 채, 한참 뒤처져 쫓아올 생각도 하지 않는 사회제도와 투쟁하면서 힘겹게 여기까지 온 것이다.

다음날 어떻게 변할지 모르지만 나는 일단 이렇게 중얼거려본다. 미안해, 남편. 내가 미처 못 봤어. 세상에 당사자만 일방적으로 고통스러운 일은 있을 수 없다는 걸. 한쪽이 고통스러우면 다른 쪽도 그만큼 고통스러울 수밖에 없다는 걸. 미안해, 남편님. 그리고 열렬히 소망한다. 국가와 제도가 제발 있는 그대로 사회상을 반영하길. 시대에 한참 뒤떨어져 경직된 성별 역할을 토대로 삼지 않고 남녀 모두 일과 가정에 고루 동참할 수 있도록 제도를 쇄신하길. 그리하여 아빠들이 생물학적 남성이라는 이유만으로 가사와 육아라는 생명력 넘치는 일에서 소외되고 불행해하지 않길.

'알아서 잘하는' 아빠는 없다

《나쁜 아빠》 | 로스 D. 파크·아민 A. 브롯

이번엔 육아 과정에서 주기적으로 일어나곤 했던 단골 레퍼토리, 가출 장면을 그려볼까 한다.

청소 문제를 놓고 남편과 다툼이 벌어진 게 발단이었다. 거실에 놓인 테이블 위를 청소하는 문제를 놓고 티격태격하다가, 우리 부부는 음성을 높이면서 거친 말을 주고받기에 이르렀다. 남편과 나는 상대가 말할 땐 입술을 깨물며 반격의 말을 준비하고 있다가 틈이 보이면 바로 상대의 말을 끊고 들어가 준비한 말을 퍼붓는 전형적인 부부 싸움을 벌였고, 그동안 자기들 방에 들어가서 귀를 쫑긋하고 살벌한 엄마, 아빠의 말싸움을 엿듣던 아이들이 어느새 슬금슬금 기어 나와 우리 주위를 돌아다니기 시작했다. 내 차례가 되어 작정하고 인생의 억울함을 토로하려는데 내 등짝에 달라붙어 있던 작은아이가 머리를 잡아당겼다. 순간 날카로운 통증을 느낀 나는 벌떡 일어나 소리를 질렀다. "다 필요 없어! 이 집구석에서 나는 완전 하녀야! 이제부터 너희끼리 살아!" 버럭 내지른 뒤 외투도 걸치지 않고 밖으로 나가버렸다.

초겨울, 밖은 엄청난 추위로 나를 맞이했다. 나는 얇은 티셔츠 하나에 패딩 조끼 차림으로 높다란 아파트 동 사이에 선 채 벌벌 떨며 하늘을 쳐다보았다. 어디로 가지? 바로 들어가버리고 싶다는 생각이 굴뚝같았지만, 그러기엔 너무 비장한 선언을 하고 나온 참이었다. 너희끼리 살아보라는, 다시는 이 집구석에 들어오지 않겠다는 육중한 선언을. 아, 추워. 어떻게 하지? 나는 양팔로 몸을 감싸 안은 채 제자리에서 펄쩍펄쩍 뛰었다. 입에서 하얀 입김이 새어 나와 쉴 새 없이 주위로 퍼져나갔다.

연락할 만한 친구 서너 명을 떠올려보다가, 단지 내 상가로 걸음을 옮겼다. 모두 아이들 씻기고 재우느라 한창 분주할 시간이었다. 전화해서 불쑥 나오라고 하면 나오든 나오지 못하든 피차 미안한 마음만 품게 될 터였다. 1층을 다 돌고 에스컬레이터에 올라타는데, 머릿속에 내가 집을 나와 먼 곳에 정착한 뒤 혼자 살아가는 모습이 그려졌다. 월세를 내는 원룸을 잡고, 인근에서 일을 구해 새벽부터 나가고, 밤이면 돌아와 글을 쓰고…. 당시 나는 번역 일을 그만두고 소설을 쓰고 있었기 때문에 낮에 일해 돈을 벌고 밤에 열성적으로 글을 쓰는 모습이 가출 시 내가 하게 될 생활의 단일 시나리오였다. 깨끗하기만 하다면 작은 집이라도 만족하고 살아야지. 그러려면 밤에 집으로 들어가 노트북을 챙겨서 나와야겠구나. 캄캄한 밤에 몰래 기어들어 노트북을 가지고 나오는 내 모습을 그려보자 콧등이 시큰해졌다. 내가 없어져버리면 아이들은 어떡하지? 엄마가 안 보이면 얼마나 당황할까? 이제 막 긴말을 구사하고 서툴게 한글을 쓰기 시작한 작은아이 얼굴이 커다랗게 떠올랐다. 엄마, 어디 갔어? 얼굴을 일그러뜨리며 우는 모습도 그려졌다. 에스컬레이터에서 내리자 은행 자동화 기기가 나타났다. 나는 자동화 기기 앞에 서서 울기 시작했다. 엄마의 부재를 인식하고 우는 아이를 떠올리자 봇물 터지듯 울음이 쏟아져 나왔다. 내가 없으면 누가 아이들을 안아줄까. 누가 아이들이 좋아하는 책을 빌려다 줄까. 걔들이 어떤 책을 좋아하는지, 어떤 타이밍에 책을 읽고 싶어 하는지 아는 사람은 세상에 나뿐인데. 큰애 학교 책가방을 확인하지 못했다는 사실도 마음에 걸렸다. 이럴 줄 알았으면 가방을 확인하고 나오는 건데! 내가 없으면 가족들이 바로 폐인이 되기라도 할 것처럼 오만 걱정을 하며 상가를 돌아다니다가, 결국 집으로 돌아왔다.

밤 11시가 넘은 시간. 문을 열고 들어가자 캄캄한 집 안이 나를 맞았다. 후끈한 공기와 저녁때 구웠던 생선 냄새가 포박하듯 코끝을 덮쳐왔다. 거실 여기저기에 흩어져 있는 장난감, 책, 유치원 가방이 어둠 가운데서 선명하게 시야에 잡혀왔다. 현관에 선 채, 나는 진저리를 쳤다. 그 익숙한 정경. 그 익숙한 냄새. '네가 있을 곳은 여기다. 오만 생각을 다 하고 종종거려도 결국 돌아올 곳은 여기뿐이다'라고 선포하는 듯한, 다시 발을 들이면 영영 이곳에서 헤어나지 못할 것 같은 느낌. 긴 한숨과 함께 신발을 벗고 들어가다가 나는 헉하고 뒤로 물러섰다. 눈앞에, 커다랗고 묵직한 형체의 피아노 바로 옆에, 까만 눈동자 두 개가 나를 올려다보고 있었다.

"엄마, 어디 갔다 왔어?"

어둠 속, 내 키의 반도 안 되는 작은 생명체가 눈을 빛내며 나를 올려다보고 있었다. 작은아이였다.

"엄마… 마트 갔다 왔어."

허리를 굽혀 아이를 안았다. 보드라운 머릿결과 살결이, 통통한 뱃살과 허리가, 숨을 내쉴 때마다 강렬하게 풍겨 나오는 특유의 단 내가 엄청난 아우라로 나를 감쌌다.

"마트?"

아이는 내게 안긴 채 반문했다.

"마트에서 뭐 샀어?"

"당근 사려고 했는데… 너무 늦어서… 안 팔아서 그냥 왔어."

안았던 팔을 풀면서 아이 앞에 무릎을 꿇고 앉아 시선을 맞추었다. 아이의 커다란 눈동자가 어둠 속에서 까맣게 빛났다.

"엄마, 괜찮아?"

제법 말 같은 말을 하게 된 아이가 내 머리에 손을 얹었다. 나는 눈물을 훔쳐내며 고개를 끄덕였다.

"응, 괜찮아."

"엄마, 아파?"

내가 울먹이며 어깨를 들썩이자 아이가 쪼그려 앉으며 내 얼굴을 올려다보았다.

"응, 엄마 아파. 많이… 아파."

아이를 와락 끌어안고 울었다. 엉엉, 소리 내어 울었다. 눈물이 아이 등을 적시고, 울음을 내뱉는 30대 후반 여인의 몸의 일렁임이 아이의 몸으로 고스란히 건너갔다.

"어디가 아픈데?"

아이가 또랑또랑한 목소리로 물었지만 나는 대답하지 못했다.

"의사 선생님한테 가봤어, 엄마?"

저를 끌어안고 짐승처럼 울음을 쏟아내는 성인 여자의 품에 안겨서도 흔들림 없이 청명한 목소리를 내는 아이의 마음이, 슬픔과 고통을 모르는 순진한 정서가 내게로 건너와 싸하게 스며들었다.

"오늘은 너무 늦었고, 내일 가보려고. 이제 자야지?"

한동안 아이를 안고 있다가, 감정을 추스르고 말했다. 아이는 계속해서 "엄마, 괜찮아?"라고 말하다가 내 손에 이끌려 아빠와 형이 잠들어 있는 방으로 들어갔다.

아이가 잠든 걸 확인한 뒤 건넌방으로 들어갔다. 내 책상 겸 남편의 책상, 큰아이 책상이 들어가 있어 꽉 찬 느낌을 주는 방. 불을 켜니 책과 인쇄물, 색연필과 사인펜을 비롯한 각종 필기구, 유치원 안내문과 가정통신문이 뒤엉켜 있는 책상 위에 알록달록 색이 칠해진 직사각형의 종이가 놓여 있는 게 눈에 들어왔다. 그리고 채색된 직사각형의 종이 정중앙에 쓰여 있던 문구.

정아은 최고.

그것은 조금 전까지 어두운 거실에 홀로 서서 엄마를 기다렸던 까만 눈동자의 아이가 나를 위로하기 위해 놓아둔 '돈'이었다. 주황색 바탕에 커다란 눈, 코, 입을 한 여자의 얼굴이 그려진 그 '가짜 돈'에는 1,000,000,000,000…0이 끝도 없이 달려 있고, 한편에 단발머리 여자가 웃고 있는 형상이 그려져 있었다. 그 여성의 머리에는 몸체보다 더 큰 왕관이 그려져 있었는데, 그 옆에 삐뚤삐뚤한 글씨로 '정아은 최고, 정아은 일등, 정아은 금메달'이라고 쓰여 있었다. 살면서 만져본 가장 큰 금액이며 앞으로도 다시는 만져보지 못할 금액인 그 돈을 들여다보면서 나는 알았다. 이 거액의 돈을 선물한 아이를 두고 내가 어디로 가버리지 못하리라는 것을. 앞으로도 가출이랍시고 집에서 튀어나가 씩씩거리는 짓을 또 하겠지만 결국 돌아와 못나게 울먹이게 될 것임을. 이 천형에서 나는 영원히 벗어나지 못할 것임을.

책상과 책상 사이 공간에 이불을 깔고 누웠지만, 잠을 이루지 못했다. 소리를 지르며 뛰쳐나가던 내 못난 모습이 자꾸만 떠올라 의식을 붙잡았다. 왜 그랬을까. 아이들도 다 보고 있는데 왜 그렇게 못난 모습을. 한동안 몸서리를 치다가, 이성을 잃기 전 상황을 차근차근 복기해보았다.

그때 나는 한창 저녁상을 차리고 있었다. 가스레인지 한쪽에서는 국이 끓고, 한쪽에서는 생선이 구워지고 있었다. 상에 올릴 반찬을 작은 종지에 덜고 있는데 거실에서 작은아이의 울음소리가 들려왔다. '동생이 형의 말투를 따라 했네, 안 했네'를 놓고 형제가 길게 신경전을 벌이다가 결국 나이 어린 쪽의 울음으로 번진 것.

들고 있던 뒤집개를 팽개치고 거실로 뛰어가 작은애를 안아주는데 큰애가 지나가는 소리로 말했다.

"나 내일까지 곰팡이 보고서 해가야 하는데."

나는 경악한 얼굴로 시계를 올려다보았다. 저녁 7시 반.

"그걸 지금 말하면 어떡해?"

곰팡이 보고서는 아이가 학교에서 3주에 걸쳐 진행하고 있는 과학 시간 프로젝트로, 3주간 곰팡이가 생성되고 번식하는 과정을 관찰한 뒤 사진을 첨부해 발표용 파일로 만들어가야 했다. 사진을 컴퓨터로 옮기는 것부터 시작해 각 사진에 설명을 덧붙이고 도표를 만들고 결론을 내는 것 모두를 누군가 이끌어주어야 했다. 즉 그것은 내 일이었다.

계속 우는 작은애를 어르다가, 부엌으로 뛰어가 국에 파를 넣고 생선을 뒤집다가, 다시 큰애 과제를 걱정하며 혼비백산 쇼를 벌이고 있는데, 남편이 현관문을 열고 들어왔다. 남편은 불룩한 노트북 가방과 양복 윗도리, 차 키를 들고 현관에 선 채 난장판이 된 거실을 둘러보더니 인상을 쓰며 말했다.

"제발 거실 테이블 좀 치우고 살자!"

남편의 입에서 나온 이 한마디, 아이들을 향해 말하는 모양새를 취했지만 나를 향한 말임에 분명한 그 한마디가 그때까지 겨우겨우 작동하고 있던 내 이성을 완전히 마비시켜버렸다. 나는 들고 있던 국자를 내팽개치며 외쳤다. "지금 그거 나한테 하는 말이지! 내가 뭐 하고 있는지 안 보여? 내가 무슨 손이 열 개 달렸어?" 자신이 무슨 말을 하고 있는지조차 전혀 의식하지 못하는 상태에 빠진 채 나는 끝도 없이 같은 말을 반복했다. 울고 발을 구르고 고함을 질렀다. 그리고 이어졌던 싸움, 가출, 어이없는 귀환, 눈물.

반복되던 장면을 반추하는 과정에서 나는 깨달았다. 내가 어느 때 헐크로 돌변하는지. 수많은 일들이 나를 향해 한꺼번에 덮쳐올 때였다. 그러니 똑같은 실수를 하지 않으려면 신경 써야 하는 일이 한꺼번에 닥쳐올 때 바짝 긴장해야 할 것이다. 내가 위기 상황에 빠져 있음을 인식하고 재빨리 빠져나와야 할 것이다. 혼자서 그 모든 불을 끄려 하지 말고 일을 나누어야 할 것이다. 이 대목에서 나는 생각에 잠겼다. 누구? 누구와 일을 나누어야 할 것인가? 바로 하나의 얼굴이 떠올랐다. 퇴근해 집에 들어서자마자 엄청난 고성과 분노에 직면한 뒤 마침내 뛰쳐나가는 아내의 모습을 지켜보아야 했던 우리 집의 유일한 성인 남성, 남편의 얼굴이.

입에서 길고 깊은 한숨이 흘러나왔다. 남편은 선량한 사람이다. 당신은 별생각 없이 한 말이겠지만 내게는 집 안 청소를 하지 못했다고 탓하는 것처럼 들려 불쾌했다고 말했다면 그는 그 자리에서 미안하다고 사과했을 것이다. 지금 밥상도 차려야 하고 작은애도 달래줘야 하는 상황이니 당신이 큰애 숙제 좀 도와주면 좋겠다고 침착하게 말했다면 그는 바로 그렇게 하겠다고 말했을 것이다. 그러나 나는 그렇게 하지 않았다. 모든 일을 다 내가 해야 한다고 생각했기 때문에 스트레스에 짓눌려 있었고, 그 결과로 이성을 잃고 폭발해버렸다. 문제는 그것이었다. 모든 일을 당연한 듯 내 몫으로만 생각하는 것.

미국의 저술가인 아민 브롯은 심리학자 로스 파크와 함께 집필한 저서 《나쁜 아빠》에서 "아버지들은 아내가 허용하는 것만큼만 집에서 아이들에게 관여한다"라고 말한다. 이 시대의 아버지들은 일과 가정 사이에서 이전 시대와는 다른 메시지를 받지만, 막상 사회에 나가 접하는 제도와 규범들이 이전 시대에서 한 발짝도 나아가지 않은 형태로 우뚝 서 있기 때문에 이러지도 저러지도 못하고 불안해하다가 결국 아내가 정해준 범위 내에서만 육아에 관여하게 된다는 것. 사회제도와 미디어와 가족 구성원들이 일관성 없는 메시지를 시도 때도 없이 내보내기 때문에(남자는 반드시 가족들이 먹고살 돈을 벌어와야 한다! vs. 가족들과 함께 시간을 보내지 않는다면 돈을 아무리 많이 벌어와도 소용없다!) 어느 쪽으로 가도 나쁜 아빠가 되는 딜레마와 맞닥뜨리며 혼란과 고통을 겪게 된다는 것.

나는 불과 일주일 전에 이 책을 완독했음에도, 읽으면서 고개를 끄덕이며 앞으로 남편에게 무조건 화부터 내지 말고 대화로 접근해야겠다고 다짐했음에도 위기 상황이 다가왔을 때 최악의 대응을 해버리고 말았다. 상황을 설명한 뒤 같이 나누어들자고 해보지도 않고 버럭 화부터 냈다. 그리고 온갖 못난 짓을 다 저질러버린 다음에야 그 책의 내용이 무엇을 의미하는지 통렬히 이해하고 있었다.

아빠라는 자리에 서 있는 이들은 때로 차근차근 설명해주고 구체적인 방안을 제시하지 않으면 무엇이 문제인지 감을 잡지 못한다. 사회생활을 하면서 부딪히는 온갖 사람들, 제도들, 규범들이 워낙 구시대를 바탕으로 한 가치관에 절어 있기 때문에 현시대에 맞는 메시지를 자꾸 접하지 못하면 '알아서 잘할 수' 없는 것이다. 그러니 모든 것을 미리 알아서 착착 해내지 못한다고 남편을 원망하지 말고 천천히 단계를 밟아나가야 하는 것이다. 귀찮아도 자꾸 말하고, 안 읽을 거라고 지레 포기하지 말고 좋은 책들도 권해보고.

아, 그렇다면 나는 이제라도 경험을 통해 '아빠가 선 자리의 불안정함'과 '아빠 된 자의 혼란'을 이해했으니 다행인 것일까? 애써 자신을 다잡으려다가 피식 웃었다. 그래, 그렇게 생각하자. 이미 벌어진 사태를 어쩌겠는가. 그저 이 일을 밑거름 삼아 앞으로 조금 더 나은 대응을 하도록 하자. 낙담하지 말고, 무책임하게 주저앉지 말고, 뭐든 붙잡고 나아가야 하지 않겠는가.

아이가 아닌, 부모 입장에서 쓴 책

《부모로 산다는 것》 | 제니퍼 시니어

다음 날, 아이들을 원에 보낸 뒤 집 근처 서점으로 뛰어갔다.《부모로 산다는 것》이라는 책을 읽기 위해. 며칠 전 인터넷 서점에서 이

책 저 책 검색하다가 발견해 읽어야겠다고 찜해놓은 책이었다. 목차와 출판사 서평을 보니 내용이 꽤 괜찮아 보였다.

육아서 읽기에 한계를 느끼고 있던 시점이었다. 육아서를 읽어도 그 효과가 며칠 못 가는 데다가, 내용이 다 거기서 거기라는 생각이 서서히 들기 시작했다. 그때까지 읽었던 육아서들은 대부분 '아이의 입장에서' 생각하기를, '아이의 눈높이에 맞게' 행동하기를 주문했다. 이렇게 말하면 아이가 이런 느낌을 받게 되니 안 되고, 저렇게 행동하면 아이에게 모범이 되지 않으니 바람직하지 않고…. 심지어 남편과 사이가 안 좋으면 아이가 불안해할 수 있으니 그 앞에서는 항상 '서로 사랑하는' 모습을 보여주라고 했다. 한마디로 모든 게 '아이'에게 맞추어져 있었다. 그런데 이 책은 아이가 아닌 부모에게 초점이 맞추어져 있다고 했다. 아, 아이 입장이 아닌 부모 입장에서 책을 쓸 수도 있는 거구나! 인터넷 서점에 뜬 책 소개와 목차를 훑어 내려가면서 그제야 깨달았다. 그동안 내가 읽은 책들이 온전히 '아이들'을 위해 쓰인 책임을. 아이들에게 좋은 부모가 되기 위해 따라야 할 지침들을 나열해놓은 일종의 훈육집임을.

책이 길어서, 작은아이가 유치원에서 돌아오는 오후 2시까지 다 읽기에는 무리였다. 나는 매일 아이들을 보내고 서점으로 달려가 세 챕터씩 읽는 방식으로 일주일 만에 독서를 끝냈다. 기대만큼 엄청난 효과를 발휘하지는 못했지만, 책은 과장이 없고 현실적이었다. 아이를 위해 자제하고 언행을 뒤돌아보고 한마디라도 잘못하지 않도록 조심 또 조심하라고 시종일관 훈계하는 종류의 책이 아니었다. 부모들이 아이를 기르면서 겪게 되는 경험들과 번번이 느끼게 되는 소외감, 심적 부담감을 담담한 문체로 서술해나간 책이었다. 아이를 키우는 지난한 과정에 대해 부모 입장에서 차분하게 써 내려간 글을 보는 것만으로도 일정한 치유 효과가 나는 듯했다.

책이 너무 길다 싶을 때쯤 그간의 방대한 이야기를 정리하는 마지막 챕터가 나왔고, 나는 그 챕터를 씹어 먹듯 꾹꾹 눌러 정독했다. 아이를 키운다는 게 부모에게는 어떤 의미인지, 아이를 키우는 삶을 선택하는 게 과연 행복한 것인지, 대단원을 이루는 마지막 챕터에서는 앞에 나왔던 내용들을 모두 합친 것보다 더 커다란 울림을 주었다. 아이를 이렇게 키우는 게 정답이라거나 부모가 되기를 선택한 삶이 행복한 거라는 식의 결론이 있지는 않았지만, 노년이 되어 지난날을 돌아보는 사람들의 사례를 통해 아이를 키우는 삶의 어느 지점이 우리에게 의미 있게 맺힐 수 있는지를 정확하게 짚어주었다. 아이는 인고의 세월을 통해 부모가 연마해내는 보석 같은 존재, 키우는 당시에는 느낄 수 없지만 순간순간 부모의 삶에 활기와 애착을 심어주는 생명력의 화신. 마지막 장을 덮고 한동안 자리에 가만히 서 있었다. 그동안 훈계와 과장과 비현실적인 요구로 뒤범벅된 육아서들을 읽으며 마음에 가득 찼던 상처와 죄책감과 부담감이 깨끗하게 씻겨나가는 듯했다. 아이를 잘 키우기 위해 집어들었던 육아서들이 되레 내게 스트레스가 되었음을 그제야 알았다. 한 권의 책을 읽음으로써 그동안 읽었던 다른 책들의 성격을 깨닫게 된 것이다.

이 책을 계기로 '책'이라는 존재에 대해 새로운 시선을 갖게 되었다. 좋은 육아서는 단순히 육아서만이 아니라 좋은 전기이자 심리학서, 사회학서, 철학서이기도 했다. 내가 막 끝낸 책이 그러했듯.

아이가 돌아오는 시간에 맞추어 숨을 헐떡이며 뛰어가는데, 일주일 전에 있었던 해프닝이 떠올랐다. 어설펐던 가출. 둘 데 없던 마음. 어둠 속에서 반짝이던 눈빛. 그리고 책상 위에 놓여 있던 엄청난 금액의 돈. 나를 구원한 것은 조금 전에 끝낸 책이 아니라 그 돈이었다. 5만 원권에 그려진 신사임당을 어설프게 흉내 낸 그림과 엄청난 액수가 쓰여 있던 돈.《부모로 산다는 것》이라는 책이 그걸 깨닫게 해주었다.

그것은 아이가 내게 보내는 위로였다. 아이는 정확히 무엇 때문인지는 알 수 없지만 엄마가 기분이 안 좋은 것 같으니 나름 방법을 강구했던 것이다. 엄마가 만날 돈 없다는 말을 입에 달고 사니 돈을 선물해주고 싶었겠지. 기운 없어 보이는 엄마에게 용기를 주고 싶었으리라. 그래서 생각해낸 게 그거였겠지. 돈. 일등. 최고. 어른들에게서 자주 들었던 개념어, 돈과 경쟁에 찌들어 사는 어른들에게서 최고의 가치라고 전해 들은 그 개념어들을 써서 최선의 작품을 만든 뒤 엄마에게 선물했던 것. 내가 평소에 얼마나 돈 타령을 했으면 저런 걸 만들어서 주었을까 싶으면서도 그 마음이 너무 고마워 가슴이 뭉클했다. 정아은 일등, 정아은 최고. 돈에 쓰여 있던 문구를 떠올리며 그 돈을 만들었던 그 밤의 아이를 생각했다. 세상 만물이 짙은 어둠에 잠긴 밤, 기다려도 오지 않는 엄마를 생각하며 색연필을 집어들었을 아이의 마음을.

아이는 나를 사랑한다. 내가 밤마다 술을 마시고 훌쩍여도, 산발을 한 채 꽥꽥 소리를 질러도, 언제는 천사처럼 잘해주다가 언제는 돌변해 악마처럼 굴어도, 다시는 안 돌아올 거라며 집을 뛰쳐나갔다가 멍한 얼굴로 돌아와도, 살림을 제대로 하는 것도 아니면서 그렇다고 돈을 확실하게 벌어오는 것도 아니어도 아이는 나를 사랑한다. 변함없이 사랑하고, 변함없이 달려와 안긴다. 내가 밤에 나가서 돌아오지 않으면 아빠와 형이 잠들어 고요한 집에서 피아노 옆에 우두커니 선 채 나를 기다린다. 내가 어떤 일을 해도, 내가 아무리 못난 사람이어도 무조건 나를 사랑한다. 그게 아이다. 그리고 그것이… 나를 살게 한다. 아이들 때문에 못 살겠다고, 아이들만 아니면 나가서 당장 칼리 피오리나(미국에서 가장 성공한 여성 기업인이자 도전의 아이콘으로 꼽힌다)라도 될 수 있을 것처럼 굴었는데, 생각해보니 아이들 때문에 살고 있었다.

그날 밤, 아이들을 재운 뒤 낮에 갔던 서점으로 다시 뛰어갔다. 그리고 《부모로 산다는 것》을 구입했다. 남편에게 내밀기 위해. 그 책을 통해 받았던 위로와 희망을 남편에게 전파해주기 위해. 두 아이를 건사하느라 힘겹게만 느껴지는 지난한 삶에서 어느 지점이 반짝이는 부분인지 알려주기 위해. 피폐하게만 느껴지는 이 일상의 어느 지점이 다시는 돌아오지 않을 빛나는 순간인지를 알려주기 위해.

6장

아이도 1학년, 엄마도 1학년

큰아이의 초등학교 입학

큰아이의 초등학교 입학 전후로 나는 엄청난 강박관념에 휩싸였다. '초등학생이 해야 할…', '초등학생이 알아야 할…'류의 책들을 사다 쌓아놓고 줄을 그어가며 읽었고, 적어도 1학년 한 해 동안만은 모든 걸 내려놓고 아이의 뒷바라지에 전념해야 한다고 생각했다. 같은 반 엄마들과도 반드시, 무조건 친하게 지내야 한다고 생각했다. 때문에 학기가 시작된 다음부터 무척 바쁘게 지냈다. 학부모 총회니 학급 청소니 해서 밥 먹듯 학교를 드나들었고, 크고 작은 행사 뒤에 생겨나는 뒤풀이에도 빠지지 않고 참석했다. 엄마들과 친분이 생기면서 만남의 횟수가 잦아지더니, 종내는 매일매일 얼굴을 보는 사이가 되었다. 물론 아이들을 끼고 하는 만남이었다. 아이들을 놀이터에서 놀리거나 누군가의 집에 모여 놀게 하면서 엄마들끼리 둘러앉아 이야기꽃을 피우는 게 당시 전형적인 일상이었다.

놀라운 것은 그렇게 매일 만나는데도 다른 엄마들과 친하다는 느낌이 전혀 들지 않았다는 점이다. 일고여덟 명이 하루가 멀다 하고 만나면서 말투나 제스처, 행동 방식에 익숙해졌지만 저 깊은 곳에서 우러나오는 믿음이랄까, 애정이랄까 하는 마음은 좀처럼 생겨나지 않았다. 개개인을 놓고 보면 모두 선하고 적극적이며 생에 대한 에너지로 가득 찬 멋진 인물들인데 무리의 한 사람으로 만나면 어느 정도 선을 그어놓고 이 이상 넘어오지 말라고 하는 것 같았다.

그 상태를 벗어나기 위해 나는 필사적으로 노력했다. 나갈 수 있는 자리는 모두 나갔고, 여러 명이 열을 올리는 화제에 끼어들려고 애썼다. 그중 한두 엄마를 집으로 초대해 같이 저녁을 먹는 이벤트도 자주 마련했다. 그러나 내 노력과 상관없이 엄마들은 점점 더 멀어져가는 느낌이었다. 정확히 말하자면 나를 뺀 이들끼리만 친하게 지내는 느낌. 엄마들은 그룹 내에서도 두 명 세 명 짝을 지어 친하게 지냈는데, 그중에서도 유독 나만 단짝 친구가 없는 것 같았다.

당시 나는 아이를 통해 나의 모습을 체현하고 있었다. 아이에게 친구를 만들어주겠다고 덤벼들었지만 사실은 내 친구를 만들기 위해 안달복달하고 있었던 것이다. 하지만 아이를 매개로 한 만남에는 한계가 있었다. 아이들끼리 맞으면서 엄마끼리도 맞는 경우는 드물었고, 설령 그런 경우를 만난다 하더라도 상대가 직장에 다니거나 사정이 있어 친해지기가 힘들었다. 처음부터 너무 비현실적이고 큰 기대를 한 셈이다.

성장 과정 내내 나는 단짝 친구를 만들지 못하면 어떡하나, 어디 가서 왕따를 당하면 어떡하나 노심초사하는 아이였다. 누군가와 만나면 상대의 본질에 관심을 기울이기보다는 그가 나를 좋아할지, 나를 버리고 가버리지는 않을지 걱정부터 했다. 나라는 아이의 특수한 성격 때문이었는지, 아니면 그 정도 소외감과 걱정은 예민한 아이라면 누구나 지나가야 하는 통과의례 같은 것이었는지는 잘 모르겠다. 아무튼 나는 아이들 중에서도 지극히 예민한 과에 속했는데, 소외감과 따돌림에 대한 두려움은 중·고등학교 시절 내내 이어지다가 대학에 들어간 이후에야 그 크기를 줄일 수 있었다. 그러나 완전히 소멸되지 않고 적당한 선에서 봉합된 채 마음속에 똬리를 틀고 앉아 있었기 때문에 틈만 나면 되살아나 활개를 치려했다. 아이의 입학은 오랫동안 활동하지 못했던 그 못난 감정들이 비집고 나와 물 만난 듯 활개를 치고 다닐 절호의 찬스였다.

아, 그때 이 책을 읽었더라면

《아이들은 어떻게 배우는가》 | 존 홀트

아이의 초등학교 입학은 엄마라는 신분을 가진 사람의 인생에서 커다란 변곡점이 된다. 육아의 과정은 탄생의 순간부터 다양한 놀라움과 깨달음을 주지만, 제도권 교육이 시작되는 초등학교 입학은 그모든 과정을 집대성하여 선명하게 보여주는, 그리하여 엄마 되는 자가 혼비백산하고 이성을 잃게 만드는 거대한 교란 작용을 한다.

나는 이 시기에 다양한 강박관념에 시달렸는데 그중 학습에 대한 것이 가장 심했다. 초등학교 1학년 때 해야 한다는 교육은 그 종류를 다 헤아리기 힘들 정도로 많았다. 영어·수학 같은 인지 과목은 '당연히' 해야 하고, 음악·미술·체육 같은 예체능은 저학년 때만 할 수 있으니 '미리미리' 시켜놓아야 하며, 글쓰기 실력 향상을 위해 논술 학원을, 사교성과 3학년 이후 있을 회장 선거에 대비해 스피치 학원을 꼭 챙겨 보내야 한다고 했다. 그러나 그 모든걸 다 시키기엔 가용할 돈도, 아이의 시간도 턱없이 부족했다. 나는 머리를 싸맸다. 많고 많은 과목들 중 영어 학원 하나만 보내도아이의 일주일은 빠듯할 터였다. 일주일에 세 번, 셔틀버스 탑승시간까지 합쳐 세 시간을 보내고 나면 나머지 이틀은 학원 숙제를 하느라 바쁘지 않겠는가. 결국 나는 영어 학원을 빼고 다른 과목들을 골고루 안배해 아이의 시간표를 짰다.

그러나 시간표를 어떻게 짜도 늘 안타까움에 시달렸다. 피아노와 태권도를 보내고 있으면 '아, 미술과 영어를 보내야 할 텐데' 싶었고, 그래서 몇 개월 뒤 미술과 영어로 과목을 바꾸고 나면 '아, 논술과 스피치도 시켜야 하는데' 하는 식이었다. 그 와중에 같이 영어를 시키자거나 팀을 짜서 논술을 시키자는 제의가 수없이 들어왔다. 그런 제의를 받고 나면 고민이 되어 잠을 이루지 못했다. 먼저 제의해오는 엄마들이 대부분 아이 교육에 대해 '빠삭하다'고 알려진 사람이어서 따라 하지 않는 게 아까웠고, 내게 전화를 해서 권유해준 그 엄마의 호의에도 감정적으로 많이 끌렸다. 그 제의에 응하거나 에둘러 거절하면서 나는 응해도 고민, 거절해도 고민인 나날을 이어나갔다. 응할 경우 '내가 쓸데없이 너무 많은 사교육을 시키고 있다'는 자책감에 빠졌고, 거절하면 '아이가 좋은 그룹에 들어가 친구들과 함께 공부할 수 있는 특별한 기회를 날려버렸다' 는 죄책감에 빠졌다. 도대체 뭘 어떻게 해야 할지 알 수 없는, 혼란과 후회로 점철된 나날이었다.

문제는 내가 원하는 게 뭔지 도무지 알 수가 없다는 점이었다. 내 인식 속의 나는 '아이는 어린 시절에 뛰어놀면서 커야 한다'고 생각하는 사람이었다. 현실의 나는 아이를 이 학원 저 학원으로 내돌리며 이번 달에 선발에서 밀려난 학원을 다음 달부터 보내야 할지 말아야 할지 미친 듯이 고민하는 사람이었다. 과도한 사교육이 아이 정서에 해가 되리라는 걸 알고 있으면서도 지금 시키지 않으면 영영 뒤처지게 될 거라는 생각에 종종걸음을 쳤다. 그러니 일관된 교육관 같은 게 있을 리 없었다. 늘 이랬다저랬다 하며 아이에게 그런 모습을 보인다는 죄책감으로 마음을 앓았다. 아이는 하루에도 열두 번씩 변하는 엄마의 태도에 어리둥절한 표정을 지으면서도 시키는 대로 응해주었는데, 지금 생각해보면 얼마나 혼란스러웠을까 싶어 마음이 짠하다. 큰애는 부모와 함께 시행착오를 거칠 수밖에 없다는 말이 얼마나 정확한지 보여주는 대표적인 케이스가 아니었나 싶다. 물론 이렇게 말하는 순간에도 나는 큰아이와 높다란 시행착오의 파도를 타고 있겠지만.

'사교육 걱정 없는 세상'이라는 단체의 저자들이 쓴 《아깝다 학원비!》 같은 책을 읽으며 마음을 다잡으려 했지만, 책을 읽은 지 사흘 정도가 지나면 아이의 미래에 대한 불안과 사교육에 대한 열망이 여지없이 고개를 처들었다. 그로부터 몇 년 뒤 나는 소설을 쓰기 위해 교육에 관한 책을 수십 권 구해 읽게 되었는데, 여러 책들을 읽어나가다가 무릎을 치며 '아, 그때 이 책을 읽었어야 했는데!'라고 생각하게 만드는 책을 만났다. 존 홀트의 《아이들은 어떻게 배우는가》라는 책이었다. 아이들의 배움이 어떻게 일어나는지, 그 구체적인 과정을 차근차근 따라가며 파악하는 책이었다. 이 책은 사교육이 왜 안 좋은지, 어떤 교육을 어떻게 시켜야 하는지 구체적인 지침을 주진 않는다. 다만 자연스럽게 아이들의 일상에 접근해 뭔가를 알고 자신의 지식으로 만드는 과정이 어떻게 일어나는지 전인적인 관점에서 관찰하고 그려낸다. 큰아이가 제도권 교육에 진입하면서 이리저리 흔들리던 나에게 필요한 책은 그런 책이었다. 구체적인 지침이 아니라 근본적인 마음가짐을 바꾸어주는 책. 큰 틀에서 인간의 특성을 보고 근본적으로 사유하게 해주는 책. 그리하여 자잘한 현상 하나하나에 일일이 흔들리지 않도록 잡아주는 책. 그러나 내 독서력은 그런 책을 찾아 읽는 데까지 미치지 못했고, 당시 나는 팔랑귀를 이리저리 흔들며 부산하게 그 시절을 보내버렸다.

엄마들 사이에 끼어드는 데도 실패했다. 단짝 엄마도, 단짝까지는 아니지만 그래도 비교적 친한 엄마도 만들지 못했다. 1년 동안 열과 성을 다했지만 점심 같이 먹자고 마음 편하게 말할 만한 엄마 하나 만들지 못했다. 1학년이 끝나가던 시점에 나는 그 사실을 또렷하게 인식했고, 더 이상은 못 하겠다는 생각이 들었다. 하면 할수록 더 멀어지고 외로워지는 느낌. 차라리 떨어져 나 혼자 지나는 게 마음 편할 것 같았다.

작가와 엄마 사이

《변신》 | 카프카 · 《부활》 | 톨스토이

큰아이가 초등학교 2학년 때, 나는 문학상을 탔다. 6년 동안 문학

공모전에 도전했다 떨어지길 반복한 끝에 나온 결과였다. 하도 많이 떨어져서 포기하고 발길을 막 돌리려던 참이었는데, 마지막으로 투고했던 곳에서 당선 소식이 왔다. 단지 내 상가에서 집으로 돌아오던 길, 낯선 번호로 걸려온 전화에서 낯선 이의 음성이 들려왔다. 낯설다 못해 기이하게까지 느껴졌던 당선 소식. 너무 기다리고 그렸던 일이라 오히려 현실감이 없었던 그 소식.

그 이후로 삶이 엄청나게 바뀌었다. 그전까지 나는 주위에 번역을 한다고 둘러대고 시간을 확보해 허덕이며 소설을 쓰고 있었다. 두 아이의 육아를 전담하는 사람이 당장 들어오는 수입도 없고 언제 될지 알 수도 없는 '소설가 지망생'임을 차마 밝힐 수 없었던 것이다. 문학상을 탐으로써, 주위에 소설을 쓰고 있다고 밝히고 시간을 확보할 수 있게 되었다.

사실 작가라 불리게 됐다 해서 실질적으로 바뀌는 건 거의 없었다. 남들에게 '나 소설 써요'라고 말할 수 있게 된 것 외에는 모든 게 이전과 같았다. 아침, 점심, 저녁 삼시 세끼를 차려내야 하는 것은 물론이고 두 아이와 관련된 크고 작은 의무들도 변함없이 시시각각 밀려왔다. 다만 한 가지, 나를 대하는 사람들의 태도가 달라지고 그에 따라 내가 나를 바라보는 시각이 변했다. 그중 후자, 그러니까 내가 나를 바라보는 시각이 달라졌다는 게 가장 중요한 변화였다.

당시 놀라운 일들이 수없이 벌어졌는데 가장 기억에 남는 것은

'사진 촬영'이었다. 당선작을 책으로 만드는 과정에서, 표지에 들어갈 사진을 찍기 위해 출판사에서 사진작가를 초빙했다. 촬영 날짜가 다가오면서 나는 사진작가가 입고 오라고 지침을 주었던 '쉬폰 블라우스'를 구하느라 법석을 떨었다. 평소 나는 외모에 그다지 관심을 기울이지 않는, 아파트 단지에서 흔히 볼 수 있는 평범한 '애 엄마'였는데 문학상을 타면서 갑자기 예쁜 외모를 장착해야 할 필요성을 느꼈다. 나는 주위 엄마들에게 쉬폰 블라우스를 빌려보겠다고 다른 집 몇 군데를 방문하는 쇼를 벌이다가 큰맘 먹고 결단을 내려 블라우스 두 벌을 샀다. 뿐만 아니라 2만 원이라는 거금을 투척하여 미용실에서 드라이를 단행했다. 그전까지 내가 미용실에서 하는 일이라고는 파마나 커트뿐이었다. 머리에 근본적인 변화를 주지 못하고 단 하루 조금 더 보기 좋은 모양을 이루다 말 예정인 드라이를 2만 원을 들여 한다는 건 내 상식에 아예 없는 일이었다. 그러나 생애 첫 책이 나온다는, 그 책 표지에 나오는 얼굴을 보기 좋게 만들고 싶다는 거대한 허영심이 나를 이전과는 다른 영역으로 데려다 놓았고, 나는 하늘거리는 쉬폰 블라우스에 맞게 세팅된 머리를 구비하게 되었다. 미용사의 손길에 의해 머리가 변해가는 과정을 거울로 지켜보면서 나는 연신 입을 벌렸다. 와, 머리만 바꿔도 인간이 이렇게 달라지는구나.

촬영 장소는 마포 도서관. 늦봄의 화사한 햇살이 아낌없이 쏟아지는 담장의 담쟁이덩굴 앞이었다. 출판사 편집자 두 분과 사진작가 한 분이 "너무 예쁘세요, 작가님"이라는 말을 연발하며 나를 안내해주었다. 나는 사진작가의 지시에 맞추어 이렇게 저렇게 포즈를 잡았다. 햇살과 다른 이들의 시선을 받으며 나를 향해 쏟아지는 셔터 소리를 듣던 순간들. 그때 느낀 감정을 뭐라고 표현할 수 있을까. 만족감? 충족감? 행복감? 모르겠다. 그 벅찬 감정을 뭐라고 말할 수 있을지. 뭐랄까, 음습한 곳에 있던 생물이 지상으로 기어나와 햇볕을 쬐는 듯한 느낌이었다.

아이를 낳고 기른 10년의 세월, 30대라는 길고 지난한 시간을 지나오면서 나는 한 번도 주요 피사체로 잡힌 적이 없었다. 오늘과 내일이 다르다는 아이들의 변화상을 놓칠세라 늘 뛰어다니며 사진을 찍었고, 아빠와 두 아이의 모습을 잡기 위해 몇 발짝 앞서거나 뒤에서 따라가며 부지런히 사진기 셔터를 눌러댔다. 가끔 아이들 주변에서 내 모습이 의도치 않게 잡힌 적은 있어도, 내가 주인공이 되어 찍힌 사진은 한 장도 없었다. 아무도 나를 찍어주지 않았고, 나 자신도 그다지 찍히고 싶은 마음이 없었다. 아이 둘을 건사하기 좋은 '실용적인 차림새'로만 다녔기 때문에 굳이 사진에 나오고 싶은 마음도 없었다. 그런데 이렇게 차려입고 나와 셋이나 되는 고급 인력들의 도움을 받으며 사진을 찍고 있다니. 내 모습을 찍기 위해 이 유능한 인재들이 시간을 내 나와주었다니. 연예인이라도 된 양 포즈를 잡으면서 나는 생각했다. 세상은 참 멋진 곳이구나!

각종 언론 인터뷰와 내 이름이 박힌 책의 출간, 쓸데없이 소심하고 심하게 예민하고 불평불만만 많은 사회 부적응자라고 비난받던 내 성격이 일거에 '작가적 자질'로 변해 평가받는 놀라운 현상들로 점철되었던 그 시즌은 오랜 기간 마음 깊은 곳에 쌓이며 영역을 넓혀가고 있던 열등감을 상당 부분 희석시켜주었다. 또한 자존감이라는, 책에서만 보았지 한 번도 내 것이라고 여겨보지 못했던 희한한 단어를 가까이 실감하게 해주었다. 두어 달 동안 지속된 들뜬 축제의 기간, 나는 아이들에게 엄청나게 좋은 엄마가 되었다. 소리 지르지 않았고, 짜증 내지 않았으며, 버럭 화를 내고 돌아서 울며 후회하지도 않았다. 꿈에 그리던 '언제나 웃는 낯의 상냥한 엄마'로 화한 나. 수없이 다짐하며 노력할 때는 좀처럼 되지 않던 일들이 노력하거나 의식하지 않았는데도 저절로 이루어지고 있었다. 그 많은 육아서와 강연들이 아무리 강제해도 해내지 못한 일을 '문학상'이라는 상징이, 내 삶에 일어난 주체적인 변화가 단번에 해치워버린 것이다.

* * *

그리하여 나는 '언제나 웃는 낯의 상냥한 엄마'로 영원히 행복하게 살았는가? 아아, 그랬다면 얼마나 좋았겠는가. '그리하여 정아은은 예쁜 아이들 둘과 알콩달콩 행복하게 오래오래 살았답니다'라는 동화를 완성했다면.

언제까지나 지속된다면 축제라고 할 수 없는 법. 축제의 나날은 지나가버렸다. 나는 새롭게 도래한 고민에 시달리며 괴로워하기 시작했다. 그것은 '작가라는 자의식에 휩싸인 내가 바라보는 일상의 불만족스러움'이라는 제목을 단 어둡고 모순적인 화두였다.

지금에 와서는 말하기도 부끄럽지만(독자들이여, 부디 너그럽게 용서하시라), 당시 나는 자신을 '대단한 작가'로 간주하고 있었다. 나는 원래 엄청난 문학적 재능을 타고난 전무후무한 국가적 지성인데(용서하시라! 용서하시라!) 살림과 육아에 짓눌려서 능력 발휘를 못하고 있다는 것이 그즈음 나를 감싸고 돌던 허황한 생각이었다. 내 머릿속의 나는 천년에 한 번 나올까 말까 한 역대급 천재 작가였으며, 아이 둘을 키우는 일상만 아니라면 한국의 톨스토이가 될 엄청난 인물이었다.

그것은 6년간 수십 번 문학상에서 고배를 마시며 쌓아온 열등감과 질투심에 대한 반대급부로 형성된 못난 마음이었다. 너무 아래로 내려가 있던 내 자아가 문학상이라는 이벤트를 타고 확 튀어 올라 하늘 높은 줄 모르고 치솟았던 것. 습작 시절에 각종 매체를 통해 작가로 데뷔하는 사람들을 보며 품었던 열등감과 질투심이 깊었던 만큼, 작가로 불리게 됐다는 데 대한 자부심과 우쭐함이 깊게 생활을 파고들었다. 지금에 와서야 이렇게 정리해 돌아볼 수 있지만, 당시엔 이런 마음 때문에 너무 괴로웠다. 그렇게 우쭐해서 거만한 생각을 한다는 사실이 '나는 왜 이따위로밖에 생각하지 못하는가?' 하는 또 다른 열등감을 낳았고, 제가 잘나면 얼마나 잘났다고 착하고 순수한 아이들을 '짐'으로 여기며 원망하는가 싶어 부끄러웠다. 그런 내 마음을 누가 알면 비웃을까 봐 어디다 대고 말도 못 하면서 혼자만 끙끙 앓는 나날이었다.

그때 나는 이전에 읽었던 문학작품들을 죄다 다시 읽으며 문학에 대한 전의와 사랑을 다시금 불태웠다. 이전에는 작가가 되고 싶다는 열망이 너무 커서 작가라 불리는 사람들이 쓴 작품들을 제대로 읽지 못했다는 사실을 한 권 한 권 다시 읽으며 비로소 깨달았다. 다른 나라 작가나 이미 세상을 떠난 작가가 쓴 소설은 그나마 자유롭게 대면했는데, 우리나라 현역 작가가 쓴 소설은 들끓는 질투심 때문에 객관적으로 대면하지 못했다. 특히 그즈음에 문학상을 타면서 화려하게 데뷔한 작가들의 작품은 정말 읽기 힘들었다. '이렇게 잘 쓰다니… 나는 절대 이렇게 못 쓸 거야'라고 생각하거나 역으로 '어라, 이렇게 형편없는 작품이 상을 탔어? 말도 안 돼. 내가 쓴 게 백배는 낫겠다'라고 생각하면서, 극단을 오가는 감정적인 판단이 자꾸 눈앞을 흐려 텍스트와 제대로 만날 수 없었다. '문학상 투고질'이 만년에 이르렀을 때는 세상을 뜬 작가나 외국 작가의 책조차 제대로 읽을 수 없었다. 무엇을 읽어도 다 불타는 질투심으로 귀결되었던 것이다.

그런 상태에서 해방되어 다시 읽는 문학작품들의 맛이라니! 나는 태어나 처음으로 조우한 듯 백지상태로 그 많은 인류의 보고들과 만났다. 카프카의 《변신》, 톨스토이의 《부활》 같은 고전들을 다시 읽었고, 역대 문학상 수상작들을 모조리 구해 읽었다. 이전에는 보이지 않았던 부분들이 선명하게 눈에 들어왔다. 작품을 빚어낸 작가들의 굴곡진 인생과 행간에서 드러나는 고뇌에 같이 아파하고 연민했다. 그런데! 그런 작품들에 빠져들 만하면 자꾸 끼어들어 내 깊은 독서를 방해하는 녀석들이 있었으니, 바로 아이들이었다. 위대한 작품을 써내기 위한 전초전으로서 위대한 작품을 읽고 있는 중요 인물의 주위를 빙빙 돌며 이거 해달라 저거 해달라, 이거 먹고 싶다 저거 먹고 싶다고 졸라대는 아이들! 아, 이 방해꾼들을 어쩌면 좋단 말인가? 이 아이들의 '하찮은' 요구들을 어찌하면 좋단 말인가? 인류 역사에 두고두고 이름을 남길 대작가가 될 예정인 엄마의 시름은 깊어만 갔다.

* * *

문학상을 타든 안 타든, 위대한 작가가 될 자질이 있든 없든 나는 엄마였다. 눈이 오나 비가 오나, 아침이나 밤이나, 피곤할 때나 안 피곤할 때나, 아이들이 예쁠 때나 미울 때나 세끼 밥을 하고 빨래를 하고 식탁 밑을 기어 다니며 밥풀을 떼어내고 알림장을 확인하고 숙제하라고 닦달해야 하는 사람이었다. 책에 푹 빠져 있다가 갑자기 걸려온 전화를 받고 아이를 데리러 달려가야 했고, 모처럼 떠오른 생각을 글로 쓰려고 컴퓨터 앞에 자리를 잡고 앉았다가 아이들이 싸우고 우는 소리에 거실로 뛰어나가 다툼을 봉합시켜야 했다. 글을 쓰다 새벽 3시에 잠들어도 아이 소풍 때문에 5시에 벌떡 일어나 김밥을 싸야 했다. 문학상을 타고 작가가 되면 그 기쁨으로 생활의 중압감을 전부 이겨낼 수 있을 거라는 예상과는 다르게, 이 모든 일상은 내 능력 실현에 대한 자의식이라는 복병의 무게까지 입고 더욱 무겁게 어깨를 내리눌렀다.

아이와의 관계에서도 새로운 의문이 일었다. 그즈음 큰애가 갑자기 내게 존댓말을 쓰기 시작했던 것이다. 어제까지만 해도 "엄마, 나 왔어" 하던 아이가 갑자기 "어머니, 저 다녀왔습니다"라고 깍듯이 말하기 시작했다. 아이가 다니는 초등학교에서 벌이던 '존댓말 캠페인'의 여파였다. 학교에서 큰 보상을 해주는지 아이는 계속해서 존댓말을 했다. 깍듯한 '다, 나, 까' 체의 말이 낯설기도 하고 어쩐지 아이와 멀어지는 것 같아 거부감이 들었지만, 학교에서 캠페인 중이라 하니 차마 만류할 수 없었다. 하지만 마음 한편으로는 계속 의문이 일었다. 왜? 왜 아이가 내게 존댓말을 해야 하는가?

나는 친구 같은 엄마가 되고 싶었다. 권위적이지 않고 따뜻하고 친근하게 말을 걸 수 있는 엄마. 고민이 생기면 가장 먼저 가서 털어놓고 싶은 어른. 그런 게 내가 꿈꾸던 엄마상이었다. 자라면서 보았던 독선적이고 일방적인 어른들에 대한 거부감과 각종 육아서와 심리학책을 통해 형성한 '바람직한 부모상'에 대한 강박관념이 섞여 생겨난 이미지였을 것이다. 그런데 아이가 내게 존댓말을 한다? 그건 내가 그리던 이미지에 크게 어긋났다. 나도 똑같이 해주면 될 거라 생각해서 며칠 존댓말로 응수해주기도 했지만, 어느 순간엔 불쑥 반말이 튀어나왔다. 또 작은아이와는 반말을 하다가 큰아이와 존댓말을 하는 게 의식 체계에 혼란을 주어 말하는 행위 자체가 어렵고 골치 아프게 느껴졌다. 무엇보다 내가 왜 갑자기 피곤하게 아이와 존댓말을 주고받아야 하는지 근본적으로 납득이 되지 않았다.

우리말의 경어 체계에 대해서는 평소에도 자주 문제라고 느끼고 있었다. 어른은 아이한테 반말을 해도 된다는 게 우리 언어 체계의 기본 전제일 텐데, 살다 보니 이 때문에 갈등이 일어나는 경우가 너무나 많았다. 어른이라면 대체 몇 살 이상을 이르는 것인가? 아이는 몇 살까지를 이르는 것인가? 고등학교를 졸업하기 전까지? 그럼 고등학생한테는 반말을 해도 되는가? 키도 나보다 크고 눈빛도 성인과 다름없어 보이는 고등학생한테도? 중학교를 졸업한 뒤 바로 사회생활을 시작한 10대는 어떤가? 이미 사회인인 10대한테도 반말을 하는 게 정당한가? 그렇게 생각하다 보면 초등학생이나 유치원생에게 반말을 하는 것도 정당하지 않은 것 같았다. 하지만 그게 우리나라의 예법이었고, 나는 아이가 살아가면서 다수의 생각과 부딪히며 불필요하게 에너지를 낭비하지 않기를 바랐으므로, 그런 부분을 눈감고 넘어갔다. 그냥 나만 집에서 아이를 '나와 동등한 인격체'로 대해주면 된다고 생각했다.

그런데 아이가 존댓말을 쓰기 시작하면서, 내 해묵은 고민이 다시 시작되었다. 그 고민은 아이와 부모 사이에 대한 근본적인 물음으로 이어졌다. 친구 같은 부모라고? 너랑 애들이랑? 너 정말로 네가 아이들한테 친구 같은 부모가 될 수 있다고 생각하니?

나는 엄마와의 관계를 떠올렸다. 자라면서 많은 갈등을 겪었지만 성인이 된 이후 엄마와 나의 관계는 점차 편안하고 다정한 모습으로 바뀌어가고 있었다. 나 자신이 두 아이의 엄마가 되면서, 엄마와 나 사이에 이해와 관용이 들어찬 것이다. 직접 만나거나 통화를 할 때면 나는 엄마에게 애매한 존대어를 섞은 반말을 구사했다. "엄마, 왜 이렇게 전화를 안 받아?", "엄마, 어제 글쎄 ○○가 나보고 뭐라고 하는지 알아?"라고 스스럼없이 말을 던졌고, 의식주와 관련된 질문은 반말하는 게 어쩐지 꺼림칙해서 "근데 식사는 하셨우?", "잠은 좀 주무셨우?"와 같이 애매한 경어를 사용했다. 성장기 때라면 꿈도 꿀 수 없었을 얘기를 아무렇지도 않게 던졌고("엄마가 원래 나보다 언니를 예뻐하잖아." "솔직히 아빠랑 만난 건 엄마가 킹카 잡은 거지, 안 그러우?"), 복잡한 이야기를 털어놓으며 조언을 구하기도 했다. 그야말로 '친구 같은' 관계로 변한 것이다.

내가 아들과 반말하는 관계를 유지하고 싶었던 건 어쩌면 그와 비슷한 관계로 가고 싶다는 희망 사항 때문이었을지도 모른다. 나는 아들이 얼른 자라서 더 이상 나한테 "엄마, 나 ~해도 돼?"라거나 "엄마, 미안한데 나 ~하면 안 돼?"라는 말을 할 필요가 없게 되기를 손꼽아 기다리고 있었다. 의생활, 식생활, 주생활, 그리고 정신생활에서 내게 의존할 필요 없이 독립하여 마주 서길 바랐다. 동등한 성인이 되어 함께 맥주잔을 기울이며 인생이 얼마나 쓴지에 대해 푸념을 주고받고, 신 앞에 동등한 쪼끄만 인간들로서 서로 연민하며 조우하고 싶었다. 그러나 초등학교 2학년인 아들은 내 앞에 서서 군인처럼 깍듯하게 "어머니, 저 학교 끝나고 조금만 놀다 오면 안 되겠습니까?"라고 말했고, 나는 못마땅한 경어 체계에 적극 편입된 아들에게 뭐라고 해야 할지 몰라 우물쭈물하다가 "안녕히 다녀오십시오"라는 동문서답을 하며 아이를 학교에 보내버리고 말았다.

'친구 같은 엄마'가 되겠다는 꿈은 언어 측면에서만 타격을 입은 게 아니었다. 일상의 곳곳에서 나는 아들에게 친구이기는커녕 시시각각 이래라저래라 명령하는 독재자였다. 때로는 내 내면에서 나온 문제를 아이에게 뒤집어씌운 뒤 "너 때문에 내가 이렇게 산다. 내가 네 하녀냐?"와 같은 폭언을 퍼부었다. 아예 나 자신을 독재자라고 인정하고 포기해버렸으면 마음이나 편했을 텐데, 마음속에서 넘실거리는 이상은 잦아들 줄 몰라, 속으로는 친구이길 꿈꾸며 실제로는 그렇지 못해 미친 듯이 고뇌하면서 못난 독재자의 나날을 이어가고 있었다.

상태가 좋을 때는 친구처럼 지내려고 노력하기도 했다. 길게 이어지는 이야기를 끝까지 들어주고, 같이 보드게임을 해주고, 아이의 말을 흉내 내 비슷한 눈높이에서 농담을 이어가기도 하고…. 그러다 보면 아이가 어떠한 경우에도 반드시 지키기로 되어 있는 우리 집만의 규칙을 슬그머니 넘어가는 일이 많았고, 그런 아이에게 한참 말려들다가 어느 순간 정신을 차리고 1초 만에 독재자의 모습으로 돌아가곤 했다. 그러곤 스스로에게 물었다. 친구 같은 엄마? 그게 말이 돼? 세상에 어떤 친구가 의식주를 책임지고 식습관과 공부 습관과 언어 습관을 책임져주나? 세상에 어떤 친구가 같이 살면서 집안일을 혼자 다 떠맡나? 원래 친구 같은 엄마는 불가능한 거 아니야? 지금 생각해보면 그때 그런 생각을 죽 밀고 나가 파고들었어야 하는데, 안타깝게도 늘 그 지점에서 멈추고 말았다. 그리고 다시 반복되던 레퍼토리. 친구처럼 헤헤거리다가, 돌변해서 화를 내다가, 일정 시간이 지나면 다시 친구처럼 헤헤거리는….

내 능력을 실현하고 싶다는 욕망과 점점 사회 체계에 편입되어가는 아들과의 관계에 대한 의문으로 머리가 어질어질하던 그 시기, 나는 문학상 덕분에 한동안 잊고 있었던 '술로써 나를 달래기 운동'을 다시 하기 시작했다. 육아라는 어마어마한 과제와 내 잘난 자아(라고 당시엔 믿었다)를 실현하고 싶다는 거대한 상승 욕구 사이에서, 우리나라 언어 체계에 대한 비판 의식과 겉보기에는 서구화된 듯 보이나 아직 강고하게 장유유서 정신을 실천하고 있는 현실

사이에서 어떤 해결책도 찾을 수 없었고, 그저 술, 술을 마시며 잊고 싶었다. 아이들을 재우고 설거지와 내 몸 청소까지 끝낸 밤. 창문을 열어놓고 베란다 바닥에 앉아 술을 마시면, 핏빛 와인이 식도를 타고 쫘 내려갈 때면 나를 둘러싸고 있는 강퍅한 현실이 갑자기 부드럽고 촉촉하게 변했다. 모든 일이 별거 아니고, 나는 할 수 있으며(그게 무엇이든), 아들들에게는 앞으로 잘해주면 될 일이었다. 내일부터 잘해주면 되지. 그럼, 그렇고말고. 와인 잔을 기울여 풍부한 향을 음미하며 액체를 내 혀에 닿게 할 때의 그 느낌. 이때까지 머물던 곳과는 완전히 다른 세상으로 들어가는 그 느낌을 나는 너무나도 사랑했다.

우리는 모두 혼자였다

《우리 친구 하자》 | 앤서니 브라운

육아의 장면에 빈번히 등장하는 조연이 있다. 이웃에 사는 엄마, 아이 친구 엄마, 아이 엄마가 된 내 원래 친구들. 이름하여 '동료 엄마들'이라 하겠다. 동료 엄마들은 내게 동병상련의 위안을 주면서도 생각지 못한 순간에 뒤통수를 쳐서 혼이 나가게 만드는 이중적 존재였다. 아이를 사이에 두고 만나는 '아이 엄마'라는 존재는 일단 나와 동등했다. 돈이 겁나게 많든 아니든, 환상적인 이목구비를 갖춘 미인이든 아니든, 직업명을 얘기하는 순간 부러움과 질투심을 자아내는 전문직 종사자이든 아니든 상대는 온갖 허드렛일을 당연한 듯 받아들여야 하는 신분인 '엄마'였다. 누군가의 엄마인 한 우리는 동등했다. 그것은 암묵적이면서도 너무나 선명한 일이라, 우리 엄마 동지들은 만난 지 한 시간도 안 돼서 10년 지기 친구인 것 같은 분위기를 낼 수 있었다. "얘가 큰애예요?" "어머, 밑에 갓난쟁이가 있구나. 너무 힘드시겠다!" "오늘 저녁은 뭐 해 드실 거예요?" 이런 말 몇 마디면 상황은 바로 종료됐다. 우리는 엄마. 오늘도 내일도 모레도 영원히 변치 않는 그 이름, 엄마.

한없이 나를 이해하고 지지해줄 것 같은 그 선량한 동지가 순식간에 표독스러운 얼굴로 나를 외면할 수 있다는 사실은 아이를 어린이집에 보내면서부터 알게 되었다. 매일매일 만나면서 남편보다, 엄마보다 더 서로를 알고 아껴주는 것 같던 친한 동료 엄마가 어느 날부터 나를 보고도 못 본 척했던 것이다. 그 엄마의 아이가 내 아이의 얼굴을 잡아 뜯어 살점이 뜯겨나간 사건 직후의 일이었다. 아이와 병원에 다녀온 뒤 상대 엄마의 전화를 기다렸지만, 전화는 오지 않았다. 다음 날 어린이집 셔틀버스 승차 장소에서 내가 오는 걸 보고 얼른 고개를 돌리는 모습을 보았을 때, 그 엄마가 사과는커녕 나랑 말도 하지 않을 작정임을 알아차렸다.

그때는 그 엄마가 특별히 이기적인 사람이라고 생각했다. 그 후 수많은 엄마들을 만나면서, 그런 경우가 비일비재하다는 것을 알게 되었다. 오늘 친하게 지낸 사람이 내일부터 영원히 말을 섞지 않게 될 수 있다는 사실을. 우리 엄마 군단은 좋을 때 잘해주는 건 잘했지만, 갈등이 생길 때 알맞게 대처하는 건 잘 못했다. 이건 사람마다 차이가 있어서 개중엔 아이들 간에 갈등이 일어났을 때 현명하게 대응해서 서로 얼굴 붉히지 않고 잘 넘어가는 경우도 있었지만, 상당수의 엄마들은 어찌할 바를 모르고 무너져 내렸다.

무너져 내리는 다수의 군단 안에는 나도 포함됐다. 나는 자신과 아이에게 엄격한 편이라고, 아이가 다른 이들에게 피해를 주지 않도록 엄하게 교육하는 편이라고 생각했는데, 아이가 다른 아이와 싸우면 자동으로 상대 아이와 그 엄마에게 반감이 생겼다. 감정적인 반감 때문에 이성적으로 대처하지 못했고, 많은 경우 관계에 돌이키기 힘든 생채기를 내고 말았다.

바로 어제까지 '언니, 동생' 하면서 친하게 지내던 사람과 등을 지게 됐을 때의 충격, 두려움, 절망감…. 그것은 이중의 상실이었다. 아이가 친구 하나를 잃게 될 것이며 나도 친구를, 사사건건 함께하며 내밀한 웃음을 나누었던 친밀한 타인을 잃게 될 것이었다. 뿐만 아니라 그로 인해 도미노처럼 여러 사람을 잃게 될 수도 있었다. 엄마들 사이에 갈등이 생기면 당사자 엄마는 같이 어울리는 무리의 엄마들에게 자기가 피해를 당한 쪽임을 호소하고 다녔다. 은근하게, 때로는 대놓고 상대와 상대 아이의 잘못을 지탄하고 다녔고, 그런 여론전을 신속하게 펼친 쪽이 관계에서 우위를 차지하는 경우가 많았다. 그 과정에서 말 한마디 잘못하면 왕따가 될 수도 있었다. 나 혼자 왕따가 된다면 모르겠는데, 아이까지 왕따가 될 수 있었다.

엄마들 사이의 메커니즘을 알게 될수록, 두려워서 마음을 닫게 되었다. 내 입에서 나가는 말 한마디가 어떻게 돌아와 나를 후려칠지 모른다고 생각하자 한마디를 하더라도 조심하게 됐다. 회사에 다닐 때 회사 사람들과는 가급적 말을 적게 섞을 거라고 수없이 다짐했는데 그 말을 다시 되뇌게 되었다. 그러나 누구와도 교류를 하지 않고 지내는 것은 너무 외롭고 지루했다. 한동안 고립돼 있다가 일정 시간이 지나면 다시 동료 엄마들을 찾아 헤맸다. 나와 같이 놀 누구 없소? 아이들끼리도 잘 맞고 나와도 잘 맞는 동료 엄마까지는 이제 바라지도 않았다. 그저 아이들끼리 나이가 맞고 엄마들끼리 너무 극단적으로 성향이 다르지만 않으면 감지덕지였다. 예의를 차리며 선을 넘지 않는 선에서 친하게 지내면 될 일이었다. 그러나 그 '적정선'이라는 게 대체 어디에 있겠는가. 어느 시점에 이르면 나는 다시 '선'을 넘어서 겨우 만들었던 친구 모자를 하루 아침에 잃곤 했다.

몇 번의 상실을 경험한 뒤 아예 친구를 만들겠다는 희망을 접고 때우듯 하루하루를 살던 어느 날, 다른 동네에 사는 친구와 통화를 하게 되었다. 고등학교 동창인 그 친구와는 큰애의 연령이 서로 같아 가끔 통화를 하며 애 키우는 나날의 애환을 나누곤 했다. 아이들의 근황과 학부모로 살아가는 일상에 대해 이야기하던 끝에 친구가 말했다.

"나는 이 동네에서 섬이야. 완전히 혼자 놀아."

친구의 말을 듣고 나는 깜짝 놀랐다. 고등학생 시절, 친구는 사교성이 좋기로 유명했다. 말을 잘하고 유머 감각이 탁월해서 항상 한 부대의 친구들을 몰고 다녔다. 어느 자리에 있어도 주위 사람들과 섞여 웃음꽃을 피워내던 친구는 현재 큰애의 반 대표를 맡아 활발하게 엄마들 모임을 주도하고 있었다. 둘째가라면 서러울 정도로 그 동네의 마당발이었다. 그런데 섬이라니. 혼자 논다니.

"너 반 대표라고 하지 않았어? 그런데 섬이라니… 그게 무슨 말이야?"

그러자 친구에게서 긴 설명이 흘러나왔다. 반 대표이고 모임을 주선하고 있긴 하지만 속을 들여다보면 자기는 완전히 혼자다, 어떤 엄마하고도 마음을 나누지 못한다, 실은 작년에 아이가 왕따를 당했다, 그 때문에 일부러 올해 반 대표를 맡은 거다, 모임에 자주 나가 웃고 떠들지만 편하게 속마음을 말할 사람은 한 명도 없다…. 나는 숨소리를 내면서 가만히 듣기만 했다. 친구가 하는 말 하나하나가 마치 내가 하는 말 같았다. 같이 웃고 떠들지만 공허한 관계, 가닿지 못하는 마음.

전화를 끊고 곰곰이 생각에 잠겼다. 친구가 사는 동네의 엄마들이 보기에 그 친구는 그보다 더한 사람을 생각할 수 없을 정도로 사교적인 사람일 것이다. 자신감 있게 모임을 주도하고 둥글둥글하게 엄마들 사이를 조율하는. 그런데 마음속에서 그 친구는 자신을 엄마들 사이에 홀로 뜬 '섬'이라고 생각한다. 너무 이상하지 않은가.

놀랍게도, 며칠 뒤에 만난 대학 선배에게서도 똑같은 소리를 들었다. 이 선배는 음주 가무에 능하고 무대에 강하며 사교성과 외향성이 두드러진 사람이었다. 나와 달리 활기가 넘치는 이 선배를 몹시 따르고 좋아했는데, 식사 후 차를 마시는 자리에서 그 선배가 이렇게 말했다.

"너 그거 아니? 난 우리 동네 엄마들이랑 하나도 안 친해. 그냥 나 혼자 지내."

나는 눈을 둥그렇게 떴다.

"뭐라고요?"

"진짜야. 전에 살던 동네에서 엄마들한테 하도 치여서, 여기로 이사 와서는 아예 왕래를 안 해. 다빈이(초등학교 4학년 딸) 친구들이 놀러 오면 간식도 주고 그러긴 해도, 엄마들이랑은 전혀 안 친해."

선배는 전에 살던 동네에서 있었던 에피소드들을 얘기해주었고, 나는 천천히 고개를 끄덕였다. 어제까지 친하게 지내던 엄마가 아이들끼리 싸운 뒤 등을 돌렸다는 얘기, 친할 때 털어놓았던 사생활을 여기저기 소문내고 다녔다는 얘기. 어쩌면 내가 겪었던 일들과 그렇게 똑같은지, 이야기하는 사람의 자리에 나를 갖다 놓아도 조금도 어색하지 않을 만큼 천편일률적인 얘기가 연속으로 흘러나왔다.

그날 밤, 잠자리에서 작은아이에게 책을 읽어주려다가 순간적으로 울컥했다. 아이가 읽어달라고 들고 온 책이 《우리 친구 하자》였는데, 그 제목을 보는 순간 코끝이 찡하면서 눈앞이 흐릿했다. 우리 친구 하자. 그것은 내가 매일 우리 동네 엄마들에게 보내던 메시지였다. 친하게 지내자. 나하고 친구 하자. 아이를 재운 뒤 방으로 돌아왔지만, 나는 잠을 이루지 못했다. 조금 전 읽었던 책의 제목이, 낮에 선배가 했던 말들이, 며칠 전 고등학교 동창이 했던 말들이, 그들이 받았을 상처가 자꾸만 떠올라 마음을 어지럽혔다. 동시에 내가 겪었던 만남과 파국들이 시뻘겋게 되살아났다. 친하게 지냈던 얼굴들, 아이들과 엄마들이 어우러져 함께 만들었던 찬란한 순간들, 그리고 청천벽력처럼 다가왔던 파국의 시간들. 그리고 나는 알게 되었다. 그들 모두, 우리 모두 남겨진 이들임을. 우리 모두 상처받고 아파하고 있음을. 그때까지 나는 어리석게도 누군가와 사이가 틀어지면 모두 상대가 잘못해서 일어난 일이라고 생각했다. 나는 선량하고 마음이 열려 있는데 상대가 몰인정하고 이기적이어서 일방적으로 당한 거라고. 상대가 사교성이 좋고 언변이 탁월해서 내가 눌린 거라고. 내가 기가 세지 못해 당한 거라고.

그게 아니었다. 우리 모두, 우리 엄마 군단 모두 외롭게 혼자 분투하고 있었다. 수없이 투하되는 의무와 기대 사이를 누구는 직장을 다니며, 누구는 전업주부라는 외피를 쓰고, 누구는 대표 엄마라는 직책을 맡으며, 어떻게든 균형을 잡으려 애쓰며 위태롭게 지나가고 있었다. 그 과정에서 균열이 생기면 모두 엄마가 알아서 해결해야 했다. 무한한 책임이 투하되어 있었지만, 엄마라는 자리에는 책임의 무게에 맞게 당연히 수반되어야 할 권리나 규칙 혹은 상황에 따른 대처법이 형성되어 있지 않았다. 엄마라는 위치가 사회적으로 인정된 정식 직업이 아니기 때문에. 직업이 아니지만 해야 할 일은 많고, 그 일을 해내는 데 공식적인 직책이나 보수는 없으며, 다만 못 해낼 때 엄청난 비난이 따라올 뿐인 무겁고 희한한 자리이기 때문에. 그러므로 엄마들은 매 순간 혼자서 결정하고, 결과를 감내하고, 그러면서도 변함없이 엄마됨의 의무를 수행해야 했다. 이웃과 맺는 관계조차 '나'의 취향과 의도보다는 '아이'의 상황을 우선적으로 고려해야 하고 그때까지 맺어온 관계들에서도 문제는 대부분 아이 때문에 일어나지만 시작부터 끝까지 모든 책임과 손가락질은 엄마가 홀로 감당해야 했다. 그러니까 우리는 모두 약자이고, 남겨진 자들이었던 것이다. 창밖으로 새벽이 밝아왔지만, 나는 여전히 잠을 이루지 못했다. 그렇다면 내일부터는 이웃들과 잘 지낼 수 있을까? 이제 연민의 시선이 깃들었으니 다른 엄마들과 한결 잘 지낼 수 있을까? 그러다 보면 친구를, 걱정 없이 나를 터놓고 계산 없이 마음을 나눌 친구를, 아이 친구 엄마가 아닌 내 친구를 만들 수 있을까?

* * *

여성이 서 있는 자리는 대개 지반이 모호하다. 엄마, 딸, 며느리, 올케, 형수, 시누이, 시어머니… 이런 자리들은 해야 하는 역할의 범위와 규범이 모호하다. 여성이 맡은 일들이 대부분 공적 영역에 속하지 않고 '사적인 것'으로 치부되기 때문이다. 이런 영역들은 범위가 불분명하고 정해진 규범이 없기 때문에 위반했을 시 처벌을 어디까지 할 수 있는지도 정해져 있지 않다. 각자 알아서 해야 한다는 말이다. 고부 관계나 시누이 – 올케 관계가 가정마다 천차만별의 양상을 보이는 것도 이런 모호성 때문이다. 사회 구성원들 사이에 합의된 규범이나 관습이 없기 때문에 시어머니나 며느리, 올케가 각자 알아서 대처해야 하고 사이가 벌어졌을 때 합의점에 도달하기도 어렵다. 일하는 여성의 경우에도 사정은 다르지 않다. 대부분의 경우, 여성은 직장에서 소수 그룹에 속해 있기 때문에 전범이 되어줄 사례나 지지해줄 선배 집단이 부족하다. 때문에 직장의 영역에서도 공적인 규범보다는 각개전투로 상황을 타개해야 하는 일들이 부지기수다.

물론 남자도 아빠, 아들, 사위, 처남, 형부, 매형, 시아버지 같은 가정 내 영역에서 모호한 위치를 차지하고 있긴 하다. 하지만 대부분 공적 영역에서 더 많은 시간을 보내며 자신들이 이루는 집단이 압도적인 다수를 차지하는 공간에 서서 공적인 규범과 탄탄하게 자리 잡은 위계질서를 통해 '무엇을 해야 하는지', '어느 정도까지 해도 되는지' 비교적 쉽게 파악할 수 있다. 이를 통해 갈등을 해소하고 합의에 도달하는 과정도 자주 경험한다. 남자가 여자보다 체계적이고 이성적으로 보이는 것은 상당 부분 이런 연유에서 기인한다. 갈등이나 규범을 공론화해 해결해본 경험치가 다른 것이다. 이런 대조를 지켜보면서 사람들은 여자가 남자보다 '비이성적'이라든가 '감정적'이라는 말을 하게 된다. 어떤 경로를 통해 그런 지점에 이르게 됐는지를 면밀히 따져보는 사람은 거의 없으며, 그 몇 안 되는 사람들도 어지간해서는 충분한 고찰에 이르지 못한다. 유구한 역사를 통해 켜켜이 쌓아온 관습과 관념 체계의 결과물을 단시간의 관심과 연구로 파악해내기는 쉽지 않으므로.

아이를 사이에 두고 엄마들 사이에 갈등이 벌어졌을 때 이성적인 합의가 아닌 감정적인 적대로 상황이 종료되기 쉬운 것도 이런 지반에 서서 보면 이해할 수 있다. 일하는 엄마에게나 전업주부인 엄마에게나 아이는 '전적으로 책임져야 할' 성과물이다. 아이를 성과물로 보고 싶어 하든 하지 않든 엄마의 의도와는 상관없이, 우리 사회는 아이를 엄마의 성과물로 본다. 아이의 건강도, 행복도, 성적도, 들어가는 대학의 명칭도 모두 엄마의 성과물인 것이다. 그런 시선이 형성되는 데는 다양한 분야의 기업들이 공헌을 했다. 무엇보다도 사교육 업체가 일등 공신일 테고, 그다음이 정신분석학이나 심리학에 기반한 전문 기관들이리라. 여기에는 그쪽 학문과 관련된 담론("어린 시절에 엄마에게 어떤 말을 듣고 자랐는지가 아이의 평생을 좌우한다")을 생산하는 강연이나 출판 관련 업종도 포함된다.

이러한 상황에서 아이들끼리 갈등 상황이 발발했을 때 엄마들이 이성적으로 대처할 수 없는 것은 지극히 당연한 일이다. 아이가 잘못했다고 인정하는 순간 엄마가 '아이를 잘못 키웠다'고 손가락질받게 되는데, 어떤 엄마가 쉽게 아이의 잘못을 인정하겠는가? 아이의 행동을 유발한 사회적·문화적 요인을 따져보지 않고 오직 엄마에게서만 원인을 찾으려고 하는 단선적인 문화가 엄마의 행동 범위를 좁고 편협하게 만든다. 그리고 이렇게 행동하는 엄마들 뒤로 여성이라는 종족 전체에 대한 폄하도 세트로 따라붙는다("하여튼 여자들은 너무 감정적이야"). 아예 그런 자리에 설 필요가 없는 아빠 종족들은 웬만해선 그런 평가를 받지 않는다. 처음부터 열외였으니까. 물론 아이 간 싸움의 파장이 커져서 '재판'에 이를 정도가 되면 아빠 종족들도 모습을 드러내긴 하지만, 어디까지나 부분적이거나 예외적인 경우다. 대부분은 엄마들이 모든 상황을 혼자 판단하고 감내하고 비난받으면서 그 모든 사건이 지나간 후에도 새끼를 그러안고 같은 자리에서 다시 엄마라는 일상을 영위해나가야 한다.

이런 관점을 바탕으로 그간 '가해'했다고 생각한 엄마들을 다시 떠올려보면, 뾰족하게 일어서 있던 신경돌기들이 확 가라앉는다. 그래, 자기 자식의 잘못을 인정하기 힘들었겠지. 그 행위에 자식의 평판, 자신의 평판이 걸려 있는데 어떻게 인정하겠어. 뿐인가. 한번 형성된 평판은 무서운 속도로 퍼져나가 그 모자에 대한 기정사실처럼 굳어질 위험성이 있다. '좋지 않은 평판'은 엄마들이 가장 두려워하는 결과다. 엄마가 자기 자식의 과오를 인정했을 때 ①상대 엄마가 너그럽게 받아주고 더 이상 입소문을 내지 않는다거나 ②자식이 저지른 잘못이 엄마 탓이 아닌 여러 사회 요인 탓, 혹은 성장 과정에서 흔하게 일어날 수 있는 일로 받아들여지리라는 확신만 있다면 대다수 엄마들이 자식의 잘못을 인정하는 쪽을 택할 것이다. 그러나 현실에선 그것을 알 수가 없다. 내가 숙이고 들어갈 경우 상대 엄마가 어떻게 나올지 알 방법이 없으며, 아무런 규범도 책임 범위도 정해져 있지 않은 정글에서 도대체 어디까지 잘못을 인정해야 하는지 감을 잡을 수가 없다. 하여 엄마들은 가장 안전한 방법, '잡아떼기'로 응수하게 된다. 그 과정이 반복되면서 악순환은 되풀이된다. 이전 사례가 전범으로 작용하여 갈등이 일어날 경우 무조건 버텨야 한다는 생각을 굳히게 하는 것이다. 나는 내 아이에게 일방적으로 폭력을 행사한 아이의 엄마가 내 눈앞에서 미안하다고 말하려는 자기 아이를 말리면서 "엄마가 말했지, 절대로 먼저 사과하지 말라고"라고 말하는 장면을 직접 본 적도 있다. 그 후로 나는 그 모자가 보이면 먼발치에서부터 도망갔다. 그 엄마가 했던 말이 너무 무서워서 되도록 상종하고 싶지 않았다. 그런 자신이 비겁하게 느껴졌지만 어쩔 수 없었다. 나 자신, 나도 모르는 새에 말과 행위로 누군가에게 '가해'를 하고 있을지 모르는데, 그런 내가 그 엄마에게 가서 그렇게 살면 안 된다고 충고를 하겠는가, 아니면 그대의 아이가 계속 내 아이에게 폭력을 휘둘러도 좋으니 우리 무조건 잘 지내보자고 해맑게 웃겠는가. 그 엄마의 놀라운 대사나 나의 대처 방식을 곱씹어보면, 누군가의 '엄마'라는 자리에서 만나는 관계가 왜 단단하게 뿌리내리기 힘든지를 서글프게 통찰하게 된다.

그러나 나 자신의 체험과 책으로 접한 사례를 통해 '엄마'라는 자리에 선 우리 종족들에게 연민을 느끼게 된 이후에도 나는 '친구 엄마'를 만들지 못했다. 뭔가를 알게 되었다 해도 내 머릿속에서만 일어난 일일 뿐, 현실은 굳건하게 그 자리에 버티고 있었고, 나는 여전히 각개전투로 새끼를 지켜내야 할 엄마의 자리에 서 있었다. 나는 깨달음과 연민과 체념을 번갈아 오가며 쳇바퀴 돌듯 하루하루를 이어나갔다. 역시 이번에도 한잔의 와인, 한잔의 맥주가 달콤한 위안이 되어주었다. 주량이 세지 않아 한 잔만 마시고 자도 다음 날 여파가 심해 자제하고 있었는데, 이 시기에 조금씩 양을 늘려 급기야 하룻밤에 두 잔씩 마시는 사태에 도달하고 말았다. 다음 날 깨질 것 같은 머리를 붙잡고 일어나면서 '오늘 밤부터는 절대로!'라고 다짐했지만, 기나긴 하루를 보내고 저녁을 지을 시간이 다가오면 와인이 목을 타고 넘어갈 때의 쾌감이 백만 번씩 떠올라 온몸을 전율케 했고, 결국 나는 '오늘까지만!'을 부르짖으며 저녁 식사 전후로 감미로운 액체를 매우 빈번하게 들이켜곤 했다.

7장

모와 도 사이에 존재하는 것들

생각의 전환

그러다 나는 천벌을 받았다. 주량을 넘어서도록 술을 들이켠 죄를 육체의 아픔이라는 형태로 속죄하게 된 것이다. 어느 날 저녁 갑자기 온몸이 으슬으슬하더니 열이 오르면서 먹은 것을 토하기 시작했다. 자리에 누우면 심장이 벌떡거리고 숨이 쉬어지지 않았다. 결국 병원 응급실로 날아갔다. 병원 측에서는 일단 나를 수용하긴 했지만 내 증상을 딱히 뭐라고 해야 할지 몰라 난감해하는 눈치였다. 분명히 증상은 있는데 뭔지를 알 수 없는 골치 아픈 사례. 여러 의사들이 왔다 갔다 한 끝에 나는 장염 환자로 명명되었다. 그러나 장염이라고 보기엔 다른 병으로 의심되는 증상이 너무 많아서 이런저런 검사를 받으며 병원에 며칠 머물게 되었다.

　　아프다는 사실을 인지한 순간 내 뇌리에 떠오른 것은 '새끼들'이었다. 내가 죽으면 내 새끼들은 어찌한단 말인가. 정글처럼 험난한 이 세상에서 아이들이 나 없이 살아간다고 생각하니 가슴이 갈래갈래 찢기는 것 같았다. 응급실 침대에 누워 옆 침대의 치매 환자가 몇 초마다 한 번씩 지르는 괴성을 들으며 나는 연신 눈물을 흘렸다. 우리 애들을 어쩌나. 그 어린것들을 어쩌나. 그러나 그런 감상의 끝에는 어쨌든 누워 있어서 좋다는, 며칠간은 엄마이기에 해야 하는 수많은 가짓수의 노역들을 하지 않아도 된다는 달콤한 쾌감이 찾아왔다. 아이고, 좋아라. 이렇게 한 달 동안 누워 지냈으면. 누워서 책을 읽을 수 있을 정도로만 아픈 걸로 판명되었으면.

그런데 입원은 전혀 다른 차원에서 내 삶의 전기가 되었다. 저녁 7시쯤 병원 응급실에 당도했는데, 8시 반쯤부터 문자메시지가 쇄도하기 시작했다.

- 입원했다며? 괜찮아? 무슨 병원이야?
- 자기네 애들, 우리 집에서 저녁 먹고 있어. 자기 퇴원할 때까지 애들 잊어버려. 내가 책임지고 밥 먹일게.

병원으로 찾아오겠다는 문자, 전화해달라는 문자, 내 새끼들과 남편을 모두 책임지고 먹여줄 테니 부담 갖지 말고 우리 집 3남을 매일 저녁 자기 집으로 보내라는 문자, 나도 잘 외우지 못하는 내 아이들의 스케줄을 모조리 기억해 언급한 뒤 자기가 그에 맞추어 아이들을 등·하원 시켜주겠다는 문자…. 그것은 동료 엄마들이 내게 보낸 절절한 마음들이었다. 연달아 들어오는 문자들을 들여다보면서 나는 형언할 수 없는 감정에 빠져들었다. 문자를 보낸 이들은 모두 내가 그다지 친하지 않다고 생각하던 이들이었다. 마음을 터놓을 수 없으나 어쩔 수 없이 관계를 지속해야 한다고 생각했던, 잘 맞지도 않는데 의무처럼 짊어지고 갈 뿐인 관계라고 생각했던 엄마들이다. 그런데 그들이 보여준 반응은 즉각적이고 계산 없고 따뜻했다. 그 문자들을 보면서 나는 부끄러웠다. 너무나 부끄러웠다. 그들이 아파서 입원했다면 나는 이런 문자를 보낼 수 있었을까. 이렇게 계산 없이 손을 내밀 수 있었을까. 내가 그동안 편견과 경계심이라는 우리에 갇혀 스스로를 속박하고 있었음을, 단정하고 넘겨짚고 비판하며 스스로를 고립시키고 있었음을 깨달았다. 사람은 자신 안에 있는 성질로만 상대를 본다더니, 관용과 사랑이 부족한 나는 타인에게서도 관용과 사랑을 발견하지 못했던 것이다.

입원 이후로 나는 술을 끊었다. 완전히는 아니지만 예전처럼 밤마다 마시지는 않게 되었다. 그러나 입원의 여파로 얻은 가장 큰 소득은 절주가 아니라 관계의 획득이었다. 아프고 나서야 비로소 내가 속한 종족들의 내면에 자리 잡고 있는 넓고 깊은 사랑을 보게 된 것이다. 이때 내게 쏟아졌던 엄마들의 관용과 무조건적인 손길을 떠올리면 지금도 콧등이 시큰해진다. 그들을 강퍅하게만 보고 있던 나와는 얼마나 대조되는 처사였던가. 오랜 세월이 지난 지금에 와서도 그때를 생각하면 내 작고 편협한 그릇이 부끄러워 얼굴이 벌게진다.

그렇다고 내가 그 사건으로 '모든 문제를 해결하고 드디어 친구 엄마를 만나게 되었으며 수많은 엄마 종족들과 너무나 아름답

게 잘 지냈답니다'라고 끝나는 동화를 완성했는가 하면, 그건 아니
었다. 나는 여전히 엄마들과의 관계에서 상처를 주고받았고, 주기
적으로 잠 못 이루는 밤을 맞았다. 그러나 한 가지, 이전과 달라진
점이 있었으니 내가 내 종족들을 이전보다 넓어진 시선으로, 그러
니까 사람의 마음에는 여러 면이 담겨 있으며 상황에 따라 완전히
다른 면이 튀어나올 수 있다는 생각을 내장하고 만나게 되었다는
사실이다. 상대의 마음에 있는 수많은 가능성 중 무엇을 끄집어내
내 것과 만나게 할 것인가는 전적으로 내 의지와 노력에 달렸다는
생각. 모호한 지반과 엄마 된 자에게 한없이 가혹한 사회라는 악
조건하에서도 내 의지가 있다면 상대와 더 나은 관계를 형성할 수
있다는 깨달음. 그것은 자기계발서와 육아서와 심리학서에서 수없
이 읽었음에도 불구하고 내가 직접 겪은 다음에야 비로소 인생의
교훈으로 받아들일 수 있었던, 인간관계에서 가장 기본이 되는 명
제였다.

* * *

내부에서 따뜻한 시선이 생겨나자 모든 것이 이전과는 달라졌
다. 산천도, 아파트도, 아이들도, 그 자체로는 달라진 게 없을 요소
들이 이전과는 완전히 다른 세상의 구성물들인 것처럼 느껴졌다.
　주위에 산이 없어 아쉽다고 생각했던 동네가 조금만 걸어가면

한강이 나온다는 면에서 '좋은 동네'로 여겨졌다. 답답하게 느껴졌던 초고층 아파트들보다는 건물 사이사이에 들어서 있는 단지 내 공원의 정갈함에 눈길을 주게 되었다. 계산 없이 천진난만한 아이들이 유난히 사랑스럽게 보였으며, 무엇보다 아이들의 엄마들, 아픈 내게 아낌없이 손길을 내밀어주었던 그들의 장점이 속속들이 눈에 들어왔다.

호시탐탐 우리 집의 재정 상태를 궁금해하는 엄마가 예전처럼 거슬리지 않았고(궁금하겠지. 똑같은 평수와 구조의 아파트에 사는데 이웃이 전세로 사는지, 자가로 사는지 왜 안 궁금하겠어. 이해해), 끼리끼리 만나는 저녁 모임에 나와 내 아이를 불러주지 않는 엄마가 예전처럼 꼴 보기 싫지 않았으며(모두 다 부를 수는 없겠지. 아이들 일고여덟 명이 와서 뛰면 아랫집에서 바로 올라올 테니까. 기다리면 언젠가 나도 불러주지 않겠어?), 엄마들이 아이들을 대하는 방식 하나하나에 눈길이 갔다.

가장 인상적인 것이 마지막 요소, 엄마들이 아이들을 대하는 방식이었다. 예전에 내 눈엔 다른 엄마들이 모두 '과잉 교육'을 시키는 극성맘으로만 보였다. 부끄럽지만 그랬다. 나 자신도 온갖 사교육을 시키며 호시탐탐 다른 것을 끼워 넣지 못해 안달하는 주제에 남들을 볼 때는 '어이구, 저렇게 시키다가 애 잡지'라고 생각했더랬다. 주위 분위기 때문에 어쩔 수 없이 나도 따라 시키고 있다면서 애먼 남 탓을 했던 것이다. 그런데 그 엄마들의 말투나 생각, 행동이 이제 완전히 다른 각도에서 눈에 들어왔다.

엄마들 중에 잘 웃고, 다른 사람들에게 관심이 많고, 누구와 있어도 에너지 넘치는 대화를 만들어내는 인물이 있었다. 이 엄마는 언제나 아이가 하는 말을 끝까지 잘 들어주고 성의 있게 대답해주었다. 그전에는 그저 '좀 활발하고 말이 많은 사람' 정도로 생각했는데, 이제 보니 아이를 대하는 그 엄마의 태도가 여간 놀라운 게 아니었다. 엄마들끼리 얘기를 나누다가 아이들이 와서 매달리면 대부분 "알았으니까 가서 놀아. 이따 집에 가서 다시 얘기해"라고 하기 마련인데 이 엄마는 아이의 말을 주의 깊게 들은 뒤 그 자리에서 어떻게든 아이의 요청을 들어주었다. 들어주지 못할 경우, 왜 그런지 차근차근 얘기해주고 납득시켰다. 그 엄마를 보면서 나는 무릎을 쳤다. 평소 그 엄마의 아이를 보면서 '어쩌면 똑같은 나이인데 쟤는 저렇게 너그럽고 착할까'라 생각했는데 그 아이가 왜 그렇게 됐는지 연유를 알 것 같았다. 말을 잘 들어주기만 해도 그게 아이의 마음을 채워주는 효과가 나는구나! 육아서에서 그렇게 읽고도 체화하지 못했던 진리가 내 눈으로 사례를 직접 본 다음에야 가깝게 다가왔다. 그렇게 생생한 예시를 통해 익힌 교훈은 내 몸에도 제법 새겨졌고, 이후로 아이들을 대할 때 반사적으로 튀어나오는 습관의 하나로 자리 잡게 되었다.

모임에서 대장 역할을 하는 엄마에 대한 시선도 달라졌다. 예전에는 독선적으로만 보였는데, 이제는 그 엄마의 그런 성격이 모임에 공헌하는 바에 눈길이 갔다. 일방적으로 자기 하고 싶은 방향으로 끌고 가는 성향이 있는 건 사실이지만, 그 엄마가 없었다면 우리 모임의 아이들은 그처럼 수많은 만남의 장을 누리지 못했을 것이다. 그 엄마가 적극적으로 주선한 덕에 우리는 아이들을 할인된 가격 혹은 무료로 알찬 이벤트들에 참가시킬 수 있었다. 한 명 한 명에게 전화해 날짜를 맞추고, 예약을 하고, 못 오는 엄마가 있으면 그 엄마의 아이가 탈 차량을 주선해주는 등 귀찮은 일들을 매번 도맡아 했고, 우리는 그것을 당연시했다. 그 적극성과 성의, 다른 아이들을 자기 아이처럼 품는 폭넓은 사랑. 예전에는 그저 자기 아이를 위해 너무 극성을 부린다는 정도로만 생각했던 그 특성들이 얼마나 배우고 싶은 자질로 다가왔던지…. 그것은 비단 엄마로서의 양육 태도일 뿐만 아니라 인간이 자기 삶을 대하는 근본 자세의 문제이기도 했다.

이 밖에도 무수히 많은 엄마들의 뛰어난 자질들이 눈에 들어왔다. 동굴에서 마신 것이 해골에 고인 물임을 알고 토하면서 깨달음을 얻은 사람이 원효대사라 했던가? 그가 얻었다는 깨달음이 내게도 일어났다. 우호적인 시선이 깃들자 수많은 것들이 형상을 뒤집으며 완전히 다른 의미를 내뿜었다. 마법에 걸린 것처럼 주위 여건과 사람들에 대한 평가를 달리하게 되었다. 아울러 편협하기 짝이 없었던 내 오만한 자아에도 냉정한 시선을 보내게 되었다. 내가 어리석었구나! 마흔을 바라보던 그때까지, 내 안에서 사람들은 전부 '모 아니면 도'였다. 그동안 친분이 많이 쌓인 사람이라도 한 부분에서 차이를 발견하면 바로 거리를 두었다. 나에게 말실수를 하거나, 정치적으로 나와 다른 입장이라는 걸 알게 되거나, 내가 해준 것에 비해 서운하게 답해오거나, 혹은 직접적으로 관계되진 않았어도 다른 관계에서 결례를 저질렀다는 소문을 들으면 그 사람을 바로 '내 사람' 명단에서 지워버렸다. 저 사람은 '아닌 사람'이니 더 이상 성의를 기울일 필요가 없다고 생각하며 다음 만남부터는 철저히 형식적으로 대했다.

입원 이후로 타인을 보는 내 시선에 관용이 스며들었다. 사람은 누구나 실수를 하는 법이다. 우리네 인생에 똑같은 순간은 찾아오지 않는 법이라, 사람은 계속 시행착오를 거치며 다음 순간을 맞을 수밖에 없다. 나 자신, 지금까지 얼마나 어처구니없는 실수를 하며 살아왔던가. 그때마다 주위 사람들이 나를 관계의 리스트에서 삭제해버렸다면 나는 얼마나 외롭게 살았겠는가. 다른 사람들을 보는 내 시선은 편협해도 너무 편협했다. 세상에 완벽한 인간이 존재하기라도 하는 양 확고한 기준을 세워놓고 그에 맞지 않으면 모두 마음속에서 지워버렸다.

이제는 새롭게 다짐해본다. 복합적인 시선으로 사람을 볼 것이다. 누군가가 이해할 수 없는 짓을 해도 남에게 심각한 피해를 주는 경우가 아니면 그 사람이 '왜' 그렇게 했는지를 곰곰이 생각해볼 것이다. 한 번의 사례로 관계를 근본적으로 단절해버리기보다는 그 사람 특유의 장점을 발견해나갈 것이다. 그러지 않으면 이 외롭고 긴 인생을 어떻게 건너갈 수 있겠는가. 어떻게 살아낼 수 있겠는가.

'만들어진 모성'을 해부하다

《고미숙의 몸과 인문학》 | 고미숙

사람은 어린 시절의 기억, 억압, 상처 때문에 성인이 되어서도 두고두고 괴로워하며 살게 된다는 흔한 심리학 이론에서 벗어날 단서를 잡은 것은《고미숙의 몸과 인문학》이라는 책을 읽는 도중이었다. 신체의 중요성을 인문학적 관점에서 고찰한 책으로, 여러 가지 주제를 고루 건드리고 지나가면서 저자가 툭 던진 한마디가 있었는데 그게 픽 하고 내 뒤통수를 쳤다.

어떤 비극도 시간이 지나면 전후좌우 맥락이 파악되는 법이다. 그걸 깨달으면서 어른이 되어가는 것 아닌가. 만약 그렇지 않다면 그건 내가 그 기억을 계속 '동일한' 방식으로 곱씹고 있다는 뜻이다. 그러면 이미 그 기억은 원래의 사건과는 무관한 나만의 '자의식'이 되어버린다. 자의식이 공고해질수록 외부와의 소통은 불가능해진다. 그래서 아주 역설적이게도 소위 상처받은 이들일수록 그걸 빌미로 타인에게 마구 상처를 입히기도 한다. 그 대상 또한 엄마(혹은 가장 가까운 가족)인 경우가 많다. 원인 제공도 '엄마'요, 한풀이 대상도 '엄마'인 것. 뭔가 좀 이상하지 않은가. 모성이 무슨 동네북도 아니고, 이렇게 툭하면 호출 대상이 되다니 말이다.

종기를 제거할 때는 인정사정 두지 말고 가차 없이 짜내야 한다. 그래야 뿌리가 뽑힌다. 마음의 종기 또한 마찬가지다. 상처의 언저리만 건드리지 말고 가차 없이 발본색원해야 한다. 그 온상은 보다시피 '모성', 그리고 모성을 둘러싼 가족주의다. 헌신과 배려, 희생과 자책감 등 모성을 둘러싼 표상들은 대부분 20세기 전후 권력과 자본에 의해 구성된 것들이다. 이 '만들어진' 모성을 전제하는 한 모든 이들은 결핍에 시달릴 수밖에 없다.(114쪽)

꾸짖는 듯 단호한 몇 마디가 그렇게 정확할 수가 없었다. 누워서 게슴츠레한 눈으로 책장을 넘기다가, 벌떡 일어나 앉았다. 원인 제공도 엄마요, 한풀이 대상도 엄마라는 말이 볼드체가 돼 번쩍거리며 눈에 들어왔다.

굉장히 단순한 말이었다. 여기저기서 수십 번씩 들었던 말이기도 했다. 뭐든지 엄마 탓을 하는 사회에 대한 비판은 이 책 저 책에서 익히 읽어왔던 터였다. 그런데도 그 개념은 내 것으로 체화되지 못하고 번번이 미끄러져나갔다. 그리고 그날, 아무 생각 없이 소일거리 삼아 읽던 책에서 나온 그 구절을 통해, 그 개념이 비로소 의미 있게 내 안으로 파고들었다.

필사 노트에 위의 구절들을 베껴 쓰는데, 아이를 낳은 이후 내가 여기저기 뿌리고 다녔던 말들이 좌르르 뇌리에 펼쳐졌다. 엄마를 내 뒤틀린 인성의 원인으로 지목하며 늘어놓았던 천편일률적인 언어들. 토씨 하나 바꾸지 않고 반복했던 진부한 이야기들. 어릴 때 엄마에게 받았던 상처, 그로 인해 뼛속 깊이 새겨진 열등감, 그리고 자식에게 똑같은 짓을 하고 있는 나에 대한 자책. 엄마에게서 시작돼 나와 내 자식에게로 이어지는 그 '상처의 강물' 이야기를 나는 줄기차게, 질리지도 않고 떠들고 다녔더랬다. 뭐든지 엄마를 탓하는 사회의 강박관념을 그대로 내면화하여 퍼뜨렸던 것이다.

물론 엄마에게 받은 상처, 있을 것이다. 왜 없겠는가. 하지만 과연 주위에 떠들고 다닌 만큼 엄마에게 상처를 받았던가. 솔직히 그건 아니었다. 아이들은 생각보다 강하다. 엄마나 주위 어른들이 뭐라고 해도 금세 잊어버리고 신나게 뛰놀 수 있다. 나도 그랬다. 가끔 부모님이나 주위 어른들 때문에 상처받기도 했지만, 그렇다고 해서 곡기를 끊거나 학교를 안 가고 방에 틀어박힐 정도로 심각한 상태에 이르지는 않았다. 그러니까 내가 '어린 시절의 상처' 운운하고 다녔던 건 진짜 그렇게 생각해서가 아니었다. 그저 만날 하다 보니 왜인지도 모른 채 생각 없이 말하고 다녔을 뿐.

이 책과 만난 시점부터 나는 심리학을 의심하기 시작했다. 이때까지 내가 당연하게 받아들였던 심리학, 그러니까 어린 시절의 상처를 모든 시원으로 삼고 반복해서 어린 시절의 기억을 불러들여 곱씹는 방식을 주된 치유 방법으로 삼는 심리학들에 의심의 눈초리를 보낸 것이다. 이전까지 내게 그런 심리학은 일종의 공기 같은 것이었다. 심리학은 모두 그런 것인 줄 알았고, 그런 방법은 태곳

적부터 있었던 진리이므로 당연히 받아들여야 한다고 생각했다.

유전도 양육도 아닌 제3의 힘

《개성의 탄생》 | 주디스 리치 해리스

의심의 시선이 가미된 결과, 조금 다른 심리학서를 찾아다니게 되었다. 심리학이 아닌 분야의 책에서도 기존 심리학서와는 다른 부분을 예민하게 찾아내 섭취하게 되었다. 그러다가 주디스 리치 해리스의 《개성의 탄생》이라는 책을 만났다. '사람의 성격을 형성하는 것이 유전이냐, 양육이냐'에 대해 냉철한 메스를 들이대 명성을 얻게 된 이 작가는 《개성의 탄생》에서 유전이나 양육이 아닌 또 하나의 요소가 있음을 밝혀낸다. 유전과 양육은 모두 가정에서 연유하는 요소임을 강변하면서, 작가는 그 두 요소가 아닌 제3의 요소에 포커스를 맞춘다. 가정의 영향력이 전통적으로 간주되어왔던 것처럼 절대적이 아님을 설파하면서, 성장 과정에서 사람들이 속하게 되는 갖가지 또래 집단(유치원, 학교, 군대 같은)의 영향력이 가정만큼 크다는 사실을 여러 예시를 통해 밝혀낸다. 또한 연구하는 이들의 소망이 연구 결과에 영향을 미쳐 완전히 잘못된 결론을 낳을 수 있다는 사실도 날카롭게 끄집어내 보여준다.

이 책을 읽음으로써 내가 이전에 읽었던 심리학서들이 주로 '발달심리학'이라 불리는 분야의 한 분과에 속하는 책임을 알았다. 그 분과의 책들이 그 부류 학자들의 진보적인 희망 사항을 담고 있고, 자신의 희망과 어긋나는 분야, 즉 '유전의 힘'은 애써 무시하는 경향이 있다는 사실도. 한 사람의 인성을 형성하는 데 유전보다 양육이 훨씬 중요하다는 가설을 신봉하는 분과의 책들이 결국 어떤 논리로 귀결될지는 이제 안 봐도 비디오였다. 그 책들은 엄마 역할의 중요성을 열렬히 설파하며 '당신의 한마디가 아이의 평생을 결정한다!'는 무시무시한 암시를 독자의 귀에 들이부었다. 내가 읽은 육아서들은 대부분 이 특정 심리학 분과의 논리를 전제로 하고 있었다. 그리고 그런 양육서들을 읽고 밑줄 긋고 포스트잇에 써서 붙이고 암기하고 '모든 게 내 탓이요'를 외치며 밤마다 베갯잇을 눈물로 적시는 어리석은 영혼이 있었으니, 그게 바로 나였다.

그걸 이제야 알다니. 나는《개성의 탄생》과《고미숙의 몸과 인문학》을 책상 한가운데에 나란히 놓았다. 내 안에 들어와 거침없이 전복의 힘을 발휘한 그 두 권을 가만히 쓸어보았다. 웃음이 나오면서 부끄러움과 허탈감이 밀려왔다. 동시에 쾌감도 왔다. 기존의 선입견에서 빠져나와 새로운 세계를 접할 수 있게 된 듯한, 새로운 '앎'에 접속한 듯한, 뭔가 수준 높은 곳으로 한 단계 도약한 듯한 쾌감. 그동안 어리석은 패턴을 반복하며 살아왔지만 이제라도 눈을 뜨게 되었다는 안도감. 앞으로 들어서게 될 광활한 신세계(발달

심리학의 한 분과를 넘어서는 심리학서들이 널려 있는)에 대한 기대감.

　그동안 육아서에서 읽은 얘기들을 앵무새처럼 떠들어대는 나를 보면서 사람들은 무슨 생각을 했을까. 생각이 이에 미치자 얼굴이 홧홧하면서 여기저기 전화를 걸고 싶어졌다. 내가 했던 말들을 모조리 취소한다고, 내가 어리석었다고, 고백과 변명의 말을 마구마구 늘어놓고 싶었다. 하지만 때는 새벽 2시. 불쑥 전화해 그런 말을 늘어놓으면 역효과만 일으킬 게 분명한 시간대였다. 나는 가슴을 꾹 내리눌렀다. 갑자기 세상을 다 알게 된 것처럼, 내일부터 엄청나게 달라진 삶을 살게 될 것처럼 법석을 떠는 내 자아를 진정시키고 곱게 잠을 청해야 할 시간이었다.

내 부모는 어떤 유형이었나

《부모의 자존감》 | 댄 뉴하스

깨달음은 항상 의외의 방향에서 온다. 육아에서 이는 괴로움을 해결해보겠다는 의도를 잔뜩 품고 덤볐던 육아서들에서는 얻을 수 없던 깨달음이, 모든 걸 포기하고 널브러져 시간 때우기용으로 집어들었던 책에서 불쑥 찾아왔다. 나는 책 읽기에 더욱 탐닉하게 되었다. 책의 바다를 떠다니다 보면 의외의 순간에 맞추지 못했던 퍼즐 조각을 발견하게 된다는 걸 깨닫자, 책 읽는 행위가 더욱 값지게 느껴졌다.

《부모의 자존감》이라는 책을 읽으면서 똑같은 책이라도 어떤 생각을 갖고 읽느냐에 따라 완전히 다른 책이 된다는 사실을 알게 되었다. 이 책은 신경질적인 엄마 밑에서 상처받았을 내 아들들을 치유해주어야겠다는 생각으로 구입했다. 구입 당시에는 다른 육아서들과 함께 읽어서인지 그리 크게 감흥을 얻지 못했는데, 이번 '책 읽기의 파도'를 타고 다시 읽었더니 이전과는 완전히 다른 의미로 다가왔다. 처음 읽었을 땐 '내가 받았던 상처를 아들에게 그대로 물려주지 말아야겠다'는 천편일률적인 감상으로 맺혔는데, 이번에는 나의 엄마에 대해 숙고해보는 계기로 이어졌다. 우리 매정한 엄마님 때문에 내가 이 모양 이 꼴이 됐다고 목 터지게 외치고 다니는 동안 나는 엄마가 왜 내게 그렇게 대했는지, 왜 그렇게 차가운 사람이 되었는지에 대해 한 번도 생각해보지 않았다. 그냥 그건 기정사실이었다. 우리 엄마=매정한 사람=나한테 상처를 준 사람.

책은 부모를 대여섯 개의 유형으로 나눈다. 독자는 자신의 부모가 어떤 유형에 해당하는 사람인지를 파악하고 부모의 심리를 분석한 뒤 자신과 아이의 관계에 적용해보게 된다. 나의 엄마는 이 중 하나의 유형과 일치했다. 나는 그 유형에 해당하는 여러 심리적 요인들을 놓고 엄마에게 감정을 이입해갔다. 어린 시절의 엄마. 엄마의 부모. 엄마의 성별과 형제 중 순위. 태어나서 처음으로 엄마의 어린 시절에 대해 생각해보았다. 형제 많은 집 장녀였던 엄마가 넉넉지 않은 가정 형편에서 느꼈을 중압감을 생각해보게 되었다. 그러자 엄마의 성격이, 엄마의 말투가 이해되기 시작했다. 엄마의 행동도. 동시에 '아, 우리 엄마 너무 힘들었겠구나. 무서웠겠구나' 하는 생각이 들었다. 그리고 뒤를 이었던 존경심. 그 고단한 여정을 힘들다는 내색 한번 않고 성큼성큼 지나온 한 사람에 대한 무한한 존경심.

엄마는 젊을 때 별명이 '철녀'였던 분이다. 40대 중반에 남편과 사별하고 아이들을 혼자 키워내야 하는 운명에 처했지만 남들에게 아쉬운 소리 한번 한 적 없이 자력으로 두 딸을 용돈까지 줘가며 대학을 졸업시켰다. 나는 엄마가 술에 취하거나, 울거나, 신세한탄을 하거나, 힘들게 키웠다며 언니와 내게 생색내는 걸 한 번도 본 적이 없다. 엄마는 생활비를 버는 것은 물론이고 못돼 먹은 딸들이 손도 대지 않는 집안일을 매일매일 덥석덥석 해치웠다. 철딱서니 없고 이기적인 딸들은 고정된 월급을 가져다주는 가장이 없어도 약간 우는소리만 하면 언제나 엄마에게 필요한 돈을 뜯어갈 수 있었고, 청소는커녕 세탁기 한번 돌리지 않았지만 집 안은 늘 깔끔하게 정돈돼 있었다. 그러니까 엄마는 직장 일도, 집안일도 혼자 척척 다 해내는 울트라 슈퍼우먼이었던 것이다. 주위 사람들의 말에 짧고 건조하게 답하고, 안 될 것 같은 일은 미리 안 된다고 가차 없이 잘라버리는 것은 엄마가 취할 수 있었던 유일한 생존 방식이었다. 그래야만 슈퍼우먼의 어깨로 쉴 새 없이 떨어져 내리는 고단한 의무들을 해치울 수 있었을 테니. 당연히, 딸들과도 살가운 얼굴로 대화할 수 없었을 것이다. 엄마가 얼마나 막막했을지, 매 순간 얼마나 바쁘고 힘겨웠을지, 이 험한 세상에 자식들과 달랑 남겨졌을 때 얼마나 부담스럽고 두려웠을지 비로소 알 것 같았다.

이 책을 읽은 날, 고향에 내려가 살고 계시는 엄마에게 전화를 걸었다. 우리 엄마가 어떻게 지내시나 궁금해서 걸었다고 콧소리를 섞어가며 말하자 엄마는 용건 없으면 얼른 끊으라는, 엄마한테 전화하면 즉각 날아오는 살벌한 말을 날린 뒤 바로 전화를 끊어버렸다. 예전 같았으면 '엄마는 너무 매정해. 이렇게 전화를 끊으면 상대가 얼마나 불쾌할지 정말 모르는 걸까? 너무해' 하며 원망했을 그런 통화였지만, 이번엔 전혀 기분이 상하지 않았다. 엄마, 난 다 알아. 엄마가 왜 그렇게 말하는 사람이 되었는지 다 안다우. 혼자 실실거리며 되뇌었다. 어쩐지 내가 엄마를 어린 시절부터 죽 알아온 단짝 친구가 된 것 같았다.

일방적으로 통화가 끊어진 뒤 냉큼 초기 화면으로 돌아가 있는 핸드폰을 한동안 들여다보다가, 나는 카톡에 접속해 새로 대화방을 개설했다. 엄마를 초대하고 언니를 초대했다. 그리고 화난 얼굴의 이모티콘을 올렸다. "엄마, 왜 전화를 그렇게 끊어? 나 삐졌어. 치. 삐졌어, 삐졌어, 삐졌어어어!!!" 아이 같은 멘트를 연속으로 날렸다. "ㅋㅋㅋ너 왜 그러냐." 이내 엄마와 언니의 답변이 달렸고, 그렇게 한동안 우리 셋이 모인 카톡방에서 이모티콘과 아이들 장난 같은 대화가 오갔다. 처음으로, 카톡의 갖은 이모티콘과 실없는 대화들이 긍정적으로 기능할 수도 있겠다는 생각이 들었다. 이 맛에 우리 집 초딩들이 그렇게 핸드폰에 목숨 거는 걸까. 살짝 이해가 간다고 생각하면서 나는 씩 웃었다. 여러모로 나는 참 편협한 인간이었다!

'민주적인 엄마'라는 신화

《아이들은 어떻게 권력을 잡았나》 | 다비드 에버하르드

아이들을 데리고 시내에서 하는 공연을 보러 갔다. 공연 시작이 10분 정도밖에 남지 않았던 터라 양손으로 두 아이를 붙잡고 바쁘게 걸어가는데, 갑자기 작은애가 길가에서 팔던 아이스크림을 가리키며 사달라고 떼를 쓰기 시작했다. 시간이 급해서 안 된다고 말했지만, 아이는 빨리 먹을 수 있다며 계속 팔에 매달렸다. 억지로 끌고 가기엔 너무나 무거워진 여덟 살짜리 아들을 한 손에 매달고 광화문 한복판에 서서, 나는 치밀어 오르는 분노를 삭이기 위해 안간힘을 썼다. 이럴 땐 어떻게 해야 하지? 그동안 읽었던 육아서들을 부지런히 떠올렸지만 어떻게 해야 할지 전혀 감이 잡히지 않았다. 생각 같아선 "안 돼! 뭐라고 말해도 절대로 안 사줄 거야!"라고 따끔하게 말해주고 싶었다. 하지만 그렇게 말하면 너무 권위적이

고 일방적인 부모가 될 것 같아 꾹 참았다.

길거리에 서서 한참 시간을 보낸 뒤 겨우 육아서들에 나왔던 지침들을 떠올렸다. 그 책들에 따르면 아이와 갈등이 생겼을 경우 ①무조건 안 된다고 고압적으로 말하지 말고 ②우선 감정에 공감해주어야 하며 ③네 마음은 이해하지만 지금 이러이러한 사정이라 그렇게 해줄 수 없어 안타깝게 생각한다고 천천히 말해주어야 했다. 나는 아이 앞에 쭈그리고 앉았다. 육아서에서 말한 대로 아이와 눈높이를 맞춘 뒤 "아이스크림을 먹고 싶어 하는 네 마음은 알겠어"로 시작하는 말을 늘어놓았다. 하지만 내 말은 아이의 징징거리는 말투에 묻혀 끝을 맺지 못했다. 결국 나는 벌떡 일어서서 험악한 표정을 지었다. "조용히 해! 아무리 울어도 소용없어! 아이스크림은 절대 안 사줄 거야! 지금 안 가면 공연 못 보는데 어떻게 할 거야?" 이렇게 말한 뒤 아이를 번쩍 안아들고 공연장으로 뛰어갔다.

공연 초반에 아이는 먹지 못한 아이스크림을 떠올리며 훌쩍거렸지만 10분을 넘기지 못하고 공연에 빠져들었고, 나는 가슴을 쓸어내렸다. 재미있는 공연이었기에 망정이지, 그렇지 않았으면 이 막무가내 여덟 살을 어쩔 뻔했단 말인가?

그 후 며칠 동안 나는 자괴감에 빠졌다. 고미숙의 책을 통해 '모든 게 엄마 탓'이라는 프레임의 우스꽝스러움을 볼 수 있게 되었음에도 내 육아의 나날은 여전히 험난했다. 모든 걸 엄마의 탓으로 뒤집어씌우는 게 잘못임을 알게 된 뒤 마음의 짐을 덜었고, 내 입에서 나오는 말 하나하나를 곱씹으며 반성하고 자책하는 모드에서도 빠져나왔지만, 자기만 생각하며 앞뒤 가리지 않고 마구 뛰어다니는 두 사내아이를 어떻게 대해야 할지 모르겠는 건 예나 지금이나 마찬가지였다. 그러니까 사건이 벌어진 뒤 감정 처리는 다소 가벼워졌을지라도 진행형으로 아이들과 마주할 때 당혹스럽기는 마찬가지였다.

나는 상냥하고 민주적인 엄마가 되고 싶었다. ①침착한 얼굴로 아이들에게 조목조목 앞뒤 맥락을 설명해준 뒤 ②아이들의 의사를 물어보고 ③대화를 통해 합의점을 찾아내 ④웃는 얼굴로 합의된 바를 실행한다. 이것이 내가 꿈꾸는 대화 패턴이었다. 현실은 이와 조금도 닮아 있지 않았다. ①아이들은 내 말을 끝까지 듣지 않고 자기주장만 했고 ②내가 감정에 공감해주려 하면 그 말을 붙들고 끝까지 자기 요구를 관철시키려 했으며 ③그럼에도 불구하고 계속 친절하게 조목조목 그게 왜 안 되는지 설명하면 설명이 끝날 때까지 가만히 있다가 똑같은 말을 되풀이했다. "그러니까 사줘!" 결국 내 입에서는 안 된다는 말이 매정하게 흘러나왔고, 상황은 최악으로 치달아 아이들의 눈물 바람과 나의 활화산처럼 솟아오르는 분노로 귀결되었다. 상냥하고 민주적인 엄마가 되고 싶은 마음에서 시작한 대화가 가장 전제적인 방식으로 마무리될 때마다 혼란스러웠다. 뭐가 문제지? 나는 왜 안 되지? 육아서의 저자들은 매번 성공하는 것 같던데, 나는 왜 번번이 이 모양이지?

사람들은 현재 상황에 문제가 있다는 것을 직접적인 경로로 인식하기도 하지만, 다른 매개물을 통해 뜻하지 않게 인식하기도 한다. 이 경우, 우연히 매개물이 나타났다고 생각하지만 그것을 통해 자신의 문제를 인식하고 성찰하는 과정을 거치고 나면 실은 애초부터 자신의 무의식이 문제를 인식하고 그 매개물을 향해 손짓했음을 알게 된다. 이를 간파하는 시점은 사고 작용이 끝나고 자신의 사고가 달라지기 이전을 곰곰이 곱씹어볼 때다. 그때 내가 참 어리석었구나. 그 매개물이 아니었으면 영영 모르고, 멍청하게 그대로 살 뻔했잖아? 그러다 우연히 깨닫게 된다. 실은 그 매개물이 내 무의식의 부단한 노력으로 내게 왔다는 것을.

《아이들은 어떻게 권력을 잡았나》라는 책은 내게 그런 매개물이었다. 이 책을 발견한 것은 이메일에 묻어온 광고를 통해서였다. 제목을 보자마자 끌려서 바로 클릭해 인터넷 서점으로 들어갔다. 목차를 훑어본 뒤 바로 책을 주문했다. 책값으로 돈을 너무 많이 써서 좀 자제해야겠다고 생각하던 시기였지만 망설이지 않고 구매했다.

- 권력은 누가 쥐고 있을까?
- 성숙과 계층
- 관대한 사회가 피해자를 만든다

목차를 보는데, 내가 고민하고 있는 부분에 대한 담론이 나올 것이라는 직감이 명징하게 뇌리를 관통하면서 가슴이 쿵쾅거렸다. 목차를 훑어보기 전부터 이미 제목으로 나를 세차게 끌어당긴 책이었다. 아이들과 권력을 연계해 말하다니. 그동안 읽어온 육아서들에 익숙해진 내 정서에는 아이들이라는 신성한 존재를 권력과 연계한다는 생각 자체가 굉장한 파격으로 느껴졌다. 동시에 그게 사실이라는 생각이 들었다. 온갖 잡일에 시달리게 하면서도 그 앞에만 서면 벌벌 떨며 언행을 고르게 만드는 생명체. 그게 권력자가 아니면 뭐란 말인가?

책은 신간이라 하루 만에 왔다. 받자마자 포장을 뜯어 허겁지겁 읽어 내려갔다. 스웨덴의 정신의학자인 저자는 이 시대의 주류를 이루고 있는 육아 규범을 근본에서부터 차근차근 분석해나간다. 존중, 배려, 사랑이라는 단어들로 도배되다시피 한 육아서들에서 외치는 '아이 중심' 사상이 과연 아이를 바르고 행복하게 키워내는 밑바탕이 될 수 있는지를 뇌과학, 인류학, 정신분석학 등 다양한 학문을 동원해 해부한다.

오늘날의 전문가가 하는 말을 들어보면, 부모가 시간이 부족하다면 아이를 굶기더라도 아이와 모노폴리 놀이를 하는 쪽이 더 낫다고 생각하는 듯 들린다. 그래서 나는 육아에 관심이 많은 모든 부모를 위해 자그마한 비결 한 가지를 소개할까 한다. 그것은 아이는 엄마, 아빠가 같이 놀아주지 않고 식사 준비를 해도 그런 현실을 잘 감당할 수 있다는 것이다. 만일 아이가 부모의 말을 들어야 한다는 생각이 권력 남용처럼 느껴지거나 아이를 너무 적게 사랑하는 것이라고 판단된다면 당신은 조만간 아이의 하인으로 전락할 것이 확실하다.(185쪽)

직설적으로 논리를 전개해나가는 저자의 글을 읽으며 연신 무릎을 쳤다. 이렇게 당연한 얘기를 왜 나는 진즉 생각지 못했을까? 사실 저자의 논리는 딱히 특별한 것도 없어서, 상식적으로 생각해보면 누구나 옳다고 생각할 만한 이야기였다. 아이의 신체 발달을 책임져야 하는 부모는 당연히 때가 되면 식사를 챙겨주어야 하고, 그때 아이가 놀아달라고 하면 식사 준비를 해야 하니 지금은 놀아줄 수 없다고 말해야 한다는 것. 너무 자연스러운 일 아닌가? 그런데 이 부분이 너무나 신선하고 충격적으로 다가올 정도로 이 시대의 육아 담론이 한쪽으로 치우쳐 있는 것이다. 이 부분을 읽는데 그동안 읽었던 육아서의 수많은 구절들이 떠올랐다. 아이가 부르면 설거지하던 것도 멈추고 달려가라거나, 아이가 원하면 밤을 새워서라도 책을 읽어주라고, 그래야만 아이가 '자존감 강한 아이', '책을 좋아하는 아이'로 자랄 수 있다고 설파했던 수많은 책의 구절들이.

가장 인상적인 부분은 매사에 아이의 의사를 물어 결정을 내려야 한다고 주장하는 육아 이론 신봉자들에 대한 비판이었다. 저자는 집 안에서 장난감 자동차를 타며 시끄럽게 소리를 지르는 3, 4세 아이들을 예로 들며 이 행동을 중단시키려면 어떻게 하는 게 좋을지 묻는다. ①말을 들을 때까지 계속해서 상냥하게 타이를지("계속 자동차를 타고 소리를 지르면 아랫집에서 시끄럽다고 인터폰이 올 텐데 그래도 괜찮을까? 네가 선택해. 계속 탈래, 아니면 그만 타고 나중에 밖에 나가서 타다 들어올래?) ②아이를 자동차에서 끌어 내려 자기 방에 가둘지. 대부분의 육아서에서는 1번 방법을 권하겠지만 저자는 그것이 효과적이지 않다고, 오히려 아이의 자존감 저하로 이어지는 결과를 낳을 수도 있다고 말한다. 1번 방법을 사용하면 아이가 그 순간에는 그만 타겠다고 대답하겠지만 이내 장난감 자동차를 다시 타게 되리라는 것이다.

우리는 아이의 능력을 과대평가하는 경향이 있다. 아이가 대답을 하니까 이해한 것이 틀림없다고 생각하는 것이다. 우리는 '아이에게는 자격이 있다'는 관념, 따라서 어른과 똑같은 권리를 누려야 하며 어른과 동등하게 대해야 한다는 관념을 주입받았기 때문에, 아이들을 과대평가하는 것도 무리가 아니다.

아이를 아이로 대하지 않고 작은 어른으로 대하는 것은 우리가
부모로서의 마땅한 역할을 어떻게 저버리고 있는지를 보여주는
한 예다. 그럼으로써 우리는 저절로 아이에게 완전히 숙달하지
못한 것을 완전하게 해내도록 요구하게 되고, 따라서 아이가 스
스로 자신이 어느 정도로 무능한지를 너무 어린 나이에 깨닫게
만드는 것이다.(71쪽)

자동차를 계속 타면 아랫집에서 인터폰이 올 것이고, 그렇게 되
면 아랫집과 우리 집이 서로 얼굴을 붉히게 되어 곤란해지리라는
생각, 그러므로 자동차를 타지 말아야겠다는 생각은 어른들이나
할 수 있는 고차원적 생각이다. 서너 살짜리 아이들은 그런 차원의
사고를 하지 못한다. 설령 한다 하더라도 이내 잊어버리고 눈앞의
놀이가 주는 쾌감에 빨려 들어가게 된다. 사고 체계 자체가 어른과
완전히 다른 것이다. 그런데도 우리 시대의 육아서들은 아이를 어
른과 동등한 존재로 가정한 채 '나란한 눈높이'를 가질 것을 외친
다. 앞의 경우에 대해 저자는 말로 해서 통하지 않으면 단호하게
장난감 자동차를 빼앗은 뒤 아이의 눈에 보이지 않는 곳으로 치워
버리라고 답한다. 여섯 아이의 아버지이기도 한 저자는 초반엔 대
중 육아서들의 논리를 따르려고 노력했지만 수없이 패착에 이르
렀고 '이게 아니다' 싶어 관련된 분야를 하나하나 공부한 결과 이
러한 결론에 이르렀다고 한다.

아이를 연약하기 그지없는 존재라고 가정하면 한없이 보호하고 포용해줘야 한다는 쪽으로만 생각이 흐르게 된다. 하지만 곰곰이 생각해보면 아이라는 존재는 연약하기도 하지만 동시에 놀랄 만큼 강하기도 하다. 어른들에게 부당한 취급을 받았다는 생각에 울기도 하지만, 그 순간만 넘어가면 그 어른이 천사처럼 대해준다는 사실을 금세 알아차리고 영리하게 대처하기도 한다. 심지어 자신이 상대하고 있는 어른의 특성을 꿰뚫어보고 필요에 따라 연약한 상태를 연출하기도 한다. 어른들과 마찬가지로 다양한 특성을 한 몸에 골고루 품고 있는 것이다. 이런 아이를 오로지 한 가지 특성, '연약함'으로만 보고 접근하는 것은 어른들의 오만한 착각이 아닐까.

이 책을 통과해가면서 알게 되었다. 내가 읽었던 육아서들이 실은 엄마들용으로 마련된 '자기계발서'였다는 것을. 육아와 가사를 온통 엄마 한 사람에게 뒤집어씌우는 사회구조를 직시하기보다는 시선을 엄마인 자신에게로 향하게 만드는 자기계발서. 아이의 육신과 정신 모두 너에게 달려 있으니 시종일관 자신을 채찍질하여 어떠한 순간에도 아이에게 상처를 주지 않도록 이를 악물어야 한다고 말하는, 그럼에도 불구하고 늘 아이들의 엄마로 살 수 있음에 감사해야 한다고 부르짖는 자기계발서. 그리고 나는 그 자기계발서들에 누구보다도 열렬히 호응한 독자였다.

《고미숙의 몸과 인문학》이 '엄마'라는 존재에 대한 시사점을 주었다면 《아이들은 어떻게 권력을 잡았나》는 '아이'라는 존재에 대한 시사점을 주었다. 전자를 통해서는 죄책감에서 내려올 수 있었고, 후자를 통해서는 아이를 바라보는 시선을 바꿀 수 있었다. 전자가 내게 감정적인 해소감을 주었다면, 후자는 내게 실제 생활에서 행할 수 있는 구체적인 해법을 주었다.

그동안 생활에서 사소한 지점에 부딪힐 때마다 매번 나를 멈칫하게 만든 것은 '민주적인 엄마'가 되어야겠다는 강박관념이었다. 이 때문에 나는 단호하게 대처해야 하는 순간에 망설이며 뭉그적거렸다. 그리고 억지로 웃는 얼굴을 해 보이면서 아이에게 의견을 물었다. 그게 문제였다. 처음부터 단호하게 안 된다고 말해줬어야 한다. 우리 집에는 언제나 지켜야 하는 규칙이 몇 가지 있으며, 그것은 이러이러한 이유 때문이라고 확실하게 알려줬어야 한다. 전달 과정은 흔들림 없고 단호한 어조로, 하지만 인상을 쓰거나 화를 내지 않으며 진행됐어야 한다. 그런 문제들에는 '민주성'을 적용할 필요가 없었다. 아이들은 엄마의 어조나 표정을 보고 상황을 파악한다. 그동안 상냥한 표정으로 의견을 묻는 나를 보면서 바로 '아, 계속 졸라도 되겠구나'라고 판단했을 것이다. 그러나 얼마 지나지 않아 험악한 표정으로 소리를 지르는 엄마를 보면서 당황했겠지. 어? 아까는 조르면 될 것처럼 웃고 있었는데? 그리고 혼란스러웠을 것이다. 왜? 왜 엄마는 이랬다저랬다 하는 거지? 영문을 알 수 없어서 무력감을 느꼈을 것이다.

어떤 문제에서 어떤 태도를 취해야 하는지 감을 잡게 되자 생활이 훨씬 수월해졌다. 나는 반드시 지켜야 하는 사항의 리스트를 만들었다. 안전과 공동체에 대한 예의. 이 두 가지가 '필수 규칙'의 주를 이루었다. 이 범주에 들어가는 문제들에 한해서는 일관되고 단호한 태도를 보이되, 나머지 문제들에서는 최대한 허용해주자는 것이 내가 정한 방침이었다. 아이들은 이내 적응했다. 며칠 지나지 않아, 필수 규칙 사항에 속하는 것들은 아예 위반하려는 생각을 하지 않게 되었다. 저항하지도 않았다. 얼마나 당연하게 받아들였던지 '그동안 내가 참 헛짓을 했구나' 하는 자괴감이 들 정도였다. 진즉에 이렇게 할 것을. 아이들도 나도 쓸데없이 얼마나 감정이 상했던가. 그렇게 생각하자 '엄마가 무식해서 그랬다'는 자책감이 자동적으로 덮쳐왔다. '뭐든지 엄마 탓' 사상이 없어지는 데는 훨씬 더 오랜 세월이 걸릴 예정인가 보다. 그렇게 생각하며 나는 쓴웃음을 지었다.

육아의 파도를 타고 넘실거리며 살아온 지 10년, 이만큼 큰 변화가 있던 적이 없었다. 대화 방식처럼 겉으로 드러나는 문제에서도 변화가 있었지만, 가장 큰 변화는 내 내면에서 일어났다.《아이들은 어떻게 권력을 잡았나》라는 책과 만나기 전후를 곱씹어보면서, 나는 '앎'의 중요성을 절감했다. 사람은 늘 변화한다. 어제의 나와 오늘의 나, 내일의 나는 완전히 다른 사람이라고 할 수 있다. 이미 형성된 내면에 끊임없이 외부의 무언가가 들어와 합치되고 변형되면서, 사람의 내부는 매 순간 새로운 생태계를 형성해나간다. 그러나 판 자체가 근본적으로 바뀌는 일은 흔치 않다. 근본적인 변화가 일어나려면, 사고의 밑바닥부터 흔들려야 한다. 처음과 끝을 본질적으로 사고해야 진정으로 현상을 납득하게 된다. 그리고 진정으로 납득하게 된 다음에야, 영혼의 판을 갈아 끼울 수 있다. 그동안 수많은 육아서들을 읽으면서 나는 크고 작은 영향을 받았다. 미세하게, 때로는 상당한 정도로 흔들리며 변화했다. 개중에는 내 심성을 선한 쪽으로 돌려놓는 책도 있었다. 하지만 본질적으로 납득시켜 현상을 직시하게 할 만한 책은 없었다. 때문에 나는 똑같은 판 안에서 종종걸음을 쳤고, 시야를 넓히지 못했다. 이제 나를 납득시킨 한 권의 책으로, 나는 10년 동안 줄곧 품어왔던 의문에 대한 답을, 그동안 그런 의문이 있는지도 몰랐던 의문에 대한 답을 찾았다. 내가 왜 저명한 육아서 저자들처럼 하지 못하고 번번이 '신경질'이라는 천하무적 앞에 무릎을 꿇게 되었는지에 대한 답도.

* * *

《아이들은 어떻게 권력을 잡았나》로 돈오의 경지에 이른 듯 기뻐하며 며칠을 지낸 뒤, 나는 예전에 읽었던 육아서들을 다시 들춰보았다. 신기하게도 그 책들은 며칠 동안 내가 단정하고 심판 내렸던 대로 '천편일률적으로 아이에게 잘해주기만 하라고 읊조리는 책'들이 아니었다. 책 곳곳에 아이에게 단호하게 대처해야 할 때를 알려주는 주의 문구가 섞여 있었고, 아이들을 너무 포용해주기만 해서는 안 된다는 경고도 있었다. 물론 중심은 '아이'에게 가 있고 '아이의 입장'에만 초점을 맞춘 책들이라는 한계가 있긴 했지만, 내가 좀 더 영리했다면 그렇지 않은 부분도 충분히 찾아낼 수 있었던 것이다. '적정한 앎'이 없었기에 나는 내 역량만큼만 읽고 내 선입견이 가리키는 방향으로 갔다. 그리고 곰곰이 되짚어보면, 그리 현명하지 못했던 내 의식의 저변에도 분명히 있긴 있었다. 아이들이 내게 권력으로 작동하도록 내버려두고 있는 데 대한 위기의식이. 의식 위로 끌어올려 인지하지는 못했지만 내 무의식 속의 현명한 무엇인가가 끈질기게 그쪽을 향해 손짓하고 있었고, 그렇기 때문에 이메일 광고에서 '권력'이라는 단어를 본 순간 기민하게 반응했던 것이다.

8장

괜찮아? 괜찮아!

둘째의 초등학교 입학

작은아이가 초등학교에 들어갔다. 속싸개에 싸인 채 여린 울음소리를 내던 게 엊그제 같은데, 벌써 책가방을 메고 '다녀오겠습니다'라는 인사를 한다.

"학교까지 데려다줄까?"

물었더니 혼자 갈 수 있다는 대답이 돌아왔다. 그래도 오늘이 등교 둘째 날인데 엄마가 데려다주겠다고 말하려다가 나는 입을 다물고 환하게 웃었다.

"그래. ○○이는 혼자 갈 수 있을 것 같아. 그럼 잘 다녀오고, 이따 오후에 만나."

원래 처음 일주일은 학교에 데려다줄 생각이었다. 그런데 등교한 첫날 저녁, 밥을 먹으면서 '씩씩한 애들은 1학년부터도 혼자 학교에 잘 갈 수 있다'고 지나가듯 말했더니 아이가 그 말을 마음에 담아두었는지 둘째 날 아침이 됐을 때 혼자 가겠다고 단호하게 말했다.

아이를 보낸 뒤 노트북을 켜고 작업을 하려는데, 큰아이 때 생각이 밀려왔다. 큰아이가 초등학교에 입학하던 해, 나는 두 달 동안 아이를 학교에 데려다주었더랬다. 그때 살던 집이 지금보다 더 학교에서 가까웠지만, 초등학교 1학년 아이는 반드시 데려다주고 데리고 와야 한다고 생각했던 나는 전투적으로 아이 등·하교에 동참했다. 원래는 한 학기 내내 데려다주고 데리러 갈 요량이었지만, 그렇게 오전 시간을 허비해버리는 데 진력나서 두 달 만에 그만두었다. 나의 '오버'는 등·하교 동반에만 해당되는 게 아니었다. 교실 청소네 뭐네 하면서 수시로 학교를 들락거렸고, 같은 반 엄마들 모임이 있으면 어떤 모임이든 막론하고 뛰어가서 끼어들었다. 아이의 학교생활에 대해 꼬치꼬치 묻고, 보낼 후보군 학원들에 대해 여기저기 평판을 물으러 다니고, 아이의 학습 상태가 어떤지 꼼꼼히 체크하고, 행여 비 오는 날 우산 없이 학교에 보내기라도 하면 비에 젖어 생쥐가 된 아이를 떠올리며 우느라 아침 시간을 다 허비했다. 그때 아이에게 제일 자주 한 말이 "너 괜찮아?"였다. 그 약하고 어린것에게는 모든 게 어렵고 당황스러울 거라고 생각했기 때문에 늘 안달하며 아이의 기분을 체크했고, 행여 기분이 좋지 않아 보이면 끌어 올리기 위해 할 수 있는 방법을 모두 동원했다.

작은아이가 초등학생이 된 뒤, 내 입에서 가장 자주 나온 말은 "괜찮아"이다. 똑같은 말이 의문형에서 확신형으로 바뀐 것이다. 아이가 넘어져서 무릎이 까져도 "괜찮아. 시간 지나면 괜찮아질 거야", 친구가 놀렸다고 훌쩍여도 "괜찮아. 같이 놀다 보면 그런 말을 하는 친구도 있는 거지", 하굣길에 비를 맞고 쫄딱 젖어와도

"괜찮아. 마른 옷으로 갈아입으면 되지"라고 말했다. 모든 걸 너무나 괜찮아하는 내 모습. 큰아이 때와 어찌나 다른지, 낯선 내 모습이 내가 봐도 신기할 정도였다.

아이의 일정에 대해서도 훨씬 마음이 여유로워졌다. 큰아이 때는 이것저것 스케줄을 빡빡하게 짜놓고 그중 하나라도 빠지면 아이의 인생에 엄청난 손실이 일어날 것처럼 안달복달했는데, 이제는 학교 알림장을 제 손으로 체크하게 종용하는 작업 외에는 대부분 하고 싶은 대로 하게 내버려두었다. 학원도 제가 다니고 싶어 하는 데만 보내줬다. 네가 다니고 싶다니 보내주긴 하지만 돈이 많이 들어 가계에 상당한 부담이 되고 있으니(학원비가 얼마고 그 돈을 벌려면 엄마, 아빠가 얼마큼 일해야 하는지도 알려준다) 혹여 중간에 놀고 싶어 하면서 안 가는 일이 벌어지면 바로 학원을 끊을 거라고 예고도 미리 해줬다. 1학년은 실컷 노는 게 맞는 시기이니 사실 학원을 안 가는 편이 더 좋다고 생각한다는 엄마의 원대한 철학도(그제야 겨우 정립된) 말해줬다. 놀 시간이 모자란다 싶으면 언제든 그만두고 싶다고 말하라고. 놀랍게도 아이는 엄마가 '끊어버릴까봐' 두 개의 사교육 기관에 눈에 불을 켜고 다녔다. 반드시 가야 한다고 엄포를 놓으며 보냈던 큰아이 때와는 완전히 다른 반응이었다.

큰아이를 키우면서 한 가지 깨달은 게 있다면 '아이에게는 자기 마음대로 할 시간이 있어야 한다'는 것이다. 나는 이것을 육아 경력 10년을 채운 뒤에야 깨달았다. 사람은 자유로울 때 가장 행복하고 가장 큰 잠재력을 발휘한다. 타의로 뭔가를 하게 되면 행복하지도 않고 잘 해내지도 못한다. 이 단순한 진리를 나는 전전긍긍하며 아이를 키운 지 10년이 넘어서야 알게 되었다.

다만 한 가지, 게임기나 텔레비전 같은 전자 기기는 어느 정도 차단해준다. 아이들은 아직 장기적인 사고 능력이 부족하기 때문에 먼 미래를 내다보고 좋은 습관을 들이기 위해 말초적인 전자 기기 사용을 자제해야겠다는 생각 같은 건 하지 못한다. 전자 기기를 이용하면서 실제로 기쁨이나 만족감이 그리 크지 않아도, 그러니까 제가 생각하는 것만큼 전자 기기를 갖고 노는 게 재미있지 않아도 눈앞에 있으면 그 앞을 떠나지 못한다. 우리네 성인들이 그리 재미있는 프로가 나오지도 않는데 소파에 늘어져서 한없이 텔레비전 채널을 돌리는 것과 같은 맥락이다. 그러므로 어른이 전자 기기를 차단해주는 것도 실은 아이를 자유롭게 해주는 것이다. 전자 기기라는 자극적인 물건에서 자유로운 상태가 되어 자기 마음대로 하게 내버려두면 아이들은 깜짝 놀랄 정도의 창의성을 발휘한다. 기발한 이야기가 담긴 만화를 그려내거나, 집 안에 처박혀 있던 오래된 책을 찾아내 읽거나, 보드게임을 직접 그려서 만드는 등 생활 도구들이 난잡하게 널려 있는 집과 자기 신체를 이용해서 기발한 놀이들을 수도 없이 만들어낸다. 그 과정에서 나오는 자발성과 기쁨, 창의력과 지력은 그 어떤 사교육 기관도 흉내 낼 수 없는 경지에 이르러 있다. 여기에 또래 친구 몇 명이 가세하기라도 하면 풍경은 가히 예술이라 할 수 있을 지점으로 격상된다. 이럴 때 입에서 나오는 말, 눈빛, 웃음소리, 동작을 보고 있으면 왜 아이들이 '천사'라고 불리는지 절절히 이해하게 된다. (어른들의 눈에는 보이지 않지만) 아직 천상과 연결된 끈을 달고 있음에 틀림없는 우리의 아이들은 어른들이 절대로 가닿을 수 없는 세계를 넘나들며 자기들만의 창조성, 자기들만의 천국을 누린다.

큰아이 때는 왜 몰랐을까. 어느 날 한 무리의 아이들이 놀면서 만들어내는 여러 가지 소리를 들으며 문득 생각했다. 큰아이가 1학년이었을 때, 저렇게 즐거운 순간을 만들 수 있을 만큼 놀라운 능력의 소유자인 아이를 빼다가 열심히 지상의 '사교육의 전당'에 내돌렸더랬다. 돈과 열정과 시간을 들여 아이의 지력과 창의력을 체계적으로 없애주는 기관에 보냈다. 엄마의 머릿속에서는 진한 후회와 자책이 오가지만, 그러거나 말거나 이제 5학년인 큰아이는 노느라 정신이 없다. 동생들과 친구들과 형들과 어울려서 숨바꼭질을 하느라 넋이 나가 있다. 나는 크게 심호흡을 하고 마음을 가다듬는다. 괜찮다. 지금이라도 알았으니 그게 어딘가? 지난날을 되돌아보며 후회하는 건 바보들이나 하는 일이다. 정아은, 너는 나름대로 최선을 다해 그때를 살아낸 것이다. 열심히 되뇌며 자판을 두드리는데, 큰아이가 달려와 내 책상 밑으로 기어든다. 술래인 친구의 눈을 피하려 내 방으로 들어온 것이다.

"나 여기 있다고 절대 말해주지 마. 알았지?"

다급하게 말한 뒤 내 발치에 웅크리고 앉아 엄마의 카디건을 둘러쓰는 아이.

"엄마, 빨리 하던 거 계속해. 그렇게 가만히 있으면 나 여기 있는 거 티 나잖아."

계속 노트북 자판을 두드리라는 소리다. 흐흠. 나는 코웃음을 치며 키보드 두드리는 소리를 내준다. 확신컨대, 5학년 남자아이도 아직 천상과 연결돼 있음이 틀림없다. 다행이다. 나는 내 교육관이 좀 더 여유로운 쪽으로 전환했을 때 큰아이가 아직 '아이'인 것에 안도한다. 너에게 자유를 주마. 마음껏 놀아라. 누비고 느껴라. 네 인생은 너의 것. 배움은 스스로 경험함으로써만 일어나는 법이니.

어딘가에 있을 법한 '정답'을 찾아서

《실컷 논 아이가 행복한 어른이 된다》 | 김태형

지난 13년 동안 아이 교육에 대한 내 생각은 커다란 갈지자를 쓰며 왔다 갔다 했다. 어떤 땐 '아이는 놀아야 한다'는 생각에 사로잡혀 다니던 학원을 모조리 끊어버렸고, 다음 순간엔 갑자기 초조해져서 이 학원 저 학원을 등록한 뒤 열심히 공부하라고 아이 등을 떠밀기도 했다. 어릴 때 놀아야 한다는 생각과 학벌이 곧 계급이 되는 우리나라 현실에서 무작정 놀기만 하면 결국 자기 밥벌이도 못하는 루저가 될 것이라는 생각 사이에서 갈피를 잡지 못하고 흔들렸다. '대치동 엄마들의 교육법'류의 책들과 '노는 만큼 자란다'류의 책들을 발견하는 족족 읽어치우며 어딘가에 있을 '정답'을 찾기 위해 혼신의 힘을 기울였다. 입으로는 사교육을 치열하게 비판하면서, 속으로는 아이를 특목고에 입학시킨 이들을 질투했다. 누군가가 아이를 특목고나 좋은 대학에 보냈다는 소식을 들으면 화들짝 놀라며 내일부터라도 좋다는 수학 학원에 보내야겠다고 생각하면서 스스로 정신 상태를 의심해보게 되는 나날의 연속이었다.

우리나라의 현실에 대해 알면 알수록 분노와 초조함이 커졌다. 교육정책을 정하는 위치에 있는 이른바 '오피니언 리더'들은 자식을 외국으로 보내거나 국내의 대안학교에 보내고 있다는 사실을 알고 피해 의식에 사로잡히기도 했다. 너희는 공교육 현장에 관심을 둘 필요가 없는 부모들이로구나! 그러니 공교육을 이 상태로 내버려두는구나! 생빚을 내서라도 아이를 외국에 보내야겠다며 주먹을 불끈 쥐기도 했다.

그러나 나는 아이를 외국 학교에도, 대안학교에도 보내지 못했다. 일반 공교육 기관에 보내면서 도대체 국·영·수 사교육을 얼마큼 시켜야 하는지를 놓고 주야장천 고민하고 있으며, 마음 한편으로 아이는 놀아야 한다는 생각을 하며 죄책감을 증폭시키고 있다. 출발점에서 한 발자국도 나아가지 못한 채 뱅글뱅글 맴돌고 있는 것이다.

쳇바퀴 돌듯 같은 코스를 끊임없이 반복하는 나날 속에서, 누구누구 엄마가 특목고를 보냈다거나 유학을 보냈다는 말을 듣고 마음이 너무 어지러우면 책을 찾아 들춰봤다. 의도적으로 지나친 사교육에 반대하는 책을 구비해놓고 마음을 다잡는 용도로 썼다.

현재의 행복 없이 미래의 행복도 없다. 현재 행복하지 않은 사람이 미래의 어느 날 갑자기 행복해지기란 절대 불가능하다.(200쪽)

심리학자 김태형의 책이었다.《누구에게나 어린 시절의 상처가 있다》라는 책에서 오바마와 노무현의 심리를 분석해 그들의 어린 시절을 추론해내며 진한 몰입감을 선사해주었던 저자의 책이라 소중히 넘기며 읽었다. 위 구절처럼 좋은 부분은 큰 소리로 낭독했다. 책은 맡은 바 소임을 충실히 해냈다. 달아오르던 질투심과 자식을 통해 세상의 상층부로 올라가보고자 했던 욕망이 차분히 가라앉았다.

저자의 말이 가슴 깊이 스며왔다. 그렇다. 지금 행복한 아이가 커서도 행복하다. 세상에 정답은 없으며, 우리는 지금 이 순간을 흠뻑 살아야 한다. 아이에게 중요한 것은 자기 의지로 자기 시간을 채워나가는 법을 조금씩 익히는 것이지, 어른이 정해놓은 타이트한 스케줄을 따라 세상의 주류에 끼어들기 위해 기를 쓰는 것이 아니다. 어른이 할 수 있는 건 필수적인 안전장치를 해준 뒤 옆에서 지켜보는 것뿐이다.

확실한 건 아무것도 없지만, 그래도 예전보다는 지금 내 상태가 더 나아 보였다. 지금의 나는 상황에 따라 사교육을 한두 가지 시키기도 하고 시키지 않기도 했다. 아이의 의사와 우리 집의 재정 상태를 고려하여 꼭 보낼 학원에만 보내고 나머지 시간은 최대한 아이 마음대로 하게 해줬다. 예전 같았으면 '무슨 무슨 학원은 반드시 보내야 한다'거나 '어떤 분야든 학원에 보내는 건 다 나쁘다'라는 양극단의 생각 중 하나에 점령당해 괴로워했을 것이다. 이제는 무엇이든 다 상황에 따라 활용하기 나름이라고 생각하게 되었다. 제도와 기관 같은 '도구'들은 아이의 기질과 의사에 따라 천차만별의 효과를 낼 수 있다는 걸 알게 되었다.

예전에는 틈만 나면 '흘려듣기' 효과가 나라고 영어 시디를 틀어놓았는데, 이제는 주로 클래식을 틀어놓게 되었다. 바이올린의 청결한 음색이나 피아노의 폭넓은 음계가 주는 위안과 힘을 아이들의 영혼 깊숙이 심어놓고 싶다는 소망 때문이었다. 인생에서 크고 작은 암초와 만났을 때 영혼에 새겨진 아름다운 음들이 되살아나 생을 이어갈 힘과 용기를 줄 거라고 마음대로 생각하며 열심히 음악을 엄선했다. 물론 그러다가 초조한 마음이 들면(주로 '누가 누가 특목고를 보냈다더라'와 같은 외부 소식으로 파생되는) 영어 시디를 틀기도 했지만, 요즘이 인지 교육보다 사는 데 힘이 될 정서적 역량을 길러주는 게 더 중요하다고 확신하게 되는 시기인지 자꾸 음악을 틀어놓게 되었다.

인생 뭐 있겠는가. 순간순간 더 낫다고 느끼는 쪽으로 가서 열심히 살면 되지. 내일이 되어 생각해보니 '그게 아니었네' 싶으면 그때 가서 다시 바꾸면 될 것이다. 중요한 건 열린 마음, 변화하려는 의지일지니. 내일이면 다른 세포와 다른 감각과 다른 생각을 지니게 될 나라는 존재는 오늘 이렇게 생각하면서 하루를 마감했다. 제법 행복한 날이었다.

* * *

인생이 매일 어제와 오늘이 같고 오늘과 내일이 같다면 얼마나 좋을까. 불행히도 인생은 어느 한순간도 그렇지 않아서, 행복하다고 좋아하면서 잠들었던 그다음 날 바로 나는 감정의 폭풍우에 휩싸였다. 강연 요청이 들어왔는데 그 날짜에 남편의 출장이 예정되어 있어 속 시원히 답을 해줄 수 없는 상황에 처했다. 아이들을 맡길 만한 곳을 몇 군데 떠올려보다가, 여기저기 전화 걸어 아쉬운 소리를 한다는 생각만 해도 벌써부터 가슴에 뭐가 얹히는 것 같아, 그냥 일정상 할 수 없을 것 같다고 이메일을 날려버렸다. 그리고 벌렁 드러누워 이불을 뒤집어썼다. 출퇴근은 물론이고 국내 출장이나 몇 주씩 되는 외국 출장도 언제든지 갈 수 있는, 자기 일정을 백 퍼센트 자기 마음대로 잡을 수 있는 남편을 떠올리자 한동안 잊고 있던 질투심이 엄청난 기세로 되살아났다. 남편은 좋겠구나. 질시의 감정이 전신을 뒤덮었다. 나라는 아내가 있어서 남편은 얼마나 좋을까? 아아, 나한테도 나 같은 아내가 있었으면. 그러면 나도 마음 놓고 일할 시간을 확보하고, 강연 의뢰가 들어오면 갈 수 있다고 한큐에 대답을 날리고, 좀 더 적극적으로 일의 영역을 넓혀나갈 텐데. 피해 의식과 채울 수 없는 야망은 걷잡을 수 없이 커져갔고, 나는 이내 고질병인 '자신을 톨스토이에 버금가는 위대한 작가가 될 인물로 가정하면서 주위 사람들을 원망하기'에 빠져들었다.

주기적으로 돌아오기 마련인 이 병 앞에서는 그동안 끈질기게 생을 이어나가는 데 적잖은 공헌을 한 두 책,《고미숙의 몸과 인문학》과《아이들은 어떻게 권력을 잡았나》도 아무런 소용이 없었다. 사회가 엄마 탓을 하든지 말든지, 아이들에게 안 된다는 말을 어떤 경우에 해야 하는지가 도대체 무슨 소용이란 말인가? 사람들 앞에 서서 발화하며 스스로 발전시켜나갈 기회를 붙잡을 수가 없는데.

찾자면 아이들을 봐줄 사람을 구하지 못할 것도 아니었다. 엄밀히 따져보면 많은 사람들 앞에 서서 나 혼자 한 시간 이상을 떠들어야 한다는 데 대한 공포심이 그런 이메일을 쓰게 한 것인지도 몰랐다. 그러나 분명한 것은 그 자리에 가기 위해 다른 사람들에게 아이를 봐달라고 아쉬운 소리를 해야 하는 입장이 아니었다면, 다양한 사람과 접하고 내 시야를 확장하기 위해 공포심을 무릅쓰고라도 그 자리에 가겠다고 대답했을 확률이 훨씬 높았으리라는 점이다.

나는 다시금 육아에 대한 의무 때문에 그냥 지나쳐야 했던 크고 작은 기회들을 떠올리며 미친 듯이 억울해했다. 점심시간이 지나고 아이들이 돌아와 내 주위를 맴돌았지만 자리에서 일어나지 않았다. 도대체 왜? 왜 내 시간은 내 것이 아닌가? 왜 나는 뭔가를 하려면 늘 다른 사람들의 일정을 살펴야 하는가? 억울함과 의문으로 뒤범벅된 채 몸을 동그랗게 말고 끙끙거렸다. 모든 짐을 내려놓고 도망가고 싶다는 생각이, 아무도 나를 모르는 곳으로 가서 누구의 엄마도 아닌 상태로 살고 싶다는 오랜 열망이 맹렬하게 되살아나 꿈틀거렸다.

이런 종류의 무기력감이 얼마나 오래가는지 알고 있었기 때문에 나는 겁에 질렸다. 결혼한 여자 사람이 무기력하게 자리에 누워버리면 그 집과 가족들은 엉망이 된다. 집은 이내 쓰레기장을 방불케 하고, 배 속이 채워지지 않은 아이들은 징징거리며 싸움을 벌인다. 나는 피자를 주문해 아이들 앞에 놓아준 뒤 다시 쪼르르 방으로 들어와 드러누웠다. 야근 때문에 한밤중에나 들어온다는 남편이 그렇게 부러울 수가 없었다. 그는 이 모든 현장에서 자유롭지 않은 가. 어질러진 집을 치워야 할 필요도, 삼시 세끼 아이들을 먹여야 할 필요도, 아이들이 먹고 난 뒤 잔해를 치워야 할 필요도, 아이들을 다독여 숙제를 하고 제 몸을 깨끗하게 한 뒤 잠들 수 있도록 정교한 기술을 발휘해야 할 필요도 없다. 내가 스스로 날려버린 커다란 기회에 대해 입 아프게 늘어놓지 않는 한, 그는 내게 강연 의뢰가 들어왔었다는 사실 자체를 모를 것이다.

그런 생각을 하자 부러움으로 가슴이 미어질 것 같았다. 남편과 나는 동갑내기다. 남편은 가사 분담에 적극적인 사람으로, 내가 만나본 대한의 남성 중 남녀평등 의식이 가장 높은 부류에 속할 정도로 사고방식도 양호하다. 우리는 큰아이가 다섯 살이 될 때까지 맞벌이를 했다. 둘째 아이를 가지면서부터 나는 회사를 그만두고 집에서 '자잘하게' 일했다. 번역이나 잡다한 글쓰기를 하면서 남편보다 적은 수입을 올렸다. 그래도 내 머릿속에서 나는 언제든지 마음만 먹으면 남편만큼 돈을 벌 수 있는, 하지만 아이 둘을 키우기 위해 어쩔 수 없이 돈 버는 능력을 억제하고 있는 사람이었다. 그러니까 내 머릿속에서 나와 남편은 모든 면에서 동등한 이미지로 자리 잡고 있었던 것이다. 결혼 초기, 사방에서 아내인 나를 낮은 위치로 보내려는 작업이 들어왔지만 나는 겉으로만 그런 척하거나 적당히 타협하면서 속으로는 우리가 동등한 레벨의 인간들이라는 생각을 열심히 유지해왔더랬다. 아이를 낳은 뒤로 동등한 레벨에 있는 그와 나의 이미지를 의심케 하는 사건이 무수히 벌어졌지만, 그래도 꿋꿋하게 그 이미지를 이어오고 있었더랬다. 그런데 오늘, 드러누운 채 아이들이 피자 먹으며 떠들어대는 소리를 배경으로 혼자 질질 짜는 삼류 드라마를 연출하고 있으려니 그 이미지가 와르르 무너지는 소리가 들리는 듯했다. 동등하다니! 남편과 같은 레벨이라니! 비천하고 낮은 여자 사람인 주제에 참으로 푸른 꿈을 꾸었구나!(2009년에 방영된 MBC 드라마 〈선덕여왕〉에서 미실의 대사 "여리고 여린 사람의 마음으로 너무나 푸른 꿈을 꾸었구나"의 패러디)

　이번 차례의 무기력감은 깊었고, 오래갔다. 나는 며칠 동안 드러누워 만화책을 보았다. 아이들 배를 채워주는 일 빼고는 아무 일도 하지 않았다. 청소도, 빨래도, 글쓰기도. 누구도 만나고 싶지 않았고, 어떤 책도 읽고 싶지 않았다. 육아서도, 철학서도, 소설도, 아무것도 보고 싶지 않았다. 나를 잊고 생각을 소멸시키고 싶었다. 나라는 존재에 대한 의구심이 들자 모든 의욕이 사라져버렸다. 나는 누구인가? 왜 사는가? 타인의 시계에 맞춰져 있는 이 삶, 언제나 '대기 상태'에 있는 이 삶을… 언제까지 계속해야 하는가?

과거로 돌아간다면 다시 엄마가 될 것인가

《엄마됨을 후회함》 | 오나 도나스

그때 한 권의 책을 발견했다. 《엄마됨을 후회함》. 오나 도나스라는 낯선 이스라엘 여성이 쓴 이 책은 제목이 주는 포스가 어마어마했다. 엄마됨을… 후회한다니! 인터넷 서점에 뜬 광고를 클릭해 들어가는데 가슴이 콩닥콩닥 뛰었다. 이미지와 목차를 훑어보는 것만으로도 뭔가 엄청나게 나쁜 짓을 하는 것 같았다.

출판사에서 올린 서평의 내용은 이랬다. 세상 모든 일엔 실수와 후회의 감정이 따르기 마련이다. 사람들은 자신이 했던 일이 성공적이었더라도 어느 정도는 후회하기 마련이며, 이런 양가감정에 대해 다양한 경로로 자기표현을 하기 마련이다. 그런데 유일하게 한 분야, 양가감정이나 후회의 표현이 허용되지 않는 분야가 있으니 바로 '엄마됨'이라는 분야다.

서평을 읽어 내려가는데 저절로 고개가 끄덕여졌다. 맞아, 엄마가 되었다는 것에 대해선 누구도 후회한다고 말하지 못하지. 매체나 강연에서 만나는 '유명한 엄마'들은 육아의 감정에 대해서, 힘든 면을 일정 부분 토로하면서도 '그래도 엄마로 살 수 있어서 행복하다'거나 '아이를 낳은 게 내 인생에서 가장 잘한 일'이라고 결론을 내렸다. 감사하는 마음을 가지고 자신을 단련해서 '더 좋은 엄마'가 되도록 노력하겠다는 다짐이 정해진 수순처럼 따라붙었다. '무자식이 상팔자'라거나 육아의 고달픔에 대한 해학적인 말들을 섞어 넣긴 했지만, 누구도 엄마가 된 것을 후회한다고 정색하며 말하지는 않았다.

컴퓨터를 끈 뒤 외투를 걸치고 서점으로 달려갔다. 인터넷 서점에 주문해놓고 기다리기엔 마음이 너무 달아 있었다. 지금 당장 읽고 싶었다. 도대체 누가 엄마가 된 것을 후회한다는 건지, 도대체 어떤 연유로 그런 말을 겁도 없이, 떡하니 책으로 낸 건지. 궁금해서 참을 수가 없었다.

책은 엄마가 된 여성들의 인터뷰를 바탕으로 한 조사 보고서 형식을 띠고 있었다. "만일 지금의 경험과 지식을 가지고 과거로 돌아간다면 또다시 엄마가 되겠습니까?"라는 질문에 참가자의 대부분이 "아니요"라는 대답을 내놓았다. 참가자들은 자신의 대답이 공개되지 않을 거라는 보장을 받은 후에야 엄마가 된 것을 후회하고 있다고 털어놓았다. 사회가 모성을 신화화하고 엄마는 이러이러해야 한다는 규범을 완강하게 고수하기 때문에 공개된 자리에서 자신의 본심을 말할 수 없었다는 고백도 덧붙였다. 한마디로 '돌 맞을까 봐' 무서워서 진짜 마음을 말하지 못한 것이다.

여성은 일정한 시기에 이르면 결혼하라는 압력을 받고, 결혼을 하고 나면 자연스럽게 아이를 낳으라는 압력을 받는다. 대다수의 여성이 이런 분위기에 휩쓸려서 정해진 코스를 밟아나간다. 사회가 광고, 영화, 드라마, 소설, 게임, 강좌, 주위 사람들의 권고 등을 통해 '결혼해 엄마가 되는 것'이 여자 인생의 완성이라는 메시지를 쉴 새 없이 주입하기 때문에, 여성은 결혼과 출산의 실상이 무엇인지 제대로 들여다볼 틈도 없이 떠밀려 그 길에 발을 내디딘다. 그리고 엄마가 됨으로써 이전과는 완전히 다른 세계에 들어선다. 한 생명체를 총체적으로 책임져야 하는 놀라운 세계에 내던져진 뒤에야 비로소 엄마가 된다는 것의 실상을 알게 된다. 그것은 먹기, 배설하기, 입기와 같이 생존을 위해 필수적인 신체 활동을 포함하여 습관 들이기, 자기감정을 파악하고 대처하기, 타인과 관계 맺기, 하기 싫은 일을 해내기, 말 배우기, 문자 익히기같이 정신적인 활동까지 한 생명체가 온전한 인간으로 자라나는 데 필요한 전 과정을 모두 의도하고 주관해서 해내게 해야 하는 거대한 과업이다. 이 과업에는 무한한 책임이 따르며, 수없이 많은 분야의 과업들 중 미처 파악하고 대처하지 못한 분야가 생기면 그 엄마는 가차 없이 질책받고 손가락질당한다. 여성은 '엄마 역할'이라는 막중한 과업을 하고 있어도, 하지 않고 있어도 지탄받게 되며, 그 역할에는 시간과 공간의 한계가 없기 때문에 그저 생명이 다하는 날까지 영원토록 행해야 한다. 또한 여성은 태어나면서부터 이 과업을 잘 해낼 수 있는 능력을 타고난다고 여겨지는데, 이러한 능력은 '모성'이라고 불린다. 타고난 본성인 이 능력을 실현하지 않는 여성은 '뻔뻔한', '사람도 아닌', 극단적인 경우에는 '짐승만도 못한' 존재로 취급받는다.

엄마됨의 실상을 알게 된 여성들은 놀라고 두려워하고 당황하지만, 이 감정을 표출하고 토로할 기회를 갖지 못한다.

> 엄마들은 한없이 이상화되고, 불가능하고, 모순된 기대를 요구하는 사회에서 자신을 전능한 존재로 보지 않고 엄마로서의 경험을 '최고의 경험'으로 여기지 않으면 한층 더 의심받는다. 정상적인 길에서 벗어난 엄마들로 간주하는 것이다. 그리고 그런 엄마들의 반대 감정의 양립을 심리 치료를 요하는 정신병과 연결시킨다.(72~73쪽)

큰아이를 낳은 뒤 나를 덮쳐왔던 놀라운 밤들을 기억한다. 남편이 출장을 가버려 텅 빈 집에 아이와 단둘이 남겨졌던 불멸의 밤. 먹이고 똥 기저귀를 갈고 씻기고 집 안을 치우는 일이 끝도 없이 펼쳐졌고, 이 작은 아이가 혹시 어떻게 되기라도 할까 봐 무서워서 발을 동동 굴렀다. 방금 젖을 먹이고 돌아섰는데 이내 들려오던 울음소리. 치워도 치워도 바로 난장판으로 변하던 집 안. 완전히 고립된 느낌이라고, 하녀로 전락한 느낌이라고, 이러다 미치지 싶어 두렵다고 주위에 호소하면 이내 질책 어린 대답이 돌아왔다. "그래도 아기가 너무 예쁘지 않아?" "엄마가 된 사람이 그렇게 말하면 안 되지!" "다른 엄마들도 다 해내는 일을 너는 왜 그렇게 유난스럽게 구니? 애도 그만하면 순한데." 아이를 갖고 싶어도 갖지 못하는 불임 부부들을 들먹이며 '돈 들이지 않고' 자연적으로 엄마가 된 것에 감사하는 마음을 가져야 한다고 꾸지람을 내리는 사람도 있었다. 그러면 나는 그 말을 내면화하기 위해 열심히 노력했다.

그러나 그런 말들은 온전히 내 것으로 안착하지 못했다. 직장을 비롯해 다양한 사회 활동을 하면서 많은 사람들과 관계 맺으며 살던 사람이 하루아침에 한 장소에 유폐되어 한 가지 역할에만 몰두하도록 강요받으면 혼란스럽고 절망감에 빠지는 것은 당연한 일이 아닐까? 그런데 사회는 아이를 낳고 갑자기 변화한 상황에 어쩔 줄 몰라 하는 여성들에게 '우울증'이라는 이름을 건넨다. 원래 엄마됨을 감사해하고 행복해하는 게 자연스러운 건데 우울해하다니! 너는 참 이상하구나. 정신적으로 이상이 있나 보다. 빨리 치료를 받아 '정상'으로 돌아와라. 이렇게 말하며 상담 기관으로 보낸다. 그러면 상담 기관들은 이 모든 것을 내방한 여성의 '개인적 기질' 혹은 '가족사에서 기원한 문제'로 취급한다. 일개 여성에게 한 생명의 탄생과 성장을 전격적으로 책임 지우는 사회구조의 문제로 취급하지 않는 것이다. 결국 여성들은 자신의 감정을 표출할 배출구를 찾지 못한 채, 자신이 정신적으로 이상하거나 나약하다고 자책하며 육아의 첫 시기를 건너게 된다. 이 과정에서 자존감과 자신감 같은, 한 인간에게 존엄성의 근원이 되는 중요한 감정이 폭력적으로 파괴되는 현상이 자연스럽게 수반되어 당사자인 여성은 그런 일이 일어났음을 미처 의식하지도 못한다.

살면서 문제에 맞닥뜨렸을 때 우선적으로 해야 할 일은 상황을 파악하는 것이다. 어떻게 이런 일이 일어났는지, 왜 일어났는지, 일이 일어난 후 내가 느낀 감정이 무엇인지, 그런 감정을 소화시키기 위해 이제부터 무엇을 해야 하는지…. 이런 기본적인 사항들을 제대로 파악하면 사실상 문제의 반이 해결된다. 자신이 서 있는 지반을 알고 전후 상황을 파악하는 과정에서 의문이 해소되고 감정이 정리되는 효과가 나기 때문이다. '앎'에서 나오는 기쁨과 자신감도 상황을 개선하는 데 든든한 지지 기반이 된다. 이제라도 알았으니 다행이다, 앞으로는 이렇게 이렇게 해나가야겠다고 스스로 계획을 세울 수도 있다.

그런데 엄마됨의 과정에서는 이런 과정이 허락되지 않는다. 엄마됨은 여성이라면 누구나 잘 해내야 하는 당위이며 처음부터 완벽하게 행해지도록 유전적으로 코딩되어 있는 성스러운 일이라는 메시지를 사회가 전방위로 내보내기 때문에 상황 파악은커녕 자신이 느끼는 감정을 그대로 표출하는 행위조차 할 수 없다. 푸념하듯 몇 마디 해보다가 분위기가 아니다 싶으면 '그래도 엄마가 된 것이 기쁘다'고 얼른 꼬리를 내려야 한다. 심각하게 감정을 토로하면 '우울증 환자' 취급을 받거나 '엄마인데 그러면 안 된다'는 훈계를 듣게 되니까.

《엄마됨을 후회함》은 이 부분을 집중 조명한다. 엄마가 된 후에 여성이 경험하는 감정이 무엇이며, 왜 그런 감정을 느끼게 되는지 제대로 말할 기회가 주어지지 않는다는 부분. 현실에서 엄마의 '진짜' 모습이 제대로 알려지지 않고 은폐되니 모성 신화는 공고히 이어지고, 여성은 자신을 둘러싼 채 진행되고 있는 일의 실체를 정면으로 마주하지 못하고 자책과 후회와 억하심정에 휩싸여 하루하루를 이어가게 된다. 바로 이것이 저자가 이 책을 쓴 이유다.

결국 이 연구를 통해 반대 감정의 양립은 개선과 치유를 가져다줄 수 있음을 확인할 수 있다. 즉 엄마가 되는 것과 관련된 환상과 갈등, 감정의 모순과 싸우는 사람은 감정의 유연성과 활력을 촉진할 수 있다. 또한 갈등을 극복하고 성장할 수 있었던 지금까지의 생애를 점차 긍정적인 경험으로 발전시킬 수 있다. 그럼으로써 언젠가는 실제로 모든 것이 좋아진다는 확신을 얻어 힘겨운 하루하루를 견디는 데 도움이 될 수 있다.(75쪽)

책은 아이에 대한 사랑과 엄마됨에 대한 부담이라는, 언뜻 보기에 모순되어 보이는 감정이 실은 따로 떼어놓고 생각해야 할 독립적인 문제임을 보여준다. 엄마가 된 이들이 엄마가 된 것을 후회하는 감정을 공개된 자리에서 솔직하게 털어놓지 못하는 것은 자신이 아이를 사랑하지 않는 것으로 비칠까 봐, 아이들이 자신들 때문에 엄마가 인생에 실패했다고 생각할까 봐 두려워하기 때문이다.

그러나 실제로 아이들과 엄마의 결속을 파괴하는 것은 엄마됨에 대해 느끼는 감정을 솔직하게 털어놓는 행위가 아니라, 그러한 감정 토로를 전혀 하지 않는 것이다.

엄마와 자녀의 결속은 서로에 대한 불균등한 지식에 기초를 둘 때가 많다. 일반적으로 엄마들은 자녀의 모든 것을 알고 있는 데 반해 자녀들은 엄마에 대해 적게 알기를 원한다. '사소함의 법칙'에 따르면, 엄마에 대한 지식(엄마의 감정 세계와 인간으로서의 내적 관심)은 기피하는 게 더 나은, 부담으로 여겨지는 경향이 있다. 카르멜은 '그럴 필요가 없다'고 말한다.
엄마들은 열등한 존재로 통하므로 침묵해야 한다. 아니면 아이들을 떠나 독립된 인격체로 인정하지 않으려는 사회의 기대에 맞추어야 한다. 이곳에는 아이들과의 관계만 있을 뿐이다. 아이들에게만 초점을 맞추고 엄마들은 욕구와 소망이 없는 인간으로 살아갈 것을 기대한다.(220쪽)

아이를 낳는 순간부터 엄마 자신이 느끼는 감정에 대해 솔직하게 말할 수 없는 분위기가 형성되기 때문에, 엄마는 아이와의 관계에서 일정 부분 자신을 연출해야 한다. 힘들어서 미칠 것 같은 순간에도 기분 좋은 척해야 하고, 아이가 귀찮고 보기 싫은 순간에도 온화한 얼굴로 미소 지으며 응대해야 한다. 관계가 일종의 연극이 되는 것이다. 이런 상황에서 아이들과 엄마의 결속이 단단하길 기대할 수 있을까. 아니, 그럴 수 없다. 거짓에 기대어 있는 관계는 어떤 관계든 건강하게 발전해나갈 수 없다.

책의 말미에 나오는 이 구절은 도발적이고 통찰력 있는 이 책의 백미를 이루는 부분이었다. 책을 읽는 내내 그랬지만 특히 이 부분을 읽으면서 나는 탄성을 내질렀다. 엄마가 된 이후 내가 느꼈던 답답함의 이유를, 아이들과 있을 때 숨이 막히고 벗어나고 싶다는 생각을 자주 하게 되었던 이유를, 아이 중심에서 사고하며 배려 깊은 사랑의 실천자가 되라는 육아서가 내 안에 근본적인 지침으로 자리하지 못하고 겉돌았던 이유를 그제야 알 것 같았다. 그동안 품었던 수많은 의문들을, 내가 해놓고도 도대체 왜 그랬는지 이유를 알 수 없었던 수많은 언행들을, 항상 품고 다녔던 형언할 수 없는 억하심정을 모두 거슬러 올라가 이해했다. 그랬구나. 그럴 수밖에 없었던 거구나. 나… 비정상이고 못돼 처먹은 사람이 아니었구나. 그것은 용서의 순간이기도 했다. 내게 무거운 압력으로 남게 될 말을 아무렇지도 않게 던졌던 주위 사람들을, 또한 또래 여성들에게 무거운 짐을 지우는 말을 생각 없이 마구 던지고 다녔던 나 자신을 용서하는 순간. 자본주의와 가부장제가 존속해나가기 위해 자기 편의에 맞게 만들어 던지는 메시지들을 '우주의 진리'인 양 받아들고 서로를 상처 입히며 살아왔던 우리 모두를 연민하는 순간.

***

《엄마됨을 후회함》이라는 책, 가로세로 20센티미터도 채 되지 않을 그 작은 물체가 발휘하는 영향력은 어마어마했다. 나는 내 과거, 현재, 미래를 새로운 시선으로 돌아보면서 나를 발견했다. 내 아이들을 발견했다. 마치 처음 보는 사람들인 것처럼.

낯선 시선으로 바라보자 나와 아이들의 관계는 이전과 확연히 다르게 느껴졌다. 아이들을 대할 때면 갑자기 톤이 높아지고 부드러워지는 내 목소리가 우스꽝스러웠고, 내가 감정을 억누르고 '친절한 엄마 코스프레'를 할 때마다 나를 쳐다보는 아이들의 시선에 어리는 의문과 체념 어린 순종의 기미가 명확하게 감지되었다. 좋은 엄마가 되어야 한다는 강박관념은 그동안 나를 천사와 악마 사이에서 왔다 갔다 하는 기묘한 존재로 만들어놓고 있었다. 나는 기분이 좋을 때면 하늘에서 막 내려온 듯 천상의 말투를 쓰며 한없이 환한 표정을 지었지만, 가사와 육아의 무게에 과도하게 짓눌릴 때면 그동안 억눌려온 인간의 기미를 복수하듯 뿜어냈다.

일정 기간 부모에게 기대어 사는 것 외엔 어떠한 대안도 생각할 수 없도록 운명 지어진 두 아이는 하루에도 열두 번씩 천사와 악마 사이를 왔다 갔다 하는 엄마가 두렵고 당황스럽고 대체 왜 그러는 건지 알 수 없어 혼란스럽지만 그저 생존을 위해 그런 엄마를 받아들이고 적응하며 살고 있었다. 천사일 때는 옆에서 같이 웃다가 악마로 변할 때는 눈치껏 비위를 맞추는 기술을 연마하면서. 엄마의 마음에 분명히 뭔가가 있어 보여서 꼬치꼬치 캐물어도 돌아오는 대답은 늘 틀에 박힌 코스프레뿐. 엄마의 말과 표정 사이의 괴리, 묵직한 공기의 질감을 무의식중에 받아들이고 내면화하면서 그저 커나가는 아이들. 내 마음 깊은 곳에 자리한 절망과 고통은 아이들의 내면에 일정한 무게가 되어 얹혔을 것이다. 자신의 존재를 표면화하지 않은 채. 나는 새롭게 출현한 이 낯선 이들의 존재에, 이들과의 관계에 전율했다. 나름 좋은 엄마 축에 속한다고 여기며 살아왔는데, 알고 보니 그게 다 연극이었다. 사회가 정해놓은 대로 무리한 각본의 주인공을 맡아 충실히 연기하며 살아온 것이었다.

깨달음의 대가는 달지 않았다. 나는 엄청난 모멸감(그동안 그 많은 책들에서 도대체 뭘 얻은 거야. 이 멍청이!)과 피해 의식(이 상황이 싫어. 사회가 나를 이 지경에 이르도록 조종했어. 여기서 빠져나가고 싶어!)에 시달렸고, 이는 가장 가까이 있고 만만한 나이 어린 인격체들을 구박하는 결과로 이어졌다. 저자가 지금 키우고 있는 아이들에 대한 마음과 엄마됨을 후회하는 자신의 감정을 분리해 사고해야 한다고 분명하게 말해주었음에도 불구하고, 나는 이 두 감정을 구분하지 못했다. 틈만 나면 아이들을 원망했다. '내가 이렇게 사는 건 다 너희들 때문이야! 더 이상 이 짓, 엄마라는 역할을 연기하고 싶지 않아! 내 시간을 마음대로 쓰고 싶어! 너희들 뒤치다꺼리하는 데 말고 더 값지고 멋진 데 쓰고 싶어!' 남편에 대한 미움도 빠지지 않았다.

'그대는 좋겠구나. 그대가 사회적 지위도 누리고 가정도 온전히 지킬 수 있도록 사회가 끊임없이 모성애 아리아를 불러주고 있으니. 내가 엄마됨이라는 함정에 빠져 온갖 잡일과 돌봄 노동을 짊어지고 허덕이는 동안 그대는 잠깐잠깐 나타나서 돕는 시늉을 하면 사회가 우레와 같은 박수를 보내니 얼마나 만족스러운 삶인가. 엄마됨이 의무가 아닌 그대는 나와는 완전히 다른 세계에서 살고 있구나. 우리는 진실로 다른 종족에 속해 있구나.'

언제까지 그런 상태에 빠져 있을 수는 없었다. 영혼이 빠져나간 것 같은 상태로 며칠을 보낸 뒤, 나는 호흡을 가다듬고 침착하게 따져보았다. 자, 일단 엄마됨의 정체를 알았다. 무엇이 나를 엄마됨의 질곡에 빠뜨렸는지, 엄마라는 존재에 씌워진 신화가 얼마나 터무니없는 것인지도 알았다. 그런데 그다음엔… 그다음엔 무얼 해야 하지? 나는 내가 도망을 가버리거나 아이들을 완전히 방치할 수 있는 사람이 아니라는 걸 알고 있었다. 나처럼 소심하고 열등감이 강하게 서려 있는 사람은 그런 결단을 내릴 수 없다. 행여 내린다 해도 죄책감에 사로잡혀 평생 불행하게 살 것이다. 가출한다면 며칠도 못 버티고 엉엉 울면서 집으로 돌아와 다시 천사 코스프레를 하려 들 것이고, 아이들을 방치하면서 계속 가정에 머무르는 건 기질상 불가능하다. 눈에 보이는 걸 못 본 척하는 건 대범한 사람들이나 할 수 있는 기예다.

그렇다면 무엇을? 나는 무엇을 해야 하는가?

아무리 생각해도 답은 나오지 않았다. 오직 책을 읽은 다음에 볼 수 있게 된 '엄마됨의 지형'과 우스꽝스럽기 짝이 없어 보이는 내 모습만 커다랗게 남아 전방위적 압박을 가해왔다. 이 상태에 대한 괴로움은 결국 《엄마됨을 후회함》이라는 책을 읽은 데 대한 후회로 이어졌다. 읽지 말걸! 이번 책이 끼친 파급력은 《고미숙의 몸과 인문학》이나 《아이들은 어떻게 권력을 잡았나》와는 차원이 달랐다. 깨달음의 범위가 달랐고, 삶의 근본을 뒤흔들었다. 나는 이미 내 뇌리 안에 들어와 명징하게 박혀버린 지식을 붙잡고 끙끙 앓았다. 지워버리고 싶다. 이 지식을. 이 깨달음을. 그러나 한번 생겨난 '앎'은 절대로 없어지지 않았고, 잠들어 있다 깨어난 채 눈을 부릅 뜨고 나를 종용해댔다. 그렇게 못나게 앉아서 짜증만 내고 있을 거야? 넌 알았잖아. 알았으니 이제 뭐든 해봐야 할 것 아니야. 여기저기 신경질을 흩뿌리고 다니는 거 말고 좀 그럴싸한 거.

* * *

세상에 죽으란 법은 없다는 말이 맞긴 맞나 보다. 해답 찾기를 포기하고 날카로워진 예봉이 살짝 꺾인 상태로 미적미적 살고 있던 어느 날, 불쑥 내게 한 가지 생각이 찾아왔다. 남편의 퇴근이 늦어 나 혼자 아이들과 저녁을 먹던 날, 한 시간이 넘도록 수다 떨고 장난치느라 밥그릇을 비우지 못하는 아이들을 닦달해 식사를 완수시킨 참이었다. 다음 과제인 설거지를 하려는 찰나, 세탁기가 '삐뽀삐뽀' 하면서 작업을 완료했음을 알려왔다. 아, 세탁기를 돌렸지! 설거지를 마치고 방에 들어가 낮에 하던 작업을 마무리하려던 내 가슴에 슬픔이 들어찼다. 설거지에 빨래까지 널고 나면 30분은 족히 소요되겠구나. 그 두 가지 과업을 마친 뒤에도 낮에 못 마친 글쓰기를 하겠다는 의지가 여전히 살아 있을까? 맘먹고 하면 15분 만에도 끝낼 수 있을 '빨래 널기'가 그날따라 어찌나 거대한 일거리로 느껴지던지, 순간적으로 베란다 창문을 열고 빨래 바구니를 확 쏟아버리는 상상을 했다.

"그만 놀고 빨리 이 닦고 알림장 체크해!"

밥을 다 먹고 거실에서 유희왕 카드놀이를 하며 낄낄대고 있는 아이들을 향해 이미 다섯 번도 더 했던 잔소리를 날린 뒤 고무장갑을 끼려는데, 섬광처럼 어떤 장면 하나가 내 머릿속을 스쳐갔다. 아이들이 빨래 건조대의 날개를 펼치고 세탁기에서 빨래를 바구니에 덜어 가져온 뒤 건조대에 너는 장면. 서로 도와가며 차근차근 빨래를 너는 형제의 아름다운 모습. 그래, 그거야!

"얘들아, 세탁기 열고 빨래 좀 가져다가 널래?"

떠오른 생각을 바로 실행에 옮겼다. 왜 진작 이 생각을 못 했지? 네 명이 같이 살고 있는 집. 셋이 같이 밥을 먹었고, 나는 설거지를 하고 있다. 빨래 너는 일은 열두 살, 여덟 살 아이들이 충분히 할 수 있는 일이다.

"빨래 널어?"

큰아이가 조심스럽게 반문했다.

"응. 너희끼리 널어봐. 동생은 키가 안 닿을 테니까 건조대 날개 펴는 건 네가 하고."

아이들은 얼떨떨한 표정으로 바구니에 주섬주섬 빨래를 넣더니 둘이 도와가며 낑낑대고 거실로 날랐다. 젖은 빨래를 탈탈 털어 건조대에 너는 과정을 시범 삼아 보여주었더니, 큰애는 제법 그럴듯하게 해냈고, 작은애는 반쯤 구겨진 상태로 널었다. 나는 싱크대로 돌아와 설거지를 하며 아이들의 동향을 살폈다. 아이들은 빨래를 너는 방법을 놓고 티격태격하다가, 이내 구역을 정해 시합을 하기 시작했다("위 칸은 형이, 아래 칸은 네가 채우는 거다! 시작!"). 깔깔거리는 웃음소리와 "세 개 남았다", "이것만 널면 된다", "이겼다!" 하는 흥분된 목소리가 들려오고, 시작한 시점으로부터 채 10분도 되지 않아 빨래 널기 작업이 끝났다. 설거지를 마쳤을 때, 아이들은 이미 작업을 완료하고 카드의 세계로 돌아가 있었다. 카드와 블록과 퍼즐과 로봇이 널려 있는 거실 창가에 세워져 있던 건조대. 그 건조대에 빨래가 삐뚤삐뚤 내걸린 모습이 얼마나 웅장하게 보였던지. 빨래에서 풍겨오는 세제 냄새가 얼마나 달콤하게 느껴졌던지.

"얘들아, 너희 빨래를 참… 잘 널었구나."

말하는데 목이 멨다.

"형아, 이거 공격력 높은 거야?"

아이들은 카드놀이를 하느라 내 말을 듣지 못했다.

"위 칸은 ○○가, 아래 칸은 ○○가 넌 거야?"

다시 물었더니 큰애가 고개를 돌리고 빠르게 말했다.

"응, 우리 잘했지?"

기계적으로 말하고 다시 카드 더미로 고개를 돌리는 아이.

나는 거실 한가운데 서서 세제 냄새를 풀풀 풍기는 빨래의 행렬과 카드 더미에 얼굴을 처박고 다음에 낼 카드를 궁리하고 있는 두 아들의 모습을 번갈아 쳐다보았다. 그리고 알았다. 그 순간이 내게 커다란 시금석이 되어줄 것임을. 의도치 않게 일어난 이 작은 해프닝에 많은 의미가 내포돼 있음을. 그 순간이 질질 끌어온 내 골치 아픈 '앎'을 삶에 적용시키는 첫 발자국이 될 것임을.

답은 '집안일'에 있었다. 어제도 했고, 오늘도 해야 하고, 내일도 모레도 글피에도 해야 할 영원한 과업. 오랜 세월 여성의 등에 달라붙어 좀처럼 떨어져나가지 않는 인류의 영원한 숙제. 3인 가정이든 4인 가정이든 상관없이 그 집에서 '엄마'라고 불리는 인물이 대부분을 해치우도록 가정되어 있는, 대체 범위가 어디서부터 어디까지인지 알 수 없는 전천후 고무줄 같은 의무. '아빠'와 '아이'라 불리는 이들은 그저 가끔 '도와주고' 사라지면 되는, 성별에 따라 기대치가 엄청나게 바뀌는 희한한 격무. 겨우겨우 해낸 뒤 잠이 들어도 다음 날 아침이면 여지없이 똑같은 무게로 떨어져 내리는 한결같은 의무. 하루도 빠지지 않고 이 일을 해내는 여성이 밖에서

"당신은 뭐 하는 사람인가?"라는 질문을 받으면 "집에서 놀아요"라고 대답하게 만드는, 일이지만 일이라고 인정받지 못하는 유령 같은 책무.

내가 집을 답답하게 느끼고 자꾸 탈출하고 싶어 하는 이유의 태반이 이 집안일에 있었다. '아빠'라 불리는 종족들은 아침에 눈 뜨면 제일 먼저 무슨 생각을 할까? '엄마'라 불리는 종족들은 바로 아침밥을 생각한다. 뭘 먹여야 하지? 이 생각은 그 전날 밤부터 시작되기도 하고, 때로는 꿈속에 나오기도 한다. 깜빡 잊고 밥을 안치지 않고 자버리는 바람에 다음 날 아이들 배를 곯린 채 학교에 보내는 꿈. 소풍날인 걸 잊고 도시락을 싸 보내지 않은 꿈. 모든 아이들이 도시락을 싸왔는데 혼자 도시락이 없어 내 아이가 울고 있는 꿈. 비가 오나 눈이 오나, 출근해서 일하나 재택근무를 하나, 갓난아이를 돌보느라 밤을 꼴딱 지새웠거나 말거나 삼시 세끼라는 천형은 '엄마'라 불리는 종족에게 무차별적으로 떨어져 내린다. 사람들은 결혼한 남성에게 그 집 사정과는 상관없이 '아침은 얻어먹고 다니는지'를 물어 결혼 생활의 '질'을 측정하려 들며, 한창 자라나는 연령인 아이들에게 '엄마가' 아침밥을 꼭 먹여야 함을 말버릇처럼 강조한다. 이러한 말들은 실생활에서는 물론이고 드라마, 영화, 소설, 광고 등을 통해 전방위로 울려 퍼진다. 이런 분위기 가운데 집안일을 숙명으로 받아들이지 않을 수 있는 담 큰 여성이 있을 수 있을까. 물론 담이 콩알만 한 여성인 나는 당연한 듯 집안일을 내 몫으로 받아들였다. 가끔 남편이 나오는 달리 손님처럼 거들어주는 광경에 분노 게이지가 높아지기도 했으나, '그래도 다른 남성들보다는 훨씬 나은 편이니 감사해야 한다'는 주위의 열렬한 충고 아리아에 압도되어 스스로를 다독이며 집안일이라는 숙명을 받아들였다.

그 모든 과정에서, 아이들은 예외였다. 아이들은 너무나 어리고 약한 존재이기 때문에 집안일에선 애초부터 열외였다. 4인 가족이 살고 있고 집 안에는 여덟 개의 팔이 존재하지만 밥 차리기와 설거지와 빨래하기와 청소하기에 사용되는 팔은 오직 네 개뿐. 그중에서도 더 얇고 짧은 두 개의 팔이 가장 빈번하게, 때로는 툴툴거리지만 그래도 다시 순순하게 4인 가족의 일상을 지탱해주는 수많은 가짓수의 과업을 수행하고 있었다. 그런데 오늘, 설거지를 마치고 거실에 와 줄줄이 널린 빨래를 지켜보는 지금, 처음부터 열외로 가정되었던 나머지 네 개의 팔이 번쩍거리며 그 존재를 뽐내고 있었다. 통통하고 짧은, 그러나 빨래 널기 정도는 능히 해낼 수 있는 팔들이. 나와 같이 살고 있는 생명체들에게 달린 팔들, 어른의 팔이 하는 기능을 일부 넘겨받아 능히 해낼 수 있는 팔들이.

그동안 집안일에 아이들을 참여시킬 생각을 하지 않았다는 게 놀라웠다. 네 명이 사는 집에서, 일상을 이루는 데 꼭 필요한 과업에서 왜 절반의 인구를 면제시켰던가? 답은 간단했다. 남들이 다 그렇게 하니까. 책에서도, 텔레비전에서도, 각종 교육기관에서도

다 그렇게 하는 모습을 보여주니까. 그러면 왜? 왜 사람들은 그렇게 사는가? 왜 인간이 만든 수많은 매체와 단체는 아이들을 집안일에서 열외로 두는 걸 당연시하는가? 학교에서조차 아이들은 집안일이 함께 참여해 나누어들어야 하는 의무임을 배우지 않는다. 가끔 집에 가서 설거지하는 엄마를 '도와드리라'는 훈령을 받기는 하지만 모두 단발적인 이벤트에 그칠 뿐 근본적으로 집안일을 자기 몫으로 받아들여야 한다는 사고는 접하지 못한다.

지난날을 돌아보았다. 나는 언제부터 집안일을 하기 시작했던가? 놀랍게도 나는 결혼해 '아내'라는 이름을 달기 전까지 집안일을 하지 않았다. 스무 살이 넘고 어느 모로 보나 자신을 '어른'이라고 보지 않을 수 없는 상태에 이르렀을 때도 하지 않았다. 가끔 엄마가 네 방이라도 스스로 닦으라며 걸레를 빨아 손에 쥐여주면 인상을 찡그리며 문을 쾅 닫은 뒤 걸레를 적당히 펴서 사용한 척 방밖으로 내놓은 적은 있었다. 빨래를 넌 적은 있던가? 곰곰이 생각해보아도 20대 때 빨래를 널던 내 모습이 생각나지 않는 걸 보니, 나는 빨래를 한 번도 넌 적이 없거나 한두 번 너는 시늉만 하다 말았던 것 같다. 중·고등학생 시절 나는 공부만 열심히 하면 되는 존재(공부를 잘하지도 못했지만 그래서 더더욱 열심히 해야 했던)였고, 대학에 들어간 뒤에는 나가 노느라 바빠서 집안일을 할 시간이 없었다. 집안일은 모조리, 당연히, 엄마의 몫이었다. 늘 그래왔으니 지금도 그래야 하고 앞으로도 그래야 하는 운명과도 같은 '엄마의 일'. 그러다 결혼과 함께 하루아침에 나는 '집안일 전문가' 취급을 받게 되었다. 운명처럼 집안일 수행자로 임명된 것. 나는 결혼 전에 집안일에서 열외였던 상황을 당연하게 받아들인 것처럼 집안일의 중심 수행자가 된 것을 당연하게(가끔씩 불평하긴 했지만 근본적으로는) 받아들였다. 그리고 '엄마'라고 불리게 된 뒤로는 어마어마한 집안일의 폭격에 휩싸여 그때까지 나를 싸고돌던 수많은 번뇌를 싸그리 잊어버리는 경지에까지 이르렀다.

엄마에 대한 죄책감이, 안쓰러움이 파도처럼 밀려왔다. 똑똑한 척하며 이날까지 살아왔건만 제 부모의 고통조차 인식하지 못했구나. 나이 사십을 먹고 생활의 고단함을 제 목구멍까지 차오르게 꾸역꾸역 삼키고 나서야 제 부모에게 의식주를 기생하며 이기적으로 살아왔음을 깨닫는구나.

집안일에 대한 회상과 숙고가 끝나자, 향후 가야 할 길이 보이는 듯했다. 그래, 아이들에게 집안일을 나누어들게 하자. 제 몸을 먹이고 입히고 제 몸 주위를 치우는 일을 스스로 하게 하자. 결국 산다는 건 의식주를 기반으로 이루어지는 일이 아니던가? 제 몸을 스스로 건사할 수 있도록 능력을 길러주는 게 '교육'이라는 이름으로 해야 할 최우선 과제일 것이다. 우선은 집 안에서 하는 일을 익히게 하면서, 적정한 나이가 되면 자기 먹을 걸 자기가 벌도록 하는 데 힘쓰자. 자기 힘으로 의식주를 해결하는 것은 인간이 인간으로 서기 위해 가장 기본적으로 해야 할 일이지만, 우리네 실생활에서 제대로 하는 사람을 발견하기 힘든 일, 당연하지만 어려운 일이었다.

* * *

아이들을 집안일에 전방위로 참여하게 한다는 프로젝트는 원대했으나 만만치 않았다. 아이들은 이때까지 전혀 하지 않았던 집안일을 갑자기 하게 된 데 당혹스러워했다. 빨래를 널라고 하면 학교 숙제를 해야겠다거나 줄넘기를 하러 나가겠다며(주로 수행하면 엄마가 몹시 좋아하는 일들을 들먹이며) 빠져나가려 했고, 그 일들을 하고 나면 이내 밥을 먹거나 씻고 자야 하는 시간이 닥쳐와 집안일을 하지 않고 넘어가기 일쑤였다. 밥 빨리 먹어라, 알림장 봐라, 숙제해라, 밖에 나가서 운동 좀 하고 와라…. 안 그래도 잔소리할 것 투성이인데 여기에 집안일까지 하라고 해야 하니 내 입장에서도 다른 종목의 일이 하나 새롭게 얹힌 셈이었다. 여러 난관을 헤치고 겨우 집안일에 돌입하게 만들어도 빨래를 구겨진 상태로 아무렇게나 널거나 가장 먼지가 많은 식탁 밑은 건너뛰고 대충 눈에 보이는 데만 쓱쓱 청소기를 밀고 다닌 뒤 다 했다고 선언하는 등 나로 하여금 더욱더 많은 가짓수의 잔소리를 하게 만드는 사태로 귀결되었다.

그래도 나는 포기하지 않았다. 첫술에 배부를 수 있겠는가. 그동안 한 번도 도전하지 않았던, 완전히 새로운 분야다. 너무 욕심

내지 말고 하나하나, 차근차근 해나가자. 청소, 빨래, 설거지 등 모든 종목을 다 하라고 들쑤시며 설명하고 시범을 보이고 따라 해보라고 들이밀기를 반복하던 초반 흥분기가 지나자, 침착하게 대응하는 이성 승리기가 찾아왔다. 나는 선택과 집중이라는, 오랜 역사를 지닌 인류의 위대한 전략을 채택해 아이들이 일정 기간 한 가지 테크닉을 익히도록 하는 데 심혈을 기울였다. 가장 먼저 접근한 종목이 빨래 널기였다. 빨래 널기에는 ①젖은 빨래를 운반해 널고 ②마른 뒤 걷어서 개키고 ③임자의 방에 갖다 놓기의 3단계가 있다. 1단계를 거치면 스물네 시간 정도 지나야 2단계, 3단계를 수행할 수 있다. 나는 아이들에게 이 과정을 설명해주었다. 지금부터 수행할 일이 인류의 운명을 결정할 웅대한 프로젝트라도 되는 양 폼을 잡고 빨래라는 행위의 의의, 역사, 각 단계들, 그 단계의 수행이 가능해지는 인간의 나이와 지능에 대해 유머와 픽션을 섞어가며 자세히 들려주었다. 팟캐스트 〈지대넓얕〉에 나오는 '빨래' 편을 함께 듣기도 했다. 작은아이는 빨래 수행이 가능한 나이에 이르렀다는 나의 '추어줌'에 으쓱했고(나도 이제 어른!), 그런 추어줌이 먹히지 않는 연령대인 큰아이는 〈지대넓얕〉을 진행하는 채사장을 비롯해 엄청난 '이빨'의 소유자들이 풀어내는 언어의 향연에 매료되어 빨래를 특별한 이벤트이자 취미로 느끼는 것 같았다(고 나는 생각하고 싶었다).

시행한 지 한 달쯤 지났을 때, 아이들에게 빨래가 당연한 일로 자리 잡았다. 빨래 널자는 말을 들으면 예전보다 세 배는 빠르게 바구니에 담아 거실로 운반했고, 빨래를 널며 장난치고 널브러지는 시간도 많이 줄었다. 여전히 딴짓을 하고 놀기는 했지만 그래도 이 일을 끝까지 완수해야 함을 완전히 잊어버리지는 않고 건조대 앞으로 돌아와 임무를 완수해냈다. 하루가 지나면 반드시 자신이 넌 빨래를 개도록 분위기를 조성했고, 자기 빨래는 자기 옷장에, 엄마·아빠의 빨래는 안방에 가져다 놓는 것까지 하도록 했다.

'내가 더 많이 갰네, 네가 더 많이 갰네' 싸움을 벌이거나 딴청을 부려 엄마에게 잔소리를 듣기도 했지만, 빨래 널기 프로젝트는 꾸준히 이어졌다. 그 와중에 널기의 전 단계인 '빨래하기'를 덧붙이는 작업은 쉽게 행해졌다. 빨랫감을 넣는 건 형제가 같이, 세제를 넣고 시작 버튼을 누르는 건 키가 세탁기 위에까지 닿는 큰애가 맡았는데, 아이들은 이 일을 좋아했다. 커다란 통에 빨랫감을 넣고 버튼을 누른 뒤 돌아가는 걸 지켜보는 게 재미있었는지, 이 일은 형제가 서로 하겠다고 덤볐다. 기계가 접목되는 일이라 그럴까. 의외의 반응이었고, 아이들이 무엇에 반응하는지 알게 해주는 흥미로운 에피소드로 남았다.

빨래의 전 단계를 포괄하는 프로젝트가 당연한 수순으로 자리 잡았을 때, 최초 시작일로부터 3~4개월쯤 지나서였을 것이다. 햇살이 좋았던 늦가을의 이른 오후, 학교에서 돌아온 큰애에게 빨래를 개고 있으라고 말한 뒤 마트를 다녀왔는데 현관에 들어서자마자 아이의 들뜬 목소리가 날아왔다.

"엄마, 이거 봐봐!"

"잠깐만, 엄마 이것 좀 내려놓고."

양손에 비닐봉지를 세 개씩 들고 있었기 때문에 나는 단번에 거실로 가지 못했다.

"빨리 와봐, 빨리!"

장 봐온 물건들을 냉장고에 정리해 넣고 가려다가, 나는 비닐봉지들을 그냥 현관에 내려놓았다. 아이의 목소리에 실린 흥이 내게 고스란히 전달돼왔던 것이다.

"우와."

거실에 당도하는 순간 내 입에서 감탄사가 흘러나왔다. 좋은 엄마 코스프레를 할 때 내보내던 가식성 감탄사가 아닌, 순도 백 퍼센트의 진짜 감탄사였다.

"잘했지?"

한 손으로 브이 자를 해 보이며 늦가을 햇살을 등지고 서 있는 아이. 눈부신 햇살 한가운데 우뚝 서서 웃고 있는 초등학교 5학년 남자아이. 그 남자아이의 발 앞에 정갈하게 개켜져 커다란 사각형을 이루고 있는 마른빨래들의 도열.

나는 빨래 앞으로 가 섰다. 팬티는 삼등분해 접은 뒤 밑부분을 고무줄 선이 있는 쪽으로 밀어 넣어 작은 사각형 모양을 이루고 있었고, 나란히 놓인 팬티들 옆으로 티셔츠들이 가지런한 직사각형으로 접혀 대열을 이루고 있었다. 그리고 그 옆에 놓인 양말들. 가지런히 놓인 수건들. 질서 정연하게 놓인 채 커다란 정사각형을 이루고 있는 그 마른빨래들의 형상은 내가 보아온 어떤 예술 작품도 따라갈 수 없는 아름다움을 연출해내고 있었다. 나는 아이에게 노고에 대한 치하와 감탄의 말을 해준 뒤 핸드폰을 꺼내 앞에 놓인 예술 작품을 찍었다. 그리고 그 사진을 카톡방 여기저기에 올렸다. 우리 큰아들 작품. 어때? 멋있지? 이렇게 빨래 잘 개는 아들 본 적 있어? 없지? 부끄러운 줄도 모르고 제 아들 자랑을 방방곡곡 늘어놓았다. 그리고 생각했다. 행복하구나. 너무나 행복하구나.

행복은 아이들이 생각보다 습득 능력이 빠르다는 사실을 알게 된 데 따른 기대감에서 기인했을까(다른 집안일도 금방 익히겠구나!), 아니면 내가 생각해내고 기획해서 실행한 프로젝트가 가시적인 성공을 맞게 된 데 대한 뿌듯함에서 기인했을까. 혹은 적절한 방법으로 동기부여를 해주면 무엇이든 호의적으로 받아들이고 적극적으로 반응하는 아이들 특유의 순수함에 대한 감응에서 기인했을까. 이 모두가 몽땅 다 내 가슴을 벅차게 하는 요인이었을 것이다. 나는 기뻤다. 너무나 기쁘고 만족스러웠다. 세상에 나라는 능력자가 해내지 못할 일은 없을 것 같았다. 또한 이 사랑스러운 아이에게 인상을 쓰거나 소리를 지르는 일도 두 번 다시 일어나지 않을 것 같았다. '그리하여 집안일을 사이좋게 나누어들게 된 엄마와 아이들은 서로 사랑하며 행복하게 살았답니다'라고 끝나는 동화가 산뜻하게 이어질 것 같았다.

그러나 현실에 그런 동화가 어디 있겠는가. 얼마 지나지 않아 바로 문제가 발생했다. 밥 짓기와 청소기 돌리기, 걸레로 자기 책상 닦기와 같은 타 종목에 야심 차게 손을 뻗었지만 새로운 종목들은 습관으로 자리 잡지 못했다. 하라고 할 때마다 번번이 지금 하고 있는 일을 마친 다음에 하겠다는 대답이 돌아왔고, 그러다 보면 잘 시간이 넘거나 학교에 가야 할 시간이 다가와 결국 내 손으로 하게 되는 경우가 많았다.

그런 일이 몇 번 반복된 뒤 나는 생각에 잠겼다. 왜? 왜 잘 되지 않는가? 청소하기를 권했지만 결국 하지 않고 끝났던 장면들을 하나하나 떠올려보았다. 청소를 해야 한다는 지침을 듣고도 아이들이 당장 청소에 돌입하지 못했던 이유는 무엇인가? 그때그때 아이들이 댔던 이유를 죽 써서 나열해보는 과정에서 답이 나왔다. 시간. 그렇다! 아이들은 시간이 모자라서 청소를 할 수 없었다!

그렇다면 아이들은 무엇을 하느라 시간이 모자랐는가? 일단 학교에 간다. 학교가 끝나면 방과 후 수업에 간다. 다양한 수업에 참가한 뒤 저녁 먹을 때까지 동네 놀이터를 전전하며 논다. 6시 반쯤 돌아와 저녁을 먹고 학교 숙제를 한다. 그 중간중간 틈새 시간에 책을 읽는다. 삐이이, 바로 경고음이 떴다. 책 읽기! 요놈이었구나!

나는 아이들이 책을 가까이할 수 있는 분위기를 만들어주는 데 공을 많이 들이는 편이었다. 노골적으로 권하면 역효과가 날까 봐 직접 들이밀지는 않았지만, 좋은 책들을 구비해 여기저기 배치해 놓은 뒤 아이들이 책을 손에 들면 웬만해선 건드리지 않는 방식으로 분위기를 조성했다. 이것은 나를 위한 전략이기도 했다. 일단 책을 즐겨 읽는 사람이 되면, 그 뒤로는 아이가 자기 시간의 많은 부분을 혼자서 보낼 수 있게 될 테고, 그렇게 되면 나도 내 시간을 마음대로 쓸 수 있게 될 테니까. 책은 온통 결점투성이인 나보다 훨씬 나은 인생 가이드가 되어줄 테니까. 나 자신이 인생의 여러 국면에서 책의 덕을 본 사람이기 때문에 나는 책에 대해 일종의 신앙에 가까운 신념을 갖고 있다. 책이 성장과 성숙을 모두 이루어줄 거라는. 결정적인 순간에 구원의 천사가 되어줄 거라는.

아이들은 이런 엄마의 마음을 귀신같이 알아차렸다. 일단 책을 손에 잡으면 엄마는 밥 먹으러 오라고 성화하지도, 얼른 씻고 자라고 닦달하지도 않는다(잡은 책을 다 읽을 때까지 기다려준다). 10시가 되면 칼같이 잠자리에 드는 게 우리 집의 불문율이지만 손에 책이 들려 있으면 그 시간도 넘길 수 있다. 취침 시간처럼 엄마가 목숨 거는 사항에서도 그럴진대 하물며 집안일 따위가 대적할 수 있겠는가? 아이들은 청소기를 돌리라거나 책상 위를 닦으라는 말을 들을 때마다 읽던 책을 다 읽은 다음에 하겠다는 대답을 내놓았다. 그렇다. 문제는 책이었다. 아니, 책에 대한 나의 집착이었다.

육아란 끊임없는 선택의 과정이다. 유치원 선택부터 방과 후 수업 선택, 학원 선택, 절대 하지 말아야 할 일 선택, 심지어 집에서 쓰면 안 되는 언어 선택까지 매 순간 선택이라는 어려운 관문을 넘어야 한다. 선택이 어려운 이유는 한 가지를 택하는 순간 나머지 선택지들을 포기해야 하기 때문이다. 그동안 나는 '책 읽기 vs. 밥 제시간에 먹기', '책 읽기 vs. 제시간에 이 닦고 잘 준비하기', '책 읽기 vs. 일찍 잠자리에 들기' 같은 경합의 순간마다 압도적으로 책의 편을 들어주었다. 어느 순간, 아이들이 그 사실을 알아차리고 책을 게으름 부리고 싶은 마음에 대한 방패로 삼고 있다는 걸 알았지만, 그냥 모른 척하고 내버려뒀다. 독서라는 게 원래 게으름의 대향연, 가장 고급스러운 게으름 부리기가 아니던가. 나는 순순히 아이들이 내미는 방패에 굴복했다. 그러렴. 실컷 읽으렴. 책이 의무나 책임감이 아닌 게으름과 여유와 연결된다는 점도 마음에 들었다. 그런데 지금 '집안일 나누어들기'라는 내 대규모 프로젝트에 책이 커다란 걸림돌로 떠올랐다. '책 읽기 vs. 집안일'이라는 구도가 펼쳐진 것이다.

아직 똑소리 나게 성공시키지는 못했지만 그즈음 나는 집안일을 몸에 익히는 것의 중요성을 확실하게 인식하고 있었다. 큰애가 5학년이고 작은애가 1학년이던 그때, 교육에 있어서 진짜 중요한 게 뭔지 드디어 깨달은 느낌이었는데(다년간의 시행착오 끝에!), 바로 배움은 '경험'에서 온다는 것이었다. 사람은 자기가 직접 겪은 일이나 만나본 사람이 언급될 때 눈을 반짝이며 흥미를 보인다. 물건을 사고파는 일의 원리에 대해 선생님이 교과서를 펼쳐 보이며 아무리 가르쳐줘도 관심을 보이지 않던 아이들이, 돈을 들고 직접 시장에 가서 물건을 사보게 하면 그다음부터 커다란 관심을 갖고 덤벼든다. 자기와 연관이 있을 때만 관심을 갖는 것이다. 자기 인생, 자신의 일상생활과 아무런 관련이 없는 이야기들은 모두 지루한 남의 나라 이야기에 불과하다. 이런 측면에서 집안일은 학습의 백미라 할 수 있다. 내 몸을 지탱하기 위해 매일매일 해야 하는 자잘한 일들. 이런 일들만큼 내 삶과 연관되는 일이 또 어디 있겠는가.

내 배 속으로 들어갈 쌀을 씻고, 밥솥에 안치고, 조금 전까지 딱딱하던 각양각색의 잡곡 낟알들이 풍성하게 부풀어 오른 것을 목격하는 일. 씻어 안칠 때와 전혀 다른 색과 형태로 변한 곡식 낟알들. 요리하기 전에는 전혀 존재하지 않았던 달짝지근한 밥 내음. 직접 하면서 그 변화 과정을 지켜본 다음 밥그릇에 담긴 밥을 숟가락으로 뜨는 일은 누군가 뚝딱뚝딱해서 차려준 밥을 먹은 뒤 몸만 빠져나갈 때와는 비교도 할 수 없는 뿌듯함을 선사한다. 살아 있음의 기쁨과 생생함을 느끼게 해준다. 지저분했던 빨랫감이 깨끗하게 빨린 뒤 일정 시간이 지나 뽀송뽀송하게 말라 있는 걸 보는 느낌은 또 어떤가. 머리카락과 먼지와 지우개 가루가 날리던 방을 청소기로 민 뒤 깔끔해진 방바닥을 볼 때의 느낌은 또 어떻고. 일상을 이루는 이 모든 집안일은 우리가 살아 있음을 알려주는 생생한 증언이다. 살아 있는 내 몸을 지속시키기 위해 바지런히 움직여 밥을 짓기, 내 육신을 건강하고 쾌적한 상태로 만들기 위해 창문을 열어

환기시키기, 내가 발 디디고 걸어 다니는 공간을 깨끗하게 만들기 위해 청소기로 밀기. 이보다 더 생생한 학습이 있을까. 그 과정에서 일어나는 다양한 관심들, 의문들, 알고 싶다는 욕망들.

책이라는 장애물에 가로막혀 습관으로 공고히 자리 잡지는 못했지만, 밥하기의 실전에 투입됐던 당시 아이들은 굉장히 적극적이었다. 밥솥에 쌀과 잡곡을 분량별로 넣고 물을 채우는 걸 서로 하겠다고 덤볐고, 손을 넣어 쌀을 씻는 것도 서로 하겠다고 격렬한 싸움을 벌인 끝에 가위바위보로 할 사람을 정할 정도로 엄청난 의욕을 보였다. 엄마가 하던 동작을 흉내 내어 작은 손을 놀리면서 아이들은 인류를 대표해 미사를 집전하는 교황이라도 된 양 신중한 표정을 지었다. 밥에 물을 왜 넣는지, 각각의 잡곡이 무엇인지, 왜 어떤 잡곡은 까맣고 어떤 잡곡은 주황색인지, 어떤 잡곡이 제일 영양가가 많은지, 어떤 잡곡이 가장 비싼지…. 수도 없이 해대는 질문을 들으면서 나는 얼마나 당황했던가(나도 모르는데). 핸드폰으로 검색해가며 아는 거 모르는 거 열심히 가르쳐주던 그때는 몰랐지만, 나중에 돌아보니 그때가 아이들에게 엄청난 학습이 일어나던 순간이었다. 단순한 인지 발달이 아니라 삶이라는 거대한 프로젝트에 한 발을 내딛는 듯한 뭉클함이랄까, 설렘이랄까 그런 정서가 일어나 커다란 파동을 일으켰으리라.

제 손으로 밥을 차려 먹고, 먹은 그릇들을 설거지하고, 빨래를 하고, 청소를 하는 사람으로 만드는 것은 아이들이 자기 일상에 밀

착해 '살아갈 동력', '알고 싶은 마음'을 갖게 하는 데 중요할 뿐만 아니라 '엄마'라는 역할을 맡고 있는 나의 존립에도 중요했다. 열두 살, 여덟 살. 아이들이 이 나이에 이르면 손 갈 일이 많이 줄어든다. 방과 후 시간표를 만들어 자기 방문에 붙이게 한 뒤 학교 마치고 각자 알아서 방과 후 수업에 다녀오라고 하면 아이들은 곧잘 알아서 시간표대로 해낸다. 굳이 한 명의 성인이 온종일 집을 지키고 있을 필요가 없어지는 것이다. 나는 일상에서 습관적으로 해주었던 자잘한 일들을 리스트로 만들었다. 뜨거운 불을 직접 다루어야 하는 요리를 빼면 모두 아이들 스스로 하게 할 수 있을 것 같았다. 하루아침에 몽땅 다 하게 만들 수는 없겠지만 단계별로 가르쳐나가면 결국 이룰 수 있으리라.

그 말은 곧 그때까지 내가 가사 때문에 주야장천 집에 매여 있었다는 말이다. 출판사 미팅 같은 외부 일 때문에 외출했다가 오후 2시면 신데렐라처럼 돌아오는 것은 아이들 간식 때문이었다. 외부 일이 늦어져도 저녁 6시를 넘기지 않으려고 용을 쓰는 것은 저녁밥 때문이었다. 또는 빨래나 청소같이 하루라도 건너뛰면 바로 쌓여 골칫거리로 변하는 집안일 때문이었다. 아이들이 엄마가 늦으면 눈 빠지게 기다리는 것도 근본적으로는 이 때문이었다. 배가 고파서, 혹은 물을 마시고 싶은데 컵이 전부 설거지통에 쌓여 있어서. 엄마가 너무너무 보고 싶어서라기보다는(물론 그런 마음도 일부 있겠지만) 필요성 때문에 엄마가 집에 있길 바랐던 것이다. 집안일을 각자 알아서 할 수 있게 되면 나는 이 구속에서 자유로워지리라. 시간을 백 퍼센트 운용할 수는 없겠지만, 적어도 지금까지 그래왔던 것처럼 아이들이 잠깐 들러 먹을 간식을 챙겨주기 위해 마르고 닳도록 집에서 '대기'하는 상태에 있지 않아도 될 것이다.

여생에서 많은 시간을 내 의지로 사용하게 되면 내 정신 건강에도 심대한 변화가 있으리라. 온종일 다른 이들을 위해 집에서 대기하지 않아도 되는(혹은 일정 시간이면 신데렐라처럼 헐레벌떡 집으로 복귀하지 않아도 되는) 삶에 진입하면 '내가 너희들 때문에 이러고 산다'는 피해 의식 서린 말을 날리는 경우가 줄어들 것이다. 영화나 드라마나 책이나 광고에 나오는 모성애 가득한 엄마라면 '다시 돌려받겠다'는 계산 없이 아이들에게 무조건 희생하면서 스물네 시간 방긋방긋 웃고 있겠지만, 그건 상상의 산물일 뿐이고 사람은 쌀 한 톨이라도 주면 반드시 그만큼 되돌려받고 싶어지는 법. 엄마도 사람에 속하는 동물인지라 희생을 많이 할수록 아이들에게 보상 심리를 갖게 된다. 그러니 요는 '희생'을 줄이는 데 있다 하리라.

나는 내 아들이 커서 유명한 학자가 되어 근사한 책을 펴내면서 권두에 '어머니가 지어주신 밥을 먹으면서 썼으므로 이 책은 어머니의 책이다. 어머니께 바친다'라고 쓰길 바라지 않는다. 그런 말을 보면 가슴이 답답할 것 같다. 어머니의 희생을 미화하지 말고 그런 희생을 하지 않도록 사전에 막았어야지! 밥 짓기 노동을 분담했어야지! 나는 아들이 '어릴 때부터 내 의식주를 스스로 해결하도록 가르치신 어머니, 치열하게 공부하고 치열하게 노력해서 위대한 소설을 쓰신(마지막으로 한 번만 더 용서를!) 내 어머니를 보면서 학구열을 갖게 되었다. 내 인생 최고의 롤모델이었던 어머니께 이 책을 바친다'라고 쓰길 바란다. 혹은 아들이 유명한 요리사가 되어 인터뷰를 하면서 '어머니가 글 쓰시느라 밥을 제대로 챙겨 드시지 못하는 걸 보고 안쓰러운 마음이 들어 하나둘씩 먹을 걸 만들어 어머니께 대접했던 것이 오늘날 나를 있게 한 밑거름이 되었다'라고 말하게 되거나. 흐흐. 그러면 얼마나 멋질까.

본론으로 돌아가자. 내 목표는 가족 구성원 전원이 자기 의식주를 혼자 해결할 수 있게 되는 것이다. 그렇게 되면 구성원 중 한 명이 나머지 구성원들의 의식주를 대신 해결해주기 위해 인생 전체를 저당 잡히는, 그로 인해 각종 우울증에 시달리는 상태에 이르지 않아도 될 것이다. 자기 몸을 자기가 건사하게 되면 각 구성원들도 이전보다 떳떳하게 엄마(혹은 아내)를 대할 수 있을 테고. 대등한 관계가 성립되면 관계의 성격도 이전보다 훨씬 건강하게 변하겠지? 어쩌면 내가 그토록 이루고 싶었던 '민주적인 가정'의 모습이 살짝 나올지도 모른다. 모든 집안일을 내가 떠맡아 하면서 민주적인 엄마가 되려 한 건 얼마나 공상 과학적인 일이었던가!

좋다. 중간에 많은 장애물을 만나긴 했지만 어쨌든 청사진이 그려졌다. 괜찮은 그림이다. 문제는 그 과정이 '책을 좋아하는 사람'으로 키우겠다는 내 오랜 신념과 대치를 이룬다는 점이었다. 드디어 청사진을 완성했다며 의기충천해 있던 나는 그동안 애써왔던 다른 의기의 작품(툭하면 널브러져 책을 읽으려 드는 아이들)에 부딪혀 고민에 빠져들었다. 책 읽는 습관이 이제 막 들기 시작했는데 못 읽게 할 수도 없고, 그렇다고 이전처럼 내가 모든 집안일을 떠맡자 니 그건 아닌 것 같고… 어떡하지?

핵심은 '자립적인 삶'에 있다

《팬티 바르게 개는 법》| 미나미노 다다하루

그날부로 집안일 관련 책 검색에 돌입했다. 수많은 종류가 떴다. 정리하는 법에 대한 책, 청소법에 대한 책, 빨래에 대한 책…. 하지 만 내가 찾는 건 그런 '기술'에 대한 책이 아니었다. 집안일과 자라 나는 아이들을 교육적 관점에서 연결한 책. 혹은 나 같은 생각을 품고 먼저 그 길을 가본 사람이 쓴 경험담류의 책. 그러나 그런 책 은 없었다. 교육, 육아, 집안일, 가사, 아이들 의식주 등 여러 키워 드를 쳐 넣어보았지만 찾는 책은 나오지 않았다. 한참의 서핑 끝에 두 권의 책을 찾았다. 《팬티 바르게 개는 법》과 《아동의 탄생》.

《팬티 바르게 개는 법》은 '어른을 꿈꾸는 15세의 자립 수업'이라 는 부제가 붙은 일본 작가의 책이었다. '자립'이라는 말이 나를 확 잡아끌었다. 자립. 그것은 내가 가슴속에 품은 원대한 교육목표를 간단하게 요약해주는 말이었다.

저자는 미나미노 다다하루라는 일본 남성으로, 고등학교에서 기술가정 과목을 담당하고 있는 선생님이었다. 원래는 영어 교사로 13년을 근무했는데, 아이들의 무기력과 의욕 저하를 목격하며 고민하다가 기술가정으로 전공을 변경해 다시 교사가 됐다. 그는 고등학생들의 무기력이 입시 위주의 주입식 교육에서 왔다고 진단하며, 하루하루를 즐길 수 있게 생활력과 자립심을 길러주는 게 청소년기에 얼마나 중요한지를 설파한다.

저자는 '생활 자립', '경제적 자립', '정신적 자립', '성적 자립'을 자립을 이루기 위한 4대 요소로 본다. 아침에 스스로 일어나기, 도시락 싸기, 빨래하기, 온 가족에게 식사 대접하기, 일해서 돈 벌기 등 하루를 이루는 자잘한 일들을 하나씩 스스로 해볼 것을 권한다. 노동의 의미나 가족이라는 개념에 대해 천천히 곱씹어볼 기회도 제공하며, 일상생활을 자기 힘으로 영위해본 청소년들이 얼마나 다른 태도로 삶에 임하게 되는지 현장 경험을 바탕으로 생생하게 써 내려간다.

처음부터 끝까지 하나도 버릴 게 없는 책이었다. 자기 삶과 아무 관련이 없는 국·영·수 중심의 교육을 받는 일본 청소년들의 무기력한 모습은 우리나라와 너무 유사해서 저자의 이름을 한국인의 이름으로 바꿔놓아도 전혀 이상하게 느껴지지 않을 것 같았다. 무기력감을 느낀 교육 현장을 박차고 나와 다른 과목에 도전한 작가의 적극적인 자세도 좋았다. '소풍 도시락 직접 싸보기'를 과제로 내주거나 '빨래 개는 법'을 토론하는 등 교육 현장에서 직접 시도해본 일의 과정과 결과를 소상히 보여주는 부분은 내게 좋은 전범이 되어주었다. 막연하게 떠올렸을 뿐 그에 따른 논리도, 전범도 없어 어쩔 줄 몰라 하던 내게 옆 나라 고등학교의 현직 교사가 내민 경험담은 커다란 용기를 주었다. 이 길이 맞구나! 하면 되겠구나!

예순을 바라보는 이 남자 교사의 글은 대다수 일본 작가들이 그렇듯 과장이 없고 담백했다. 자신에게 주어진 환경을 무심히 지나치지 않고 성의 있게 임했으며, 그런 자세를 통해 인생의 순간순간을 의미 있는 작품으로 만들어냈다. 마지막 장 '자립적인 삶을 위해 서로 존중하는 가족 관계를 만들자'에는 내가 12년간의 육아 경험을 통해 이제 겨우 발견하고 노 저어가려 하던 미지의 영토, 멀리 흐릿하게 보였을 뿐인 신대륙의 모습이 뚜렷하게 가시화되어 있었다.

맺음말에서도 인생이라는 거대하고 알 수 없는 여정을 헤쳐나가는 작가의 담백하고 지혜로운 시선이 고스란히 드러난다.

일상에는 반드시 '좋은 일'이 있습니다. '무슨 좋은 일이 생기겠어?'라고 생각될지 몰라도 '좋은 일'은 일어나는 것이 아니라 발견하는 거라고 생각합니다.

오늘은 완벽하게 숙제를 끝냈다든지, 저녁 식사를 준비해주었더니 가족들이 기뻐했다든지, 방 청소를 했더니 기분이 좋아졌다든지 등 소소한 '좋은 일'을 발견할 때마다 자신 안에서는 작은 '자신감'이 쌓여갑니다. 사소한 것 하나가 작은 '자신감의 파편'과도 같은 것들입니다. 하지만 매일 조금씩 쌓이면 자신도 모르는 사이에 커다란 '자신감'의 산을 이룹니다. 이 산은 눈에는 보이지 않을 정도로 천천히, 그렇지만 하루하루 커져가는 건 분명합니다. 어제의 산보다 오늘의 산이 확실히 높습니다. 그렇게 생각하니 '지금'의 자신이 이제까지의 자신 중 가장 멋져 보이지 않습니까?(249쪽)

마음에 들어와 보석처럼 반짝이는 문장들이다. 이 문장들을 가만히 읽어보는 것만으로도 내 인생의 순간순간에 환한 빛이 들어오는 것 같다.

환갑을 바라보는 이웃 나라 아저씨의 문장들을 섭렵하고 나자 팽팽한 신경전을 벌이고 있던 '책 vs. 집안일'의 구도가 흔들리기 시작했다. 그리고 오랜 숙고 끝에 조용히, 나는 후발 주자인 '집안일'의 손을 들어주었다. 그래, 내가 어리석었다. 아무리 책이라는 물건의 효용이 높기로소니 직접 삶과 맞닿아 요동치는 실시간의 시공간에 대적할소냐. 삶이 먼저고, 책은 그다음이다. 생생하게 삶을 경험한 사람이 책과도 더 뜨겁게 만날 수 있을지니. 나는 그동안 내 지난한 육아 생활의 목표 리스트에서 오랫동안 1위 자리를 점유하고 있던 '책 읽기'를 내려놓고 그 자리에 '삶'을, 그러니까 '집안일'을 올려놓기로 했다.

아이는 근대에 '발명'되었다

《아동의 탄생》 | 필립 아리에스

《아동의 탄생》은 내가 찾던 종류의 책은 아니었다. 집안일을 중심으로 기술되어 있지 않았고, 현대 청소년의 양태를 주제로 하지도 않았다. 실용서나 육아서와는 완전히 거리가 먼, 역사서 혹은 응용된 형태의 미술사책에 가까웠다.

나를 이 책으로 이끈 것은 출판사 서평에 나온 한마디의 카피, "아이는 '발명'되었다"라는 문장이었다. 아이가 발명되었다고? 그게 뭔 소리? 호기심에 이끌려 집어들었지만 16~17세기 머나먼 유럽 땅의 자잘한 생활상을 그 시대에 그려졌던 그림을 통해 하나하나 추론해 서술하는(헉!) 몹시 몹시 학문적인 책이었다. 700쪽에 가까운 이 두꺼운 책을 쓸어보며 나는 망설였다. 이걸 읽어야 하나? 문장은 쉬운 듯하면서도 이상하게 머리에 박히지 않아 찜찜함을 남기는 스타일이었고(내 배경지식이 부족해서 그랬을 가능성이 농후하다), 기술 방식도 속도감 있거나 명쾌한 편이 아니라 쉽게 몰입할 수 없었다.

그럼에도 나는 이 책을 놓지 못했다. 기술 방식이 묘하게 매력적이었고, 그림이라는 빈약하기 그지없어 보이는 단서를 붙잡고 그 시대의 생활상을 추적해나가는 기법이 참신했다. 회화나 문학 등 예술 전반에 대한 소양이 밀도 있게 드러나는 문장들도 좋았다. 그러나 나를 가장 끌어당긴 건 그 책의 주제, 그러니까 지금과 같은 아동·청소년기의 개념이 그리 긴 역사를 지니지 않았으며 실은 170년 전 새롭게 '발명'된 것에 불과하다는 주장이었다.

중세에는 아동기에 대한 의식이 없었다. 처음에 아이들은 어른으로, 즉 축소된 어른으로 그려질 정도로 아이들의 독자성에 대한 의식이 없었다. 아동기는 아이가 아직 자립하지 못하는 가장 취약한 시기로 축소되었다. 그리고 이어 겨우 신체적으로 자립할 수 있게 된 아이는 어른들과 섞여 일과 놀이를 공유했다. 아이는 중세 이전에도 분명 존재했으나, 당시에는 오늘날의 진보된 사회에서 중요한 단계로 인정되고 있는 청년기의 단계를 거치지 않은 채 곧장 어른이 되었다.(34쪽)

중세의 아이들은 일어서서 걷고 말할 수 있게 되면 바로 장인의 집으로 보내졌다. 거기서 견습을 하며 일하는 법을 익혔다. 지금처럼 10대 청소년기라는 유보 기간 없이 바로 어른들의 사회에 섞여 들어갔던 것이다. 당시 아이들은 어른들과 분리되지 않았다. 가정에서도, 이웃 공동체에서도, 사회에서도 늘 어른들과 섞여 생활을 공유했다. 때문에 아이들이 하는 놀이와 어른들이 하는 놀이도 따로 구분되지 않았다. 목각으로 만든 말을 갖고 놀거나 모여서 놀이를 할 때 어른과 아이가 모두 어우러져 함께했다. 현재의 '장난감'에 해당되는 물건들을 그 시절에는 어른과 아이가 함께 공유했다.

'가족'의 개념도 지금과 달랐다. 가족은 토지를 물려주거나 직업을 전승하기 위해 상부상조의 차원에서 존재했을 뿐, 감정적 기능을 하지는 않았다. 현대의 가족에게 당연하게 여겨지는 애정, 소통, 소속감이 그때의 가족에게는 없거나 있다 해도 매우 빈약했다. 현대의 가족에게 당연히 있어야 한다고 여기는 감정들, 즉 애정 교환이나 사회적 의사소통 같은 기능은 가정이 속해 있는 공동체 차원에서 이루어졌다. 이웃, 친구, 주인과 시종, 아이와 노인, 남자와 여자로 구성된 공동체 안에서. 과거에 마을 단위로 잦은 모임, 교제, 축제가 성행했던 데는 애정과 지지의 기본 단위로서 '가족' 개념이 형성되지 않았다는 역사적 조건이 선행되었던 것이다.

이 책을 읽다 보면, 인류라는 종족이 이루는 공동체의 단위가 커다란 범위에서 점점 축소되어 결국 가족이라는 작은 점에 이르는 과정을 목도하게 된다. 현대 사회에서 우리가 가족과 공유하는 '끈끈하고 단단한 애정'을 중세 사람들은 더 커다란 단위의 사람들과 공유했다. 의식주와 애정을 공유하는 최소 단위가 마을 공동체에서 친족 공동체로, 친족 공동체에서 대가족으로, 대가족에서 오직 부모와 아이로만 이루어진 핵가족으로 이동하는 과정은 인류의 과학기술 발전과 행보를 같이했다. 기술이 발전하여 많은 사람들과 함께하지 않더라도 자연이나 외부인의 위협을 염려하지 않을 수 있게 되면서, 사람들은 삶을 나누는 동반자의 수를 축소해나갔다. 굳이 많은 사람들과 모여 있지 않아도 나의 안전을, 애정을, 이권을 보장받을 수 있게 된 것이다. 그리하여 생의 기반을 오로지 배우자와 아이들과 나누는 단계에 이르렀고, 현재는 그 최소한의 단위마저 무너지기 시작한 지점에 이르렀다. 가족이 해체되고 개인이라는 원자 단위로 뿔뿔이 흩어지는 지점에.

오랜 기간에 걸쳐 진행된 이 과정에서 아이의 위치는 서서히 변화했다. 삶의 기반을 이루는 최소 단위가 마을 공동체였을 때, 아이는 '조금 어린 어른'이었다. 공동체의 범위가 친족으로 좁혀졌을 때, 아이들을 같은 연령대끼리 모아놓고 가르치는 학교 문화가 형성되기 시작했다. 관심과 애정의 범위가 오직 나의 직계가족에만 머물게 되었을 때, 아이는 비로소 '아이'가 되었다. 몇 안 되는 생의 동반자로서 중요하게 부각된 아이는 이제 연약하고, 소중하고, 잘 길러야 하는, 특별한 존재로 격상되었다. 어른과는 근본적으로 다르기 때문에 그런 존재들만 모아놓은 전문 기관에 보내 따로 교육을 시켜야 하며, 훗날 좋은 어른으로 자라게 하기 위해 심혈을 기울여 잘 길러야 하는 존재로 인식되었다. 약간 작은 어른 정도로 여겨지던 아이가 이제 완전히 다른 종족으로 판명되어 '청소년'

이라는 새로운 이름을 부여받으면서 세심한 관심과 배려를 요하게 된 것이다. 그리고 이렇게 세심한 관심과 배려를 전방위적으로 제공해줄 인물이 필요해졌으니, 이때 긴급 호출된 존재가 '엄마'였다. 그때까지 아이는 태어나자마자 유모의 집으로 보내졌다가, 일곱 살이 넘으면 기술을 습득하라고 장인의 집으로 보내졌다. 집에서 부모와 붙어 지내야 하는 존재가 아니었다. 그러므로 엄마가 아이를 데리고 살며 지극정성으로 보살펴 훌륭한 사람으로 만들어야 한다는 개념도 없었다. 이제 엄마는 이전까지의 '엄마'와는 완전히 다른 존재가 되어야 했다. 저명한 남성 석학들이 엄마가 직접 아이를 맡아 양질의 국가 일꾼들로 키워내야 한다고 목소리를 높였다. 루소의 《에밀》은 이러한 움직임의 선봉대와도 같은 책이다. 모성애 신화가 드디어 시작된 것이다.

이 방대한 책을 한마디로 정리하면 이렇게 말할 수 있을 것이다. '인생의 독자적인 한 시기로서 아동기를 발견한 것은 서구의 발전 과정에서 비교적 최근에 벌어진 사건이었다.' 그전까지 아동은 어른에 속했다. 약간 더 작고 능력이 떨어지는, 하지만 일과 놀이를 어른과 공유할 수 있는 존재. 현대의 회사 조직에서 나이 어린 신입 사원과 부장급 사원이 공존하는 것처럼, 중세의 사회에서 아이와 어른은 공존했다. 아홉 살, 열 살 먹은 아이가 빨래와 청소 같은 집안일을 맡아 하는 것은 물론이고 밖에 나가서 일도 했다. 오늘날로 치면 '회사'를 다녔던 것이다.

좀처럼 풀리지 않는 문제에 봉착했을 때, 그 문제를 거쳐온 인류의 발자국을 더듬어보는 것만으로도 돌파구가 열리는 경우가 있다. 이 책을 읽으면서 그런 경험을 했다. 집안일이나 아이 양육에 대한 지침은 한마디도 나오지 않았지만, 이 책은 나와 내 아이가 서 있는 지점을 명확하게 보여주었다. 내 생활을 무겁게 내리누르고 있는 강박관념이 어디에서, 어떻게 나왔는지도. 아이가 미숙하고, 능력이 부족하고, 어른의 사회에서 떼어내 또래끼리 모아놓은 뒤 오직 어른이 되기 위한 '준비'에만 매진시켜야 하는 존재라는 개념은 동서고금을 막론하고 절대적인 진리가 아니었다. 세상에 절대적인 진리란 존재하지 않으며, 우리가 당연하게 받아들이는 개념들은 모두 우리 시대와 그 전 시대, 전 시대의 전 시대가 낳은 역사적 산물이다. 지금으로부터 200년 후, 아이의 일거수일투족에 벌벌 떨고, 의미를 부여하고, 20년이 넘는 기나긴 시간 동안 한 인간이 어른이 될 때를 대비해 오로지 '공부'만 하면서 실생활과 유리된 채 살아가게 만들었던 이 시대의 부모들은 역사에 어떤 모습으로 기록될까? 이러한 부모들을 만들어낸 사회적·정치적 요인은 무엇이라고 설명될까? 200년 뒤에는 '아이'의 개념이 어떻게 바뀌어 있을까?

아동·청소년기에 대해 갖고 있던 정형화된 상이 깨지자, 그 옆에 그려져 있던 다른 상들에도 일제히 금이 갔다. 부모, 교사, 학교, 사회, 국가… 아이를 둘러싼 다양한 배경들이 본래의 형태를 잃고 기괴하게 일그러졌다. 《엄마됨을 후회함》이 엄마에 대한 내 사고를 흔들어놓았다면《아동의 탄생》은 아이에 대한 내 사고를 흔들어놓았다. 그리고 나는 그 흔들림에 매혹되었다. 충격적이고 소화시키기 힘들었지만, 사고의 지평이 흔들리며 전에는 전혀 보지 못했던 세계를 보게 되는 경험은 진한 쾌감을 동반했다. 완전히 다른 사람이 되어 세상을 보는 듯한 느낌. 생활의 도처에서 이전에는 보지 못했던 것을 보게 되었다. 이전에는 무심코 지나쳤던 현상들에서 그 근저에 도사린 역사를 들여다보고 고개를 끄덕이게 되었다. 그리고 뭔가를 안다는 느낌이 생기자, 전과는 다른 여유가 배어 나왔다. 예전 같았으면 화를 내며 펄쩍 뛰었을 일들에 역사적인 시선을 투영한 뒤 '모든 걸 다 아는 내가 용서하마' 하는 태도를 갖게 되었던 것이다. 모든 걸 다 알았다는 오만이 사실이든 아니든 이런 자신감은 내가 전보다 부드럽게 현실과 융합하게 해주는 윤활유가 되어주었다.

9장

시간을 건너
새롭게 묻고 싶은 것들

엄마의 이동

현재진행형을 보고 싶다

《지랄발랄 하은맘의 불량육아》| 김선미

달라진 내 시선은 첫 번째로 그동안 읽었던 육아서들로 향했다. 나는 성서처럼 모셔두었던 육아서들을 모조리 끄집어냈다. 한때 등대로 삼았던 책들. 줄 쳐가며 의지하고 경외했던 책들. 다시 만난 그 책들은, 그러나 이전과는 너무 다른 모습을 하고 있었다. 같은 인간이 시기를 달리해 읽었다는 이유로 이렇게 다르게 읽어낼 수 있다는 게 믿기지 않을 정도로. 얼마 전까지만 해도 감동과 죄책감의 폭풍우를 몰아왔던 내용이, 이제는 낮은 탄식을 자아냈다. 이렇게 단순하고 일방적인 내용이었다니! 이런 내용에 그토록 감동을 받았다니! 문장들을 읽어나가는데 내 안에서 이전과는 다른 반응이 튀어나왔다. 아이가 필요로 하면 모든 일을 멈추고 달려가라는 말에는 '바로 달려가는 것보다 하던 일을 계속하면서 엄마가 뭔가를 하고 있음을 알려주는 편이 좋지 않을까?' 하는 반론이 튀어나왔다. 원할 때마다 쏜살같이 달려가면 아이는 엄마도 자기 할 일과 영역이 있는 '사람'이라는 사실을 알지 못하게 될 테니. 또한 뭐든지 자기중심적으로 생각하는 사람으로 자라날 가능성도 높아지지 않겠는가. 그러니 '지금 바로 갈 수는 없지만 어느 정도 시간이 경과한 후에 너에게 가주겠다'며 기다려야 할 시간을 일러주는 편이 교육상 더 좋지 않을까? 이런 의견이 자동으로 튀어나왔다.

언제나 사랑의 마음을 지극정성으로 표현하라는 부분에서는 이런 반론이 튀어나왔다. 과장되게 사랑을 표현하려고 애쓰지 않는 편이 좋지 않을까? 아이들도 상대의 반응이 진심에서 나온 건지, 의례적인 상투어인지 금방 알아차린다. 그러므로 강박관념에서 나온 말이 아닌 진짜 생각과 마음을 과장되지 않은 말투로 전달하는 편이 좋지 않을까?

다시 읽어보니 대표적인 육아서라 불리는 책들에는 '엄마'라는 한 인간에 대한 시선이 결여되어 있었다. 엄마도 아이처럼 살아 숨쉬고 생각하고 자기 의지와 감정이 있는 인간인데, 이런 책들 속에 나오는 엄마는 오직 아이를 위해서만 존재하는 부속물 같았다. 그런 책들은 엄마들의 머릿속에 비현실적인 엄마상을 심어주어, 현실 모습과의 괴리에서 죄책감을 품게 하는 부작용을 낳는다.

대표적으로 예전과 달라진 각도에서 보게 된 책이 김선미의 《지랄발랄 하은맘의 불량육아》였다. 이 작가는 '늘 아이의 입장에서 생각하며 언제나 아이가 내 곁에 있다는 데 감사하라'는 논조의 기존 육아서들을 직설적으로 비판한다. 육아서에 나오는 것과 같은 이상적인 엄마는 현실에 없으며, 육아는 온갖 뒤치다꺼리와 스트레스로 미쳐버릴 것 같은 아수라장을 아슬아슬하게 건너가는 일임을 생생한 경험을 동원해 증언한다. 이 책이 많은 엄마들에게 열렬한 호응을 얻으며 베스트셀러에 올라서게 된 연유다. 저자는 책뿐만 아니라 열정 넘치는 강연으로도 유명하다. 나도 저자의 책에서 많은 부분 도움을 받았고, 책에 나온 육아 관련 용품들에 대한 정보도 유용하게 활용했다. 그러나 이번에 다시 읽어보니 예전에는 보이지 않았던 것들이 시야에 들어왔다. 이 작가의 책이 위치해 있는 지점과 그 주변의 지형 같은 것들이.

이 책은 얼핏 보기에는 기존 육아서의 틀을 깨는 것처럼 보이지만, 큰 범주에서 보면 기존 육아서들에서 크게 떨어져 있지 않았다. 욕설을 섞어가며 기존 육아서들에 일침을 날리지만, 군대 갔다 생각하고 3년 동안 무조건 엄마가 아이를 맡으라고 주장하고, 엄마가 제때 책과 시디를 구입해 끊임없이 틀어주고 읽어주고 격려해주어야 아이의 영어 실력이 향상된다고 설파하며, 육아를 완전히 엄마의 몫으로 돌린다. 가사와 육아에 도움이 되지 않는 '남편 노무스키'를 아예 열외로 쳐버리고, 혼자 모든 걸 떠안으라고 설파한다는 점에서는 오히려 기존 육아서들보다 더한 부담을 투하한다. 그러니까 육아는 전적으로 엄마 몫이라는 큰 틀은 같은데, 표현 방법에서 조금 더 특이한 입장(욕설과 비난, 책 육아 강조, 노골적으로 남편 제외하기)을 취한 것이다.

아쉬운 것은 이 책이 하루아침에 엄마라는 역할을 떠맡아 힘겨워하는 엄마들에게 좀 더 근본적인 도움을 주지 않는다는 점이다. 이 작가는 상황을 파악하고 최선의 방안을 도출해내는 능력이 뛰어나며 행동력과 돌파력이 강하다. 언변이 탁월하고 사람을 끄는 매력이 있다. 엄마라는 굴레를 쓴 여성들이 얼마나 힘들어하는지, 그런 엄마들을 사교육 기업이라는 덩치 큰 금수들이 포위한 채 잡아먹기 위해 얼마나 공을 들이고 있는지 예리하게 꿰뚫고 있다. 그런 작가가 이제 막 걸음마를 시작한 아이를 안고 어찌할 바를 모르는 엄마들을 솜씨 좋은 입담으로 이끌어 자신의 육아 방법을 따라 하게 하는 데 그치기보다 좀 더 깊은 사유와 시선을 갖게 만드는 쪽으로 이끌어간다면 우리 사회에 얼마나 큰 도움이 될까.

이 작가가 타깃으로 삼는 층은 한정적이다. 0세에서 취학 전후의 아이를 둔 엄마들. 너무나 많은 의무와 선택지 앞에서 어쩔 줄 몰라 하는 엄마들에게 욕설이 섞인 단호한 말투로 '책만 읽히면 다 해결이야!'라고 부르짖는 작가의 말은 엄청난 영향력을 발휘한다. 잘난 체하는 먹물이 아닌 옆집 언니 같은 시원시원한 말투로 쉽게 따라 할 수 있는 방법들을 구체적으로 제시하며 '이렇게 안 하면 머절맘!'이라고 확실하게 선언해주니, 누군가 정답을 제시해주길 바라던 엄마들에겐 오랜 가뭄의 단비처럼 느껴지는 것이다. 멀리 갈 것도 없이 내가 그 대표적인 예였다. 아이가 지금보다 훨씬 어렸던 시기에 나는 이 작가의 블로그를 들여다보며 따라 하려고 안간힘을 썼더랬다. 내 아이에게 맞는 방법이 아니어서 며칠 만에 때려치웠지만.

사람은 시시각각 변하는 존재다. 어쩌면 이 작가는 지금쯤 엄마가 혼자서 전담하는 것보다 아빠와 나누어 키우는 것이 아이에게 좋을 것 같다는 생각을 하고 있을지도 모르겠다. 나는 이 작가가 현재진행형의 자기 생각을 써서 책으로 내주었으면 한다. 자신의 주장 중 철회하고 싶거나 수정하고 싶은 부분을 솔직히 밝히고, 중학생이 된 딸의 모습도 완벽하고 환상적으로만 그릴 게 아니라 그 나이가 되면 어쩔 수 없이 겪게 되는 마찰이나 소소한 애환에 대한 이야기를 꾸밈없이 써서 보여주었으면 좋겠다. 뛰어난 언변과 통찰력, 강력한 흡인력을 가진 인물이 그저 책 몇 권을 베스트셀러로 만들고 마는 게 아쉽다. 이 작가는 자신이 쓴 책으로 벌어들인 인세를 전액 기부하고 지인들의 기부금을 모아 동남아 국가에 저소득층 아이들을 위한 학교를 지어주는 등 사회적으로 좋은 일을 기획하고 실행하는 능력이 뛰어나다. 이렇게 탁월하고 리더십 있는 여성 인재가 힘들어하고 있는 다수 여성들을 위해 활동 저변을 더 넓혀주었으면 좋겠다. 작가의 팬으로서 원대하게 품어보는 바람이다.

신파는 없어!

《인형의 집》 | 헨리크 입센

어느 날 텔레비전에서 유명 여배우의 인터뷰를 보다가, 문득 내가 그 배우에게 느끼는 감정이 완전히 달라졌다는 사실을 발견했다.

연기자로서 한창 전성기를 누리던 때 재벌 3세와 결혼을 하며 은퇴했던 여배우였다. 오랜 공백기를 거친 뒤 이혼과 함께 방송에 복귀해 한층 성숙해진 연기로 예전의 인기와 명성을 되찾은 그 배우를 볼 때마다, 참 잘됐다고 안도하면서도 가슴 한편이 찡했다. 이혼하면서 놓고 나왔다는 그의 자식들이 생각났기 때문이다. 한창 때보다 더 아름다워진 외모에 범접할 수 없는 카리스마, 탁월한 연기력을 자랑하는 배우지만 그 얼굴이 화면에 나타나면 자동적으로 뇌리에 '저렇게 연기를 잘하면 뭐 하나. 자기 자식 얼굴도 못 보고 사는데'라는 생각이 펼쳐졌다. 내 머릿속에서 그 배우는 늘 '세상 다 가졌지만 자식을 곁에 두고 있지 못하므로 불행하기 그지없는 여자'로 각인돼 있었다.

그런데 그날, 다음 출연작을 설명하고 있는 그 배우의 밝은 얼굴을 보는데 갑자기 그가 행복할 거라는, 지금 저 상태로 충분히 행복할 거라는 생각이 벼락처럼 내리꽂혔다. 예전엔 그 배우가 웃고 있는 걸 보면 '아, 속으론 가슴이 찢어지는데 억지로 웃느라 얼마나 힘들까'라고 생각했다. 그런데 그날 보니 그게 아니었다. 그의 웃음은 진짜였다. 자신의 일에 대해 소신과 열정을 갖고 말하는 모습은 자신감으로 충만했고, 미소에서는 만족감이 흘러나왔다.

멍하니 그 얼굴을 쳐다보고 있다가 천천히 깨달았다. 내가 얼마나 단단히 '모성 신화'에 포박되어 있었는지를. 여자는 아이를 낳고 제 품에서 키워야만 진정 행복할 수 있다는 당위성 명제를 나는 아무 생각 없이 내면화해 고수해오고 있었다. 실력 있고 똑똑한 배우가 오랜 공백 끝에 화면에 모습을 내밀었다. 젊은 날 못지않은 연기력으로 맡은 배역을 멋지게 소화해냈다. 드라마와 영화에서 연이어 주연을 맡았고, 연말 방송국 시상식에서 대상을 거머쥐었다. 그런데도 나는 그 배우가 가엾다고 생각했다. '대상을 받으면 뭐 하나. 자식이랑 같이 못 사는데'라고 주문처럼 읊조리며 그 배우를 가여워했다. 하, 지금 생각하니 너무 웃긴다. 그 배우가 남자였어도 그런 생각을 했을까? 이혼한 뒤 다시 활동을 시작해 화려하게 재기한 중년의 남자 배우였더라도 화면에 얼굴이 나올 때마다 그가 자기 자식과 떨어져 살고 있다는 이유로 가엾다고 생각했을까?

그렇다면 나는 왜 그런 생각을 했을까? 왜 그 배우를 볼 때마다 꼬리표처럼 '가엾다'는 생각이 내 뇌리에 들러붙었을까? 답은 금세 나왔다. 여기저기서 계속 가엾다고 하니까. 그 배우의 이름이 거명되면 방송이든 신문이든 잡지든 커뮤니티 게시판이든 꼭 그 배우의 이혼과 그가 재벌가에 남겨놓고 나온 자식들 이야기로 떠들썩했다.

- 얼마나 보고 싶을까.
- 연기 잘하면 뭐 해. 자식도 못 보고 사는데.
- 밤마다 우느라 잠을 못 잔대.
- 자식들이 눈에 밟혀서 어떻게 산대? 나 같으면 천금을 줘도
  자식 놓고는 못 나올 거야.

천편일률적으로 따라붙던 말들. 신파적이고 뻔한 그 레토릭은 그대로 내 안에 들어와 안착했고, 화면에서 그 배우의 얼굴을 볼 때마다 나는 앵무새처럼 되뇌었다. 가엾어서 어쩌. 아이들이 얼마나 보고 싶을까.

그런 시선이 형성된 데는 다양한 요인이 함께 작용했을 것이다. 나는 크게 두 가지를 꼽고 싶다. 하나는 질투심. 평범한 여자들은 결혼해 아이를 낳으면 일과 대인 관계의 폭이 확 좁아져버린다. 일은 못하게 되는 경우가 많고, 그에 따라 대인 관계의 범위가 아이를 중심으로 한 이웃 몇몇으로 한정돼버린다. 그러나 그 배우는 결혼해 아이를 낳고도 다시 사회에 나왔고, 일을 되찾는 데 성공했다. 폭넓은 대인 관계도 되찾았다. 아니, 이전보다 더한 영향력과 대인 관계를 구축해 자신의 이름 석 자를 하나의 브랜드로 만들었다. 그런 그 배우의 모습을 보면서 나같이 평범한 여인들은 그저

이렇게 되뇔 수밖에 없었을 것이다. 저러면 뭐 해. 아이를 못 보는데! 항상 아이를 곁에 두고 사는 내가 더 행복한 거라고 끊임없이 자기암시를 하며, 자유롭게 사회생활을 할 수 있는 그 배우에 대한 부러움을 억누르려 했을 것이다. 그것이 '엄마'라는 역할을 이고 있는 여인들이 자기 일상을 버리지 않으면서 할 수 있는 최선의 대응이었을 테니까.

다른 하나는 모성 신화다. 이혼해 아이를 떼놓고 나온 여자가 잘나가는 모습을 사회는 곱게 봐줄 수가 없었을 것이다. 여자에게는 결혼해 아이를 낳고 잘 키워내는 것이 최고의 가치인데, 어디 감히 이혼을! 게다가 아이를 놓고 나와 멀쩡히 활동까지! 화가 난 사회는 맹렬히 모성 신화 합창대회를 연다. 입 달리고 손 달린 사람은 죄다 맹렬히 자기 파트를 노래하고 춤춘다. 여자는 역시 아이와 함께 있어야 행복한 법! 아무리 연기 잘하고 인기가 많아도 아이와 함께 있지 못하면 다 소용없지! 저 여자는 불행해! 겉으로만 웃고 있지, 속은 썩어 들어가고 있다고!

이제 내 눈에 그 배우는 행복하기 그지없어 보였다. 외모가 중요한 일에서 유리한 외모를 타고 태어났고, 자기 분야에서 최고의 실력자라고 인정받고 있다. 사람을 끄는 흡인력도 대단해서, 많은 동료 연예인들이 그에게 고민 상담을 하러 온다고 한다. 하고 싶은 일을 잘 해내는 사람에게서 나오는 빛과 향기. 그것이 사람들을 끌어당기고 그렇게 받은 사람들의 마음을 통해 그는 다시 빛을, 향기를 재생산하게 되는 것이리라. 대중의 사랑으로 먹고사는 이가 누릴 수 있는 최고치의 영광을 누리며 그는 분명 행복하리라.

물론 그 배우도 때때로 아이들이 보고 싶을 것이다. 너무 보고 싶어 베갯잇을 눈물로 적시는 밤도 있을 것이다. 왜 안 그렇겠는가? 그렇지만 그 감정이 그 사람의 존재 전부를 점령하지는 않을 것이다. 사람은 살아가면서 각자 넘어야 할 아픔을 몇 가지씩 품고 다니게 된다. 부모를 일찍 잃은 사람은 부모를, 오랜 세월 동안 노력했지만 꿈을 이루는 데 실패한 사람은 못다 이룬 꿈을 가슴에 품고 다닌다. 그러면서도 모두들 각자 선 자리에서 최선을 다해 살아가며 순간순간 자신이 성취해낸 결과물에 행복을 느낀다. 그러다 가슴에 품고 있는 아픔이 되살아나는 날에는 눈물을 흘리기도 한다. 그 배우의 경우도 그럴 것이다. 자신이 하고 싶고 잘할 수 있는 분야에서 무사히 재기해 가슴이 터질 정도로 기쁘면서도, 어느 날은 제 안에 품고 있는 아픔에 몸을 떨며 슬퍼할 것이다. 사람은 그런 거니까. 기뻐하고 아파하고 자기 기쁨과 아픔을 반추해보면서 조금씩 성숙해가고… 그런 거니까.

그런데 세상은 '엄마'인 사람들을 그렇게 봐주지 않는다. 엄마는 오직 자식에게서만 기쁨과 슬픔을 느끼는 단순한 종자로 취급하고 싶어 한다. 타고나기를 오직 자식에게서만 희로애락을 얻도록 되어 있는 생물로 자리매김해두고 싶어 한다. 그리고 그런 편견에서 벗어나는 여성들에게는 엄청난 비난을 가한다. 세상에 엄마라는 사람이 어떻게! 엄마가 그렇게 말하면 안 되지! 어디 자식을 떼놓고 나온 여자가 좋다고 웃고 다녀!

나는 그 배우가 이혼했던 당시로 기억을 더듬어 올라가보았다. 맨 처음 그의 이혼 소식을 들었을 때 어떤 생각을 했던가? 후련하다! 이혼 소식을 접하고 처음 들었던 생각은 그것이었다. 똑똑하고 연기 잘하는 배우가 정해진 공식처럼 재벌가로 시집갔을 때, 내조에 충실하기 위해 연기자 생활을 그만두기로 했다는 소식을 들었을 때 나는 내심 억울하고 답답했더랬다. 왜 그런지 알 수 없었지만 기분이 좋지 않았다. 세월이 흘러 그가 이혼했다는 소식을 들었을 때는 뛸 듯이 기뻤다. 사이가 좋지 않고 재벌가 분위기와 맞지 않아 힘들게 산다는 소문을 들었던 터라, 그가 그 굴레에서 벗어나게 된 것이 기뻤다. 자유인으로 돌아온 친구를 만난 것처럼 속이 후련했다. 연기를 다시 시작한다는 말을 들었을 때는 혹시라도 실패할까 봐 마음을 졸였다. 제발 잘됐으면. 비록 나는 결혼해 애를 낳고 키우는 게 전부인 삶을 살고 있지만 그 배우가 보란 듯 재기에 성공해 아이를 낳은 여자도 얼마든지 삶의 영광, 화려함, 세련됨을 누릴 수 있다는 것을 보여주길 바랐다. 내가 못 한 일을 대신 해내주길 바랐다. 그러나 막상 그 배우가 재기에 성공했을 때, 멍청하게도 나는 그의 성공을 온전히 성공으로 읽어내지 못했다. 사회 각계각층에서 불러대는 모성 신화 합창에 설복되어 열렬히 그 배우를 불쌍해한 것이다. 세상에 이런 멍청이가 또 있을까!

내 마음대로 그 배우의 행복과 불행을 논하고 있으려니 문득 궁금해진다. 정작 그 배우 자신은 어떻게 생각하고 있을까? 이제 이전에 없던 시선 하나를 장착하고 곰곰 생각해보니, 그는 아이가 있는 상태에서 이혼한 여성들 중 가장 잘된 경우라는 생각이 든다. ①자신의 일을 되찾는 데 성공했고 ②자기 힘으로 경제적 자립을 이루었으며 ③아이를 두고 나왔으나 '억지로' 두고 나왔기 때문에(진실은 알 수 없으나 세간에선 그렇게 보고 있다) 아이들을 '버렸다'는 욕을 먹지 않는다(그래도 여전히 혀를 차는 할머니, 할아버지들이 있긴 하지만 대체로). 뿐만 아니라 ④애를 키워주기로 되어 있는 부친 쪽의 경제 사정이 매우 매우 좋아서 자기가 키우지 않아도 그다지 걱정이 되지 않을 것이다(라고 사람들은 생각한다). 대한민국에서 양육권을 남편에게 넘기고 이혼한 여성들 중 이 정도 조건이 되는 사람이 몇이나 될까. 이혼한 여성이 경제적·심리적으로 여기저기서 난타당할 가능성이 큰 사회적 상황을 고려해볼 때, 그 배우는 이혼을 택한 사람 중에서는 환경이 매우 양호한 경우라 할 수 있다. 물론 사람의 마음이란 겉으로 드러나는 요인만 갖고는 알 수 없어서 실제 그 배우의 마음속이 어떤지는 아무도 모르지만, 적어도 아이와 같이 살지 않는다는 사실로 그 배우의 정체성 전반을 불행하다고 규정할 필요는 없을 것이다.

이렇게 생각하고 주위 사람들에게 물어보니 "그 배우가 왜 불쌍해? 얼마나 잘나가는데!", "나 같으면 애 키우는 것보다 그렇게 사는 게 훨씬 좋겠다", "이혼하길 잘했지. 그렇게 재능 있는 사람이 집 안에 갇혀 살면서 얼마나 답답했겠어? 사람은 자기 하고 싶은 일 하고 살아야 해"와 같은 대답이 돌아왔다. 그 배우가 했던 인터뷰 기사들을 찾아내 죽 읽어보니 그 자신도 "아이들을 못 만나는 게 슬플 때도 있지만, 엄마가 선 자리에서 최선을 다하는 모습을 보여주면 된다고 생각한다. 아이들도 엄마를 이해하고 자랑스러워할 것이다. 내가 할 수 있는 일을 열심히 하며 살다가 당당한 모습으로 성인이 된 아이들과 만나고 싶다"라고 여러 번 말했다. 그러니까 시대가 이미 변했고 배우 자신도 당당하고 행복하게 잘 살고 있는데 나만 뒤처져서 '불쌍하네, 어쩌네' 신파극을 벌이고 있었던 것이다.

아, 저 섬도 외롭구나

《흙수저 연금술》 | 전여옥

예전에 나는 맺고 끊는 게 분명한 사람이었다. 옳고 그름에 대한 기준이 명확했고, 그 기준으로 철저히 사람을 갈랐다. 스스로 좌파라고 생각하고 있었으므로 '내가 사람을 평가하는 기준은 약자에 대한 그 사람의 태도다'라고 여기저기 떠들고 다니며 기득권층으로 보이거나 기득권층으로 보이는 사람들을 옹호하는 사람들을 우습게 생각했다. 그러다 세월과 함께 내 안에 있는 일그러진 괴물의 모습과 맞닥뜨리면서, 서슬 퍼렇던 판단 기준을 슬그머니 내려놓게 되었다. 자신을 대단한 좌파인 양 표방하고 다니는 일도 중단했다. 일말의 양심은 있어서, 입으로만 약자에 대한 배려와 인류애를 부르짖을 뿐 실제로는 제 안위와 영달만을 탐하는 속물이라는 사실을 깨닫자 차마 계속 좌파인 척하고 다닐 수 없었던 것이다.

똑똑 부러지던 내 태도가 좀 더 너그럽고 종합적인 쪽으로 방향을 틀게 된 것은 팔 할이 여성이라는 내 정체성 때문이었다. 잘못한 게 없는데도 비난받고, 내 몫으로 받아들이겠다고 동의한 적 없는 수많은 일(대부분 남자들을 시중드는)들을 강요받고, 여자답지 못하다는 이유로 잔소리를 듣고, 사회 부적응자라거나 피해망상증자라는 소리를 듣고, 어른이 하는 말에 무조건 '네, 그렇게 하겠습니다'라고 말하지 않았다는 이유로 내 부모를 욕하는 소리를 듣고도("가정에서 어떻게 가르쳤길래!") 가만히 앉아 있어야 하고…. '남자'가 기준인 사회에서 사회화를 거쳐나가면서, 남자라면 겪지 않았을 부조리를 수없이 겪어나가면서 내 안에 자리 잡은 분노와 공격성을 읽어내고 객관화할 줄 알게 되었다. 두려움, 절규, 분노, 후회, 연민의 지난한 과정을 질척질척 지나가면서, 나를 괴롭히는 말이 눈앞에 있는 사람의 입에서 나오고 있지만 사실은 교묘하게 설계된 이 사회 내부에서 나오는 것임을, 오랫동안 켜켜이 쌓여온 견고한 관습에서 나오는 것임을 알게 되었다. 기득권 수호 외에는 아무엇도 하려 들지 않는 정당을 지지하는 이들, 약자에 대한 연대와 지지를 호소하는 단체들을 '종북' 세력이라고 굳게 믿고 있는 이들 또한 실은 역사와 사회의 오랜 인과관계에서 함축되어 나온 결과물이라는 사실을 알게 되었다. 상대에게 상처를 입히는 내 돌발 행동이 여성으로서 불이익을 당하는 데서 나오는 습관성 발작임을 알아볼 수 있는 시선이 생기자, 상대의 돌발 행동에서도 그 역사와 유래를 들여다볼 수 있게 된 것이다.

몇 년 전, 큰아이 친구의 엄마와 만난 자리에서 크게 당황한 적이 있었다. 아이들끼리 잘 맞아 친하게 지내는 사이였는데, 이야기 도중 그 엄마가 갑자기 이렇게 말했다. "그런데 그 사람들… 좌파 아닌가요?" 시민 단체가 주관한 어린이책 모임에 다녀온 뒤 그에 대해 이야기하던 끝에 나온 말이었다. 그 엄마는 모임이 만족스러웠고, 앞으로도 계속 나가고 싶다고 했다. 그런데 한 가지, 그 모임을 주관한 단체가 '좌파'인 것 같아 걱정스럽다며 묘한 눈빛을 해 보였다. '좌파'라는 말을 하며 그 엄마가 조심스럽게 나를 쳐다보는데, 내 몸이 뻣뻣하게 얼어붙었다. 입을 쭉 내밀고 '좌파'라는 단어를 조심스럽게 발음할 때 그 엄마의 눈빛, 어조, 근육의 떨림이 그의 마음속에 자리 잡고 있는 '좌파'가 무엇을 뜻하는지 선명하게 드러내고 있었다. 나는 혹여 내 얼굴에서 당황하거나 놀란 표정이 드러나지 않도록 애쓰며 물었다. "왜요?" 그 엄마는 별다른 대답을 하지 못했다. "아니, 그냥 뭐, 분위기 같은 게… 좀 그런 것 같더라고요."

그날 밤 잠자리에 들면서 그 엄마와 나의 인연에 대해 생각했다. 나보다 다섯 살 정도 어린 그 엄마는 순수하고 현명한 사람이었다. 아이와 자신의 삶을 더 나은 방향으로 이끌고 가기 위해 늘 이것저것 알아보며 추진했고, 쉴 새 없이 뭔가를 배우러 다녔다. 또래보다 조금 일찍 결혼한 편이라 주위 엄마들이 모두 대여섯 살씩 많았는데, 자기보다 선배인 우리에게 이것저것 묻고 조언을 구하며 먼저 살아본 이들의 지혜를 자기 것으로 만들려 했다. 그 엄마를 보면서 '사람에게 나이는 중요한 게 아니구나'라는 생각을 했다. 뭐든지 배우겠다는 자세로 임하면 얼마큼 더 살고 덜 살았는지는 중요하지 않겠다 싶었다. 어떨 땐 나보다 더 선배처럼 느껴지는 이 현명하고 조숙한 엄마를 나는 무척 좋아했다. 친하게 지내면서 많은 부분을 공유했고, 힘든 일을 상당 부분 나누어들었다. 그런데 그 엄마가 내 눈앞에서 '좌파'라는 말을, 무슨 범죄 집단을 만나고 오기라도 한 것처럼 두려움과 혐오가 섞인 표정으로 던진 것이다.

누운 채 어둠 속에서 눈을 깜빡거리면서, 나는 그 말이 나오던 순간 그 엄마와 나 사이에 오갔던 미묘한 공기의 흐름을 떠올렸다. 큰일 날 뻔했구나. 생각할수록 가슴이 철렁했다. 예전 같았으면 나는 거의 자동적으로 그 엄마를 붙잡고 장광설을 늘어놓았을 것이다. 우리나라의 정치, 경제, 역사, 문화에 대해 아는 거 모르는 거다 갖다 붙이면서 그 엄마의 '수구적인' 생각을 돌려놓기 위해 난리 블루스를 쳤을 것이다. 그러고는 '관계 단절'이라는 철퇴를 맞았겠지. 그 엄마가 쌩한 얼굴로 자리를 뜬 뒤 땅을 치며 그러지 말걸 그랬다고 후회했겠지. 그러나 그날은 그러지 않았다. 조심하라는 내 안의 경고에 귀를 기울였고, 무사히 그 순간을 넘겼다. 그리고 다행스럽게도 우리의 친교는 계속 이어졌다. 그때 알았다. 내가 더 이상 똑똑 부러지면서 인간관계를 발로 뻥뻥 차버리는 혈기 어린 인간이 아님을. 나의 융통성 확장 프로젝트가 성공리에 진행되고 있음을.

꾸준히 영역을 확장해가던 나의 융통성 프로젝트는 최근에 엄마라는 자리에 대해 완전히 다른 사고의 지평을 갖게 되면서 대거 영토를 확장하기에 이르렀다. 이전보다 더 많은 사람들이 시야에 들어왔고, 그들의 말과 행동이 이전과는 다른 지평에서, 이전보다 훨씬 다채롭고 풍부하게 읽혔다.

그렇게 내 눈에 들어왔던 인물이 '전여옥'이다. 나는 20대 때부터 이 인물을 예의 주시해오고 있는데, 출발은 팬심이었다. 남성 중심 사회에 대한 자각과 절망으로 몸부림치던 20대 여성에게, 방송국 기자라는 전문직에 종사하던 전여옥은 너무나 좋은 롤모델이었다. 자신감과 확신, 더 나은 세상을 향해 나아가자는 전투력. 그의 글을 읽는 족족 활자가 불타올라 내 안으로 들어오는 듯했다. 그런데 그가, 그 멋있던 인물이, 내게 헤쳐나갈 용기와 자신감을 주었던 그 문장가가 어느 날 갑자기 기득권 옹호 외에는 그 무엇도 하려 들지 않는 정당에 들어갔다. 여성과 약자의 상황을 개선하는 법안을 발의하기는커녕 여성 비하 발언과 성희롱 대잔치를 벌이는 데만 심혈을 기울이는 것처럼 보이는 당에 들어가 대변인이 되었다.《일본은 없다》라는 책은 표절로 유죄판결을 받았다. 마음에 품고 전범으로 삼았던 인물이 일그러져가는 모습을 나날이 지켜보는 것은 얼마나 쓸쓸하고 아팠던가. 성공한 여성 인물이 지금보다 훨씬 드물었던 그때, 전여옥의 변화를 지켜보는 것은 너무나 고통스러웠다. 내 안에 그가 차지하고 있던 자리가 컸기 때문에 실망감도 크고 깊었다. '너 아직도 전여옥 좋아하냐'면서 주위에서 조롱하듯 물어오는 것도 견디기 힘들었다. 누군가를 좋아한다는 것은 한 사람의 취향과 수준을 드러내는 단서이기 때문에, 그의 몰락은 일정 부분 나의 몰락과도 같았다.

《일본은 없다》가 유죄로 귀결되던 날, 나는 그를 '내 사람 리스트'에서 삭제했다. 그 후로 텔레비전에 그가 나오면 일부러 아무 생각을 하지 않으려 노력했고, 일정 기간이 지난 뒤에는 우스꽝스러운 그의 모습을 보아도 내 치부를 들킨 것처럼 고통스럽지 않았다. 노무현 대통령이 대학을 졸업하지 않은 것에 대해 믿기지 않을 정도로 저급한 발언을 했을 때도 그 발언을 둘러싸고 벌어지는 갖가지 풍경을 담담하게 지켜볼 수 있었다. 박근혜 정권의 집권과 함께 매체에서 그의 모습이 완전히 증발해버렸지만, 그것을 의식하지 못할 정도로 그는 내 뇌리에서 완전히 잊혀 있었다.

그러다 박근혜 대통령 탄핵 시즌이 시작되면서, 전여옥이 다시 매체에 나오기 시작했다. 아, 저런 사람이 있었지. 나는 눈을 동그랗게 뜨고 화면에 나오는 그를 주시했다. 예전보다 조금 야위어 보이는 그는, 박근혜라는 인물이 얼마나 콘텐츠가 없는 인물이었는지, 주위 사람들과 언론이 껍데기밖에 없는 그 인물을 얼마나 열심히 포장해댔는지 날카롭고 통렬하게 설명했다. 확고한 말투나 중간중간 고개를 끄덕끄덕하며 자신의 주장을 강조하는 버릇은 여전했지만 눈매나 제스처, 표정에서 나오는 기운에 예전과 다른 뭔가가 섞여 있었다. 이 사람의 내면에 뭔가 변화가 있었다는 것을, 화면을 본 지 몇 초도 되지 않아 알아차렸다. 무엇이라 딱히 설명할 수는 없지만 그는 변해 있었다. 내부의 뭔가가 움직였고, 움직임이 향한 방향도 예전보다 훨씬 좋은 쪽이라는 걸 직감할 수 있었다.

그 뒤부터 그가 나오는 프로그램을 적어두었다가 모조리 챙겨서 보았다. 《흙수저 연금술》, 《오만과 무능》 등 최근에 낸 책들도 구해서 읽었다. 그의 저서를 읽고 그가 텔레비전에서 하는 말을 들으면서, 나는 빙그레 웃었다. 그는 어떤 부분에서는 조금도 변하지 않았고, 어떤 부분에서는 완전히 변했다. 그리고 그를 보며 평가하는 나도 어떤 부분에서는 그대로였고, 어떤 부분에서는 완전히 변했다.

한마디로 말하자면 나는 이번 버전의 전여옥이 좋았다. 기득권 층에 대한 옹호나 일편단심 미국만을 향하는 외교관 같은 부분은 여전히 단순하고 편협해서 눈살을 찌푸리게 했지만, 오랜 공백 끝에 '반대 진영' 사람들과 나란히 앉아 때로는 팽팽한 설전을 벌이고 때로는 재치 있게 농담을 하면서 프로그램을 능숙하게 이끌어 가는 모습에는 확실히 예전에는 볼 수 없었던 인간미와 여유가 있었다. 예전에 유시민과 마주 앉아 눈에서 독기를 뿜던 전여옥은 이제 둥글려지고 융통성을 장착한 새로운 인간상으로 변해 부드럽게 미소 지었다. 자신과 가치관이 다른 사람들이 하는 말도 고개를 끄덕이며 열심히 들었다. 일부 의견이 일치하는 분야에서는 적극적으로 동조하며 상대를 인정했다. 그리고 가끔(이건 기대도 안 했던 것인데) 자신의 과거를 뉘우치는 듯한 발언도 했다. 직접적으로 사과를 하거나 자신이 잘못했다고 인정하지는 않았지만 지켜보는 사람으로서 충분히 그의 생각이 바뀌었고 일정 부분 자신이 독설을 퍼부었던 사람에게 미안해하고 있음을 느낄 정도의 발언이었다. 나는 그런 전여옥이 좋았다. 저 사람 변했구나. 확실히.

기득권 옹호 정당의 입이 되어 활동하던 때, 그는 많은 이들에게 비난과 조롱을 받았다. 사람들은 그의 이름을 비틀어서 성적 모욕감을 주는 별칭을 만들어 퍼뜨렸고, 그는 '무식하고 뻔뻔한 아줌마'의 대명사가 되어 엄청난 욕설과 인격 모독에 시달렸다. 그에게 실망해 고통스러워하고 있을 때였지만, 나는 그가 그런 식으로 비하되는 것이 몸서리치게 싫었다. 그는 잘못한 것 이상으로 과하게 비난받았다. 그것이 그가 '여성'이기 때문임을 나는 너무나 잘 알고 있었다. 남자 정치인이었으면 받지 않았을 외모 비하, 성적 조롱, 저속한 비속어가 섞인 욕이 그를 향해 폭탄처럼 쏟아져 내렸다. 아이 엄마였던 그가 그 기간을 어떻게 지나갔을까. 당시에도, 지금도 그 생각을 하면 가슴이 미어지는 것 같다. 전여옥의 아들이라는 이유로 아이가 받았을 비난, 편견, 인신공격…. 한번 쏠리면 엄청난 무게로 쏟아져 내리는 여론의 포화를 생각하면 그 모자가 받았을 압력과 스트레스를 상상하는 것만으로도 온몸이 떨려온다.

《흙수저 연금술》에서 전여옥은 이 부분을 살짝 언급했다. 엄마로서 미안했고, 그래서 그 기간을 보상하는 마음으로 아이에게 최선을 다하고 있다고. 이 부분을 읽으면서 얼마나 가슴이 아팠던가. 같은 엄마로서, 한때 팬심을 품었던 사람으로서, 가서 손이라도 붙잡아주고 싶은 심정이었다.

그러나 전여옥은 강한 사람이었다. 대표적인 '박근혜 배신자'로 낙인찍힌 상태에서 박근혜 정권 기간을 숨죽이고 지나가는 동안 아들과의 관계를 회복하기 위해 열심히 노력했고, 건강을 지키기 위해 부지런히 운동을 다녔으며, 공부에 취미가 없는 아들이 향후 경제적으로 자립하게 할 수 있도록 《흙수저 연금술》이라는 책을 써 헌정했다. 나는 그의 그런 모습이 좋다. 남자 패널들만 나와 남성의 시각에서 본 이야기만을 주야장천 떠들어대는 시사 프로그

램이 범람하는 가운데, 전여옥이 출현해 다른 남성 참가자들 못지
않게 언변을 뽐내며 거침없이 역할을 해나가는 모습이 보기 좋다.
예전 같았으면 눈을 부릅뜨고 독설을 퍼부었을 장면에서 부드럽
게 웃으며 재치 있는 말로 치고 지나가는 그가 좋다.

　새로운 버전의 전여옥이 내뿜는 인간미. 나는 그 미학이 엄마로
서 전여옥이 걸었던 아픈 길 때문에 나왔다고 생각한다. 여자라서
더 격하게 받아야 했던 비난의 화살들 때문이었다고 생각한다. 사
람은 고난을 겪을 때야 비로소 자기가 선 자리를 돌아보게 되는
법. 그는 고통스러운 기간을 지나면서 자신의 모습을 돌아보았을
것이다. 자기 자식에게까지 뻗치는 가혹한 시선을 받으면서, 부당
한 일을 견디며 살아야 하는 이들의 설움에 눈떴을 것이다. 그 기
간을 거친 뒤 그는 박근혜 대통령에 대해 발언했고, 세월호 참사에
대한 여당의 형편없는 대처를 거침없이 비판했다. 그와 같은 반열
에 있던 그 어떤 남자 정치인이 그처럼 말했던가. 그가 속했던 당
권력의 핵심부에 있던 그 어떤 남자 정치인이 그처럼 신랄하게 세
월호에 대한 여당의 실패를 언급했던가.

　혈기 넘치던 20대 때, 나는 사람과 사람이 이어져 있는 육지라
고 생각했다. 노력하면 한없이 가까워질 수 있고, 실망스러운 점
이 보이면 철조망을 둘러치고 외면하면 된다고 생각했다. 사람을
쉽게 좋아하고 다가섰고, 쉽게 실망하고 외면했다. 지금의 나는
사람이 서로 떨어져 절대로 가둘 수 없는 각자 홀로인 섬임을

안다. 피부밑으로 각각 너무나 다른 역사가 쌓여 흐르고 있기 때문에, 사람들은 절대 서로를 이해할 수 없다. 근본적으로 외로울 수밖에 없는 존재인 것이다. 하지만 그렇다고 해서 절망하고 혼자 가만히 있을 필요는 없다. 저 너머 섬에 아름다운 풍경이 보이면 천천히 움직여 그쪽으로 가면 된다. 가까이 다가가 그 섬을 향해 손을 흔들면 된다. 그 섬이 아름다운 풍경만으로 이루어져 있지는 않을 것이다. 섬 어딘가에 분명 추하고 더러운 풍경도 있으리라. 하지만 조금이라도 아름다운 풍경이 보인다면 그 풍경을 쳐다보며 열심히 나아가면 된다. 그쪽을 향해 열심히 나아가다 보면 작게 보였던 미경이 점점 커다랗게 보일 것이다. 섬과 섬이 만나 완전히 하나가 되지는 못하겠지만 서로 가까이 다가갈 수는 있으리라. 마주 보고 웃을 수도 있고, 소리 내어 함께 울 수도 있으리라. 여전히 외로울 테지만 그래도 가까이에 선 다른 섬을 보면서 '아, 저 섬도 외롭구나' 하고 동병상련을 나눌 수 있을 것이다. 내가 전여옥을 다시 '내 사람 리스트'에 담은 것은 그런 마음에서였다. 정치적인 입장이 나와는 판이하지만, 전여옥에게는 그만이 갖고 있는 미덕이 있다. 나는 그 미덕을 보고 그를 좋아할 것이다. 그러면 혹시 알겠는가. 어느 날 그가 큰 깨달음을 얻어 과거의 잘못을 시인하게 될지. 책의 일부를 표절했음을 시인하고 순간적인 유혹에 져서 그랬다고 솔직하게 털어놓은 뒤 더 넓고 큰 길에 발을 딛게 될지. 설사 그렇지 않다 하더라도 나는 그의 미덕에 초점을 맞

추고 그를 응원할 것이다. 영민하고, 노력할 줄 알고, 변할 줄 아는
여성인 그를.

오늘은 오십 보, 내일은 백 보

이제 이야기를 마무리할 때가 되었다. 현재 내 나이는 마흔넷, 엄
마가 된 지는 햇수로 14년째에 접어들었다. 그동안 많은 직업을
전전했고, 생각과 말과 행동에 많은 변화가 있었지만, 엄마라는 호
칭과 그에 따른 정체성은 강건하고 일관되게 나를 따라다녔다. 헤
드헌터였고, 학원 강사였고, 번역가였고, 지금은 소설가지만 그 어
떤 직업도 엄마라는 자리만큼 나를 규정하지는 못했다. 엄마는 모
든 것에 우선했고, 모든 판단의 지침이었으며, 나라는 인물의 언행
을 한계 짓는 제1규범이었다. 나를 둘러싼 주위 환경이 끊임없이
엄마라는 자리의 엄중함을 내게 합창해주었고, 나도 이에 질세라
부지런히 화답했다. 나는 내가 다른 무엇이 아닌 '아이들의 엄마'
임을 매 순간 되뇌며 살아왔다. 육아의 초반부에, 내 뇌리에 맺힌
엄마상은 굳건하고 확실했다. 엄마로 살아가면서 그 상을 흔드는
일들이 안팎에서 끊임없이 발생했지만, 갖가지 방법을 동원해 이
제껏 지켜온 엄마상을 온전히 유지하는 데 혼신의 힘을 다했다.

　그런데 엄마 경력 10년이 넘어가자 그때껏 지켜온 엄마상을 유

지하는 게 불가능해졌다. 안으로부터 솟아오르는 균열이 너무 거대하고 폭발적이어서, 육아서를 본다든가 심리 상담을 받는다든가 하는 땜질식 처방으로는 더 이상 이전과 같은 삶을 유지할 수 없었다. 그래서 쓰기 시작했다. 내가 누구인지, 엄마라는 이름의 의미가 무엇인지, 엄마라는 이름을 어떻게 소화해야 하는지 스스로 정리하며 고찰하고 싶었다. 남들이 일러주고 강요하는 대로가 아닌, 나 자신이 돌아보고 체득하여 정립한 엄마상을 만들고 싶었다.

지나온 여정을 길게 기술하는 동안 '엄마'에 대한 이야기가 여성을 둘러싼 다른 담론들과 닮아 있다는 사실을 발견했다. 대표적인 예가 시집과 며느리 관계를 둘러싼 담론일 것이다. 우리나라에서 시집 식구들과 좋은 관계를 맺는 며느리가 얼마나 될까. 겉으로는 '어머님, 아버님' 하면서 좋은 표정과 관계를 유지하지만 안을 들여다보면 시집 구성원들과 며느리는 서로를 원망하고 비난하게 만드는 억압 관계로 복잡하게 얽혀 있다. 겉과 속이 다른 대표적인 관계라 할 수 있을 정도로. 나는 서로 호감을 가져 마땅한 관계가 이렇게 비틀어진 이유가 '강제성'에 있다고 생각한다. 외부 요인에 의해 강제된 관계에는 진정한 호감과 선의가 싹틀 수 없다. 결혼과 동시에 여자가 남편의 원가족에 편입되어 들어간다는 걸 전제로 한 우리나라의 시집 체계는 여자에게 육신과 영혼을 준 친부모보다 30여 년 동안 남으로 살아온 타인의 부모(시부모)를 더 중요하게 '섬기기'를 강요한다. 이제 여자는 친부모를 떠나 시부모의 자식이 된 셈이니 시부모를 최우선으로 여겨야 한다는 논리다. 여자는 대부분의 경우에서 시부모를 최우선으로 고려해야 하며, 자신과 가치관이 전혀 맞지 않더라도 시집의 지침과 가풍을 따라야 한다. 사정이 이렇다 보니 마음속으로는 싫으면서도 겉으로는 좋은 척 웃으며 '네, 어머님. 네, 아버님'이라고 말하는 게 습관이 되고, 이로 인해 시집과 며느리의 관계는 하나의 거대한 연극으로 고착화된다. 이런 체계에서는 아무리 인간성이 좋은 사람이라도 시집 식구의 일원이 되는 순간 '강요하는 사람'이 되어 내면에서 우러나오는 선의를 발휘할 수 없게 되고, 며느리도 진심으로 시집 식구를 대할 수 없게 된다. '가깝게 지내야 한다'는 강제 정언이 오히려 시집과 며느리의 관계를 망치는 것이다.

엄마와 아이들의 관계도 이와 닮은꼴이다. 엄마가 되는 순간 여성은 갑자기 자식과 관련된 것 외에는 아무런 감정도, 생각도, 역사도 갖지 않은 생명체로 변신하라는 주문을 받는다. 사회는 엄마가 된 여성들에게 인간이면 갖기 마련인 분노, 회한, 슬픔, 후회, 욕망 등을 모조리 제거하고 오직 자식을 위해 희생하려는 마음, 어떤 일이 있어도 무조건 자식을 사랑하고 용서하는 마음, 자식을 위해 어떤 역경도 이겨내고 당차게 살겠다는 마음만을 가지라고 명령한다. 사회에서 능력을 인정받고 싶다거나, 일로 맺게 되는 다양한 인간관계를 유지하고 싶다거나, 더 많이 공부해서 자신에 대해 심도 있게 알아가고 싶다는 마음을 가지는 것은 금물이다. 엄마가 되기 직전까지 30여 년 동안 해왔던 습속들은 일순간에 모두 이기적인 성품의 발로로 분류되어 금지된다. 틈틈이 다른 일을 엿보고 시도해보는 것은 일정 부분 허락되나, 아이 엄마로서 해야 할 도리는 어떤 일이 있어도 반드시, 하루도 빠지지 않고 절대적으로 해내야 한다. 그런 도리에 방해되는 일들은 그게 무엇이든 가차 없이 그만두어야 한다.

엄마로서 해야 할 도리에는 끊임없이 몸을 움직여 아이의 몸과 아이가 머무르는 집 안 환경을 건강한 상태로 유지시켜야 하는 '육체적인 도리'와 아이가 자존감에 치명적인 손상을 입어 성인이 된 이후에도 영원히 잊을 수 없는 상처를 받지 않도록 아이의 마음에 스물네 시간 초집중해야 하는 '정신적인 도리'가 있다. 이 양대 도리는 전적으로 엄마에게만 해당되는 것으로, 여성은 태어날 때부터 이 도리를 행할 인자를 유전자에 품고 있다고 여겨진다. 이것은 남자에게는 없는 인자이므로, 아이를 같이 만들었던 또 한쪽 당사자인 남자는 이로부터 자유롭다. 물론 가끔 엄마의 도리를 수행하는 여자를 '도와주고 지원해주는' 역할을 하는 편이 좋다고 권장되기는 하나, 근본적인 차원에서는 태생적으로 자유롭다.

엄마가 된 초창기에는 육체적인 도리가 큰 비중을 차지한다. 아이가 걸음마를 떼고 말을 할 수 있게 되면서부터는, 정신적인 도리가 엄마의 영혼을 짓누른다. 아이의 성장과 함께 정신적인 도리는 점점 더 면적을 늘려가며, 그에 따라 죄책감의 무게도 커진다. 아이의 말투, 생각, 표정, 행복 등은 모두 엄마가 행한 정신적인 도리의 결과이다. 정신적인 도리의 핵심은 '희생'이다. 엄마의 말과 생각과 행위는 모두 아이를 중심으로 행해져야 한다. 자신의 감정보다는 아이의 감정을 우선순위에 두고 생각해야 하며, 미래를 설계할 때도 자신의 미래보다는 아이의 미래를 우선순위에 두어야 한다. 자신이 원래 했던 일을 이어가려면 시간과 노력을 계속 들여야 하는데, 이는 엄마의 육체적·정신적 도리를 제대로 행하는 것과 정면으로 배치되는 행위다. 결국 여자는 둘 중 하나를 택하며 울상을 짓게 된다. 일을 계속하는 쪽을 택해 스물네 시간 죄책감에 시달리거나, 일을 그만두는 쪽을 택해 자기 자신을 잃어가며 깊은 우울증에 빠져든다. 사회는 전자를 택한 여성에게 '나쁜 엄마'라는 전방위적 암시를, 후자를 택한 여성에게 '맘충' 혹은 '뻔뻔한 아줌마'라는 타이틀을 선사한다. 모성애에 대한 찬가는 오직 내 어머니, 내 아내를 향해서만 불리며, 다른 사람의 어머니나 아내가 하는 행동은 몰상식하고 뻔뻔한 '김여사'의 행태로 매도당한다. 어느 쪽을 택해도 여성은 멀쩡한 인간으로 대접받지 못한다.

여러 분야에서 교묘한 방식으로 강요되는 '희생'의 최고봉은 아이가 성인이 될 때 일어난다. 이때껏 나 자신보다 더 중요하게 여기며 모든 걸 희생해 키웠던 아이가 성인이 되면, 엄마는 아이에게 어떤 보상 심리도 갖지 말고 쿨하게 퇴장하라는 명령을 받는다. 그동안 자신의 인생보다 더 중하게 여기며 키웠던 것은 여성으로서 타고난 모성애에 의한 것이지, 어떤 대가를 바라고 한 것이 아니기 때문에 자식 키운 공을 인정받으려 하거나 어떠한 보답을 기대해서는 안 된다는 것이다. 인간으로서 자연스럽게 갖게 되는 감정과 욕망, 희망을 열렬히 희생해 만들어낸 대상에게서 어느 한순간 완전히 물러서야 한다니. 이제부터는 가까이 가려 들면 '집착'이고 '미련'이고 '보상 심리'라니. 이보다 더 가학적인 이데올로기가 세상에 또 있을까.

복잡한 역사를 지닌 이 모성 신화의 여정에서 가장 피해를 보는 건 엄마와 아이의 '관계'다. 워킹맘과 전업주부라는 두 갈래 길 중 어떤 쪽을 택하더라도 '좋은 엄마'여야 한다는 강박관념에서 자유로울 수 없는 엄마는, 자신의 실제 감정과 상관없이 언제나 천사처럼 웃는 얼굴을 하려 노력하게 되고, 아이는 그런 엄마의 가식을 본능적으로 체득한 뒤 똑같이 반응하게 된다. 엄마는 '좋은 엄마' 연기를, 아이는 '착한 아이' 연기를 하게 되는 것이다. 이 과정에서 솔직함, 인간 대 인간으로서의 대면, 사실대로 털어놓고 서로의 어깨에 기대기, 서로 도와주며 마음 깊은 곳에서부터 유대감 형성하기 등 인간만이 할 수 있는 깊은 관계를 맺을 가능성이 점차 사라진다. 솔직한 마음보다 자신에게 강요되어 있는 역할을 연기하는 데 중점을 두는 엄마를, 아이는 그대로 따라간다. 거짓에 거짓으로 답하는 것이다. 엄마가 아이를 과도한 사교육으로 내몰아 좋은 성적을 내는 것으로 자신의 능력을 증명하려 하고, 아이가 엄마의 기대에 맞추기 위해 억지로 공부를 하며 마음속 깊숙이 어른들에 대한 거부감을 쌓아가다 사춘기라는 시기를 만나 한순간 폭발해버리는 것은 '강제된 엄마-아이 관계'가 낳는 예정된 비극이다.

이 과정에서 아이가 탈선해 문제를 일으키거나 정신적으로 병이 들어도 사회는 이전과 조금도 다를 바 없는 처방을 내린다. ①부모(라고 말하지만 실제로는 엄마를 호명하는 경우가 대부분이다)가 아이를 잘 못 키운 탓이라고 책망하기 ②아이의 내면에 상처를 준 부모와 그 아이에게 심리 치료 기관을 방문해 치료받으라고 권하기. 이 전형적인 처방에는 왜 부모(실은 엄마)와 아이의 관계가 이렇게 됐는지 근본적인 원인을 탐구하려는 의지가 전혀 들어 있지 않다. 근본 원인을 따라가면 모성을 강제하는 사회 전체의 판을 흔들게 되는 결과가 나오게 되므로. 모든 처방은 모성을 여성의 타고난 본성으로 규정하고 강제하는 사회 체제를 긍정하는 한계 안에서만 이루어진다.

사회적인 차원에서 대대적으로 강제되고 집행된다는 면에서 시집-며느리 관계와 엄마-아이 관계는 쌍생아처럼 닮아 있다. 여기에 부부 관계도 역할로 나뉘어 강제된다는 측면(돈 벌어오는 가장과 내조하는 아내)을 생각해보면, 어쩌면 여성과 관계된 인간관계의 영역은 모두 '강제'라는 틀 안에서 규정되어 있는 게 아닌가 하는 생각이 든다. 핵심은 이런 틀이 관계들을 강화시키기는커녕 망쳐놓는다는 데 있다. 그 틀에 갇혀 살아가면서, 우리는 가장 소중히 여겨야 할 사람들과의 관계를 망치게 된다. 때로는 다시는 가닿을 수 없는 상태까지 치닫기도 한다.

강제된 관계는 박제된 관계를 낳는다. 사회는 수만 가지 감정과 생각을 갖고 있는 한 사람을 특정한 역할에만 한정시켜 규정함으로써 그 사람이 타인과는 물론이고 자기 자신과도 제대로 소통하지 못하도록 만든다. 과도한 회사 일에 시달리다가 은퇴해보니 가족들에게서 완전히 소외된 자신을 발견하게 되는 중년 남성이나 아이를 다 키워놓고 보니 더 이상 자신이 설 자리가 없어서 허탈해하는 중년 여성은 모두 이런 강제된 관계가 낳은 산물이다.

결국 내가 이 여정의 끝에서 발견한 그림은 '연극하는 엄마와 연극하는 아이'의 모습이었다. 사회 곳곳에서 울려 퍼지는 모성 신화에 의해 오늘도 수많은 엄마들이 자신의 본모습과는 거리가 먼 역할을 연기하고, 아이는 착한 아이를 연기한다. 지난 14년 동안 내가 열렬하게 해온 연극이기도 하다. 아무리 육아서를 읽어도, 심리 상담을 받아도, 명상이나 참선을 통해 나 자신을 절제하는 법을 배우려 해도 늘 '욱하는 나'가 튀어나오고야 말았던 이유가 바로 이 '연극'에 있었다. 관계가 거짓으로 이루어져 있는데 어떻게 땜질식 처방으로 바로잡을 수 있겠는가.

정말 좋은 엄마가 되려면 '좋은 엄마'가 되려는 마음을 내려놓아야 한다. 세상에 '좋은 엄마'는 없다. 30여 년 동안 엄마가 아닌 상태로 살아오고, 그에 따라 자기 고유의 성향과 습속과 역사가 형성돼 있고, 행복과 성과와 명예를 추구하고 싶은 한 인간이 자신의 여러 역할 중 하나로 '엄마'를 받아들인 상태가 있을 뿐이다. 엄마가 아이와 맺는 관계는 엄마가 다른 많은 사람들과 맺는 관계의 일부분이다. 다른 관계보다 더 가깝고 영향력이 클 뿐이다. 엄마가 자신을 둘러싼 우주와 연계를 끊어버리고 오직 엄마로만 기능하려고 하면, 아이와 우주의 관계도 끊어진다. 성장이란 아이가 주위 어른이 우주와 관계를 맺는 모습을 보면서 이를 모방하고 변형시키며 마침내 자신만의 방법을 개발해나가는 과정이다. 아이와 가장 가까운 어른인 엄마(경우에 따라 아빠나 할머니, 할아버지 혹은 혈연관계가 없는 다른 어른일 수도 있겠지만 이 글에서는 엄마라고 가정하기로 한다)가 자신이 맺어왔던 우주를 모두 부정하고 오로지 아이만을 우주로 설정하려 들면 아이의 우주는 좁아지고 혼란스러워진다. 그러므로 좋은 엄마가 되려면, 그냥 나 자신이 좋은 사람이 되면 된다. 내가 좋은 인생을 살면 된다. 내가 하고 싶은 걸 하고, 내 감정에 충실하고, 다른 이들과 의미 있는 관계를 맺으면 된다. '엄마'가 나의 수많은 정체성 중 하나일 뿐, 나의 정체성 그 자체가 되지 않도록 하면 된다.

그러나 현실에서 이를 실천하는 것은 쉽지 않다. 사회 각계각층의 사람들이, 육아서가, 대중매체가, 학교가, 강연들이 엄마를 온전히 '엄마'로서만 살게 하려고 혈안이 돼 있는 가운데 나 홀로 종합적인 인간으로서 품격을 유지하고 살기란 여간 어렵지가 않다. 그래도 해야 한다. 사회가 설정한 모성의 허상에 말려들지 않도록, 아이와 나의 관계를 거대한 연극으로 만들지 않도록, 아이가 성인이 되어 사회가 내게 떨어져나가라고 강요하는 순간 피해 의식에 시달리며 주위 사람 모두를 원망하지 않도록, 자신의 존재가 '엄마'로만 자리매김되지 않도록 필사적으로 노력해야 한다. 우리가 속한 체제가 자기가 원하는 것만 쪽쪽 빨아먹고 쓸모없어지면 툭 내뱉은 뒤 '모든 건 노오력하지 않은 네 개인의 탓'이라며 비하하고 책망하는 체제이므로(이는 남자에게도 잔인할 정도로 똑같이 행해지는 메커니즘이다) 일찌감치 그 속성을 알아채고 스스로 살길을 찾아 나서야 한다.

그래서 '그렇게 말하고 있는 너는 네 길을 찾았느냐?'라고 묻는다면, 아쉽게도 그렇지 않다고 말씀드려야겠다. 나는 이제 막 길을 찾아 나서는 여정에 올랐을 뿐 구체적인 방법도, 확신도, 해낼 수 있다는 자신감도 충분히 갖고 있지 않다. 다만 내가 서 있는 자리가 어디인지, 내가 딛고 선 땅의 지형을 파악했다고는 말할 수 있을 것 같다. 14년 만에 겨우 내가 어디에 서 있는지를 발견했다니, 너무 늦은 게 아닌가? 너무 멍청하게 살아온 것이 아닌가? 그런 생각이 들기도 하지만, 그래도 나는 어렵게 헤맨 끝에 당도한 이 지점이 좋다. 어차피 인생에는 정답이 없는 법 아니던가.

결국 내가 발견한 구체적인 지침은 이것 하나다. '아이들에게 과잉 친절하지 말자.' 14년 동안 엄마로 살아오면서 아이들과 말할 때면 자동으로 환한 표정과 고음의 목소리, 말끝을 올리며 친절형 종결어미를 붙이는 버릇이 생겼다. 그런데 이런 버릇은 일정한 기간이 지나면 반드시 아이에게 소리를 지르며 '상처를 입히는 말'을 난사하는 버릇과 늘 함께 갔다. 이제 이런 악순환을 끝내려 한다. 대신 이런 걸 하려 한다. 다른 어른들 대하듯 평이한 말투로 대화하기, 기분이 나쁠 때 괜찮은 척하지 않고 엄마가 기분이 안 좋다고 말해주기, 아이가 궁금해하는 건 웬만하면 다 솔직하게 얘기해주기(엄마·아빠가 얼마를 버는지, 우리가 살고 있는 집의 월세가 얼마인지, 관리비로 얼마를 내는지), 아이에게 기분 나쁜 점이 있으면 이런 점 때문에 엄마가 기분 나빴다고 말하기, 나 혼자 밥하고 설거지하고 빨래 개면 부당하다는 생각이 드니 너희들도 같이하면 좋겠다고 솔직하게 요청하기…. 한마디로 아이를 '아이'로 대하지 않기 정도가 되겠다. 물론 나이라는 특수 상황을 고려해야 하겠지만, 아이가 인지 범위 내에서 허용할 수 있는 한 다른 어른들을 대하는 것처럼 대해주려 한다. 열네 살인 큰아이는 상당 부분 가능할 것 같고, 열 살인 작은아이는 큰아이만큼은 아니겠지만 그래도 적지 않은 부분에서 가능할 것 같다. 이렇게, 연극 같았던 관계를 변형해나갈 것이다. 그 과정을 걷다 보면 아이와 맞물려 있던 다른 관계들도 조금씩 변하지 않을까?

물론 잡음과 소음과 여러 방해 요소가 있을 것이다. 눈물 바람도 있겠고, 내가 가려는 방향과는 너무나 다른 방향을 가리키는 거대한 사회 체계에 부딪혀 좌절하기도 하리라. 그래도 나는 안다. 내가 예전처럼 살 수 없다는 것을. 한번 '앎'이 일어나면, 이전의 상태로는 절대 돌아가지 못한다. 또한 나는 알고 있다. 변화는 한 번에 모든 것을 뒤집는 혁명에 의해서가 아니라 조금씩 조금씩 변모해가는 일상의 순간들에서 온다는 것을. 오십 보와 백 보는 결코 같지 않으며 오십 보보다 백 보가 더 낫다는 것을. 내가 나를 '하룻밤의 변신'을 이룰 수 있는 비현실적인 인물로 상정하지 않고, 고난을 예상하고 거북이처럼 천천히, 하지만 끈기 있게 나아가는 인물로 상정해야 계란으로 바위를 쳐 깨뜨릴 수 있다는 것을.

엄마가 내 친구가 된 이유

엄마가 올라오셨다. 서울에 일을 보러 오셨는데, 집에 두고 온 화분들에 물 줘야 한다면서 그냥 내려가시겠다는 것을 억지로 붙잡아 우리 집에서 하룻밤 주무시고 가게 했다. 아침을 먹고 치운 뒤, 엄마와 거실에서 차를 마셨다. 아이들이 학교에 가고 한산해진 집에 앉아 엄마와 차를 마시고 있으니 그렇게 한가하고 평화로울 수가 없었다. 깊은 겨울, 거실 창밖으로 눈 쌓인 놀이터와 곱게 내려앉은 눈을 이고 선 소나무가 아침 햇살을 받아 반짝이는 모습이 보였고, 엄마와 나는 만날 때면 으레 주고받는 '아무 의미 없는 말'을 나누었다.

"그러면 뭐 하냐, 집도 없는데."

내가 그간의 좋은 일(별거 아니지만 엄마한테는 과장해서 자랑하고 싶은)들을 실컷 늘어놓자 엄마가 이렇게 응수해왔다. 엄마에게 나는 늘 한 가지 정체성, '집 없는 딸'이다. 나는 몇 년째 전세로 살다가 최근에 집주인이 그동안 오른 전세 차액분을 월세로 받고 싶다고 해서 매달 월세를 내는 반전세 세입자로 변신했는데, 엄마는 이것을 몹시 걱정스럽고 못마땅하게 여겨 얼굴을 볼 때마다 내게 '빨리 집부터 사라'는 말을 무슨 기도문처럼 반복한다. 그리고 부동산과는 아무런 관련이 없는 화제에도 끄트머리에는 반드시 '그러면 뭐 하냐, 넌 집도 없는데!'라는 말을 주문처럼 덧붙인다. 1940년대에 태어나 대한민국이 경제적으로 파이를 늘려나가는 과정을 죽지켜본 엄마에게는 '집'이란 사놓기만 하면 결국 몇 배로 오르기마련인 보물단지 같은 것이라, 굳이 빚까지 내가면서 집을 살 필요가 없다고 생각하는 딸이 이해가 가지 않는 것이다.

"엄마, 엄마는 엄마가 된 걸 후회한 적 없어?"

나는 '집도 없는 딸' 타령을 끊고 화제를 돌린다.

"왜 없어. 많았지."

내 말이 채 끝나기도 전에 단호한 대답이 날아온다. 나는 거실 바닥에 무릎을 그러모으고 앉아 소파에 앉은 엄마를 올려다본다. 최근 들어 여기저기 '엄마가 된 것을 후회한 적이 없느냐'고 물어보고 다녔지만, 이렇게 단호한 대답을 내놓은 사람은 한 명도 없었다.

"정말? 언제?"

눈을 동그랗게 뜬 내가 묻는다.

"언제긴 언제야. 항상 후회했지. 어이구, 야, 너희 키우면서 얼마나 힘들었는지 아냐. 선생 하랴, 너희 밥해 먹이랴…. 다시 돌아가라면 아우, 난 생각만 해도 끔찍하다."

엄마는 초등학교 교사였다. 덕분에 나는 초등학교를 남들보다 1년 일찍 들어갔다. 원래 보모에게 언니와 나를 돌보게 했는데, 그분이 결혼을 하게 되어 아이를 맡아줄 사람이 없어진 엄마가 나를 동료 선생님 반에 앉혀놓은 뒤 깜빡 잊어버리는 바람에 정식으로 입학하지 않고 그대로 학교를 다니게 되었다. 학교에서 아이들 가르치랴, 집에 뛰어와 새끼들 밥해 먹이랴, 당시 힘들었던 엄마의 일상을 자라면서 정기적으로 울려 퍼지는 노래처럼 들었는데, 그 의미가 제대로 와서 박히는 건 오늘이 처음이다. 아, 엄마가 힘들었겠구나. 유치원이나 보육 시설이 흔하지 않던 시절, 애 봐줄 사람 없이 직장에 나가고 어린 자식들을 건사하는 삶이 얼마나 힘들었을까.

"정말? 이렇게 착하고 예쁜 딸이 있는데? 그런데도 그런 생각이 들어?"

"착하긴 뭐가 착해. 집도 없는데."

다시 집 타령.

"엄마, 그럼 엄만 다시 태어난다면 애 안 낳을 거야?"

"당연하지. 난 절대 안 낳을 거야."

결연한 표정으로 말하는 엄마. 멍한 표정으로 엄마를 올려다보고 있던 내 입이 옆으로 벌어지고, 다정한 말들이 샘솟는다.

"에이, 그래도 엄마, 딸이 이렇게 잘 자랐잖아. 친구처럼 같이 얘기도 하고."

"야, 시끄럽다. 넌 그 이상한 거 물어보는 것 좀 그만해라. 쓸데없이."

퉁명스럽게 말을 잘라버리는 엄마. 나는 빙그레 웃으며 엄마의 얼굴을 쳐다본다. 주름에 휩싸이고 검게 그을린 엄마의 얼굴. 고향에 내려가 집을 짓고 텃밭을 가꾸게 된 뒤로 여지없이 농부의 얼굴과 손을 갖게 된 엄마의 외양. 기억이 어린 시절로 재빨리 거슬러 올라간다. 내가 기억하는 최초의 모습은 엄마가 30대일 때다. 그때의 엄마는 예뻤고, 포근했고, 좋은 냄새가 났다. 나도 빨리 커서 엄마처럼 예쁜 옷을 입고, 엄마처럼 빨간 립스틱도 바르고, 엄마처럼 '마음대로' 하고 싶었다. 그런데 이제 내가 엄마가 되어 엄마처럼 예쁜 옷을 입고 빨간 립스틱도 바르고 마음대로 할 수 있게 되고 보니 '아, 우리 엄마가 내가 생각했던 그런 사람이 아니었구나' 싶어진다. 예뻤던 엄마는 이제 칠순을 바라보는 농부 할머니가 되었고, 내 아이들에게 마음대로 사는 것처럼 보이게 된 나는 이제 내 엄마가 그때 마음대로 살지 못했다는 사실을 비로소 알게 된다. 엄마의 30대를 이제야 있는 그대로 들여다보게 된다.

"엄마, 얘기해봐. 언제 엄마가 된 걸 가장 후회했어?"

나는 집요하게 물고 늘어진다. 엄마와 이런 얘기를 나누는 이 시간이 좋다. 엄마에게 엄마됨에 대한 그간의 소회를 묻고, 엄마가 엄마가 된 것을 후회한다는 말을 듣는 이 시간이 너무 좋다. 예전 같았으면 어쩜 매정하게 자식한테 엄마가 된 것을 후회한다는 말을 아무렇지도 않게 하느냐고 서운해하며 여기저기 흉보고 다녔을 엄마의 '모진 말'이 지금은 그렇게 좋을 수가 없다.

"아우, 몰라. 시끄러워."

엄마가 마시던 커피 잔을 받침에 내려놓으며 창밖으로 눈길을 돌린다.

"그러지 말고 얘기해봐. 엄마는 나 키우면서 더 후회했어, 언니 키우면서 더 후회했어?"

엄마를 향해 따발총처럼 질문을 퍼붓는다. 엄마는 집도 없는 애가 왜 이렇게 쓸데없는 말을 하느냐고 동문서답을 하다가 내가 퍼붓는 질문 공세에 휘말려 가끔 답을 내놓기도 하며 홀짝홀짝 커피를 마신다.

"엄마는 항상 언니를 더 예뻐했으니까 후회하는 것도 주로 나 키울 때였겠지? 화 안 낼 테니까 솔직히 말해봐."

우리의 대화는 그동안 백 번도 더 입에 올렸던 주제인 '작은딸보다 큰딸을 더 예뻐했던 편애 대마왕 엄마'로 옮아간다. 내가 즐겨 입에 올리는 이 주제에 이르자 엄마가 소파에 드러누우며 눈을 감는다.

"쓸데없는 얘기 고만하고 이불이나 좀 가져와라. 이따 고속버스 타고 가려면 지금 한잠 자둬야 해."

나는 소파 위에 누운 엄마에게 이불을 덮어준 뒤 머리맡에 앉아 엄마의 얼굴을 내려다본다. 눈을 감고 곤하게 잠든 엄마. 어쩌면 내 아이의 잠든 모습과도 닮아 보이는 엄마의 얼굴이 평화롭기 그지없다. 그 순간 나는 엄마와 내가 정말 친구 같은 사이가 되었음을 깨닫는다. 엄마한테 받은 상처 때문에 내가 자존감 낮고 열등감 강한 인간이 되었다고 여기저기 투덜거리고 다닐 만큼 무섭고 매정한 엄마였는데, 어느새 엄마가 내 오랜 친구처럼 되어 있다.

"그래도 나랑 언니가 있어서 좋지? 엄마 마음 다 알아."

중얼거리며 나는 눈을 덮은 엄마의 앞머리를 뒤쪽으로 넘겨준다. 반백이 된 엄마의 머리를 보면서 세월을 실감하는데, 엄마와 나 사이에 들어선 우정 비슷한 감정의 출처가 어디인지 깨달음이 슬며시 파고든다. 그렇구나. 너무 단순해서 누구나 알아볼 수 있는 명징한 인과관계였는데도 이때까지 그걸 보지 못했다는 사실이 새삼 놀랍다. 그리고 나는 알게 된다. 이 순간이 그동안 내가 주저리주저리 이어온 이 이야기의 대단원이 될 것임을. 내 엄마가 내게 엄마됨을 후회한다는 인간적인 감정을 그대로 쏟아내는 그 순간에 내가 감동하고, 비로소 엄마와 친구가 되었다고 느끼고, 그것으로 결론을 어떻게 내려야 할지 몰라 미루어왔던 이 긴 이야기의 결말을 발견하게 되는 것임. 그 대단원은 너무나 간단하다. 엄마가 내 친구가 된 이유. 그것은 엄마가 더 이상 '엄마'가 아니기 때문이라는 것. 엄마가 엄마됨의 수많은 의무에서 내려왔기 때문에 이제 나와 마주 앉아 자신의 진짜 마음을 토로할 수 있게 되었다는 것. 그러니 이제 나는 어디 가서 엄마한테 억압을 받았다느니, 트라우마가 있다느니 하는 멍청한 소리를 하고 다니지 말아야 한다는 것.

그르릉 소리를 내기 시작한 엄마를 위해 커튼을 친다. 투명한 겨울 햇살이 하얀 커튼 새로 쏟아져 내려오고, 나는 숨소리를 내는 엄마 옆에 앉아 엄마의 젊은 날을 생각한다. 엄마가 엄마였고 내가 아이였던 때, 엄마가 너무나 예쁘고 너무나 강력하고 너무나 자기 마음대로 모든 걸 결정하는 것처럼 보였던 그때를. 그리고 상상한다. 30년 뒤의 내 모습. 일흔넷의 내가 소파에 누워서 자고, 그 곁에 앉아 나를 내려다보는 아들의 모습. 고단했을 엄마의 삶을 반추하며 같은 인간으로서 엄마를 연민하는 마흔네 살 먹은 내 아들의 모습을.

《엄마의 독서》와 함께한 책들

- 《새로 쓰는 성 이야기》, 또하나의문화 편집부 저, 또하나의문화, 1991.
- 《새로 쓰는 사랑 이야기》, 또하나의문화 편집부 저, 또하나의문화, 1991.
- 《새로 쓰는 결혼 이야기》, 또하나의문화 편집부 저, 또하나의문화, 1996.
- 《역사 속의 매춘부들》, 니키 로버츠 저, 김지혜 역, 책세상, 2004.
- 《82년생 김지영》, 조남주 저, 민음사, 2016.
- 《간절히 @ 두려움 없이》, 전여옥 저, 푸른숲, 1999.
- 《여성이여, 테러리스트가 돼라》, 전여옥 저, 푸른숲, 1995.
- 《엄마의 말뚝 2》, 박완서 저, 문학사상사, 1981.
- 《탈식민지 시대 지식인의 글 읽기와 삶 읽기 2》, 조한혜정 저, 또하나의문화, 1994.
- 《이갈리아의 딸들》, 게르드 브란튼베르그 저, 히스테리아 역, 황금가지, 1996.
- 《여성의 신비》, 베티 프리단 저, 김행자 역, 평민사, 1996.
- 《글로리아 스타이넘》, 캐롤린 하일브런 저, 윤길순 역, 해냄, 2004.
- 《남과 여》, 엘리자베트 바댕테르 저, 최석 역, 문학동네, 2002.
- 《사랑은 지독한, 그러나 너무나 정상적인 혼란》, 울리히 벡·엘리자베트 벡 게른스하임 저, 강수영·권기돈·배은경 역, 새물결, 1999.
- 《벚꽃 지는 계절에 그대를 그리워하네》, 우타노 쇼고 저, 김성기 역, 한스미디어, 2005.
- 《화차》, 미야베 미유키 저, 박영난 역, 시아출판사, 2000.
- 《백야행》, 히가시노 게이고 저, 정태원 역, 태동출판사, 2000.
- 《어린이와 그림책》, 마쓰이 다다시 저, 이상금 역, 샘터사, 1990.
- 《엄마 학교》, 서형숙 저, 큰솔, 2006.
- 《엄마 수업》, 법륜 저, 휴, 2011.
- 《지랄발랄 하은맘의 불량육아》, 김선미 저, 무한, 2012.
- 《심리학이 어린 시절을 말하다》, 우르술라 누버 저, 김하락 역, 랜덤하우스코리아, 2010.

- 《상처받은 내면아이 치유》, 존 브래드쇼 저, 오제은 역, 학지사, 2004.
- 《행복한 엄마가 행복한 아이를 만든다》, 슈테파니 슈나이더 저, 이승은 역, 랜덤하우스 코리아, 2006.
- 《나는 아이보다 나를 더 사랑한다》, 신의진 저, 걷는나무, 2009.
- 《아빠의 이동》, 제러미 스미스 저, 이광일 역, 들녘, 2012.
- 《나쁜 아빠》, 로스 D. 파크·아민 A. 브롯 저, 박형신·이진희 역, 이학사, 2010.
- 《부모로 산다는 것》, 제니퍼 시니어 저, 이경식 역, 알에이치코리아, 2014.
- 《아이들은 어떻게 배우는가》, 존 홀트 저, 해성·공양희 역, 아침이슬, 2007.
- 《아깝다 학원비!》, 사교육걱정없는세상 저, 비아북, 2010.
- 《우리 친구 하자》, 앤서니 브라운 저, 허빈영 역, 현북스, 2011.
- 《고미숙의 몸과 인문학》, 고미숙 저, 북드라망, 2013.
- 《개성의 탄생》, 주디스 리치 해리스 저, 곽미경 역, 동녘사이언스, 2007.
- 《부모의 자존감》, 댄 뉴하스 저, 안진희 역, 양철북, 2013.
- 《아이들은 어떻게 권력을 잡았나》, 다비드 에버하르드 저, 권루시안 역, 진선북스, 2016.
- 《실컷 논 아이가 행복한 어른이 된다》, 김태형 저, 갈매나무, 2016.
- 《누구에게나 어린 시절의 상처가 있다》, 김태형 저, 21세기북스, 2013.
- 《엄마됨을 후회함》, 오나 도나스 저, 송소민 역, 반니, 2016.
- 《팬티 바르게 개는 법》, 미나미노 다다하루 저, 안윤선 역, 공명, 2014.
- 《아동의 탄생》, 필립 아리에스 저, 문지영 역, 새물결, 2003.
- 《흙수저 연금술》, 전여옥 저, 독서광, 2016.
- 《오만과 무능》, 전여옥 저, 독서광, 2016.

"엄마는 꽤 괜찮은 엄마였던 것 같아." 얼마 전 딸아이가 한 말이다. 간섭하지 않고 자유롭게 놔두어 좋았다는 것이다. 그렇지만 수능 시험 이후 몇 년 동안은 억지로라도 공부 좀 시키지 그랬냐고 나를 원망했었다. 게다가 일하는 엄마 때문에 외롭고 힘들다고 할 때는 언제고 요즘은 엄마가 롤모델이란다. 참 이랬다 저랬다 한다. 아이도 사람인데 엄마가 좋을 때도 있고 미울 때도 있을 것이고, 그때는 힘들었지만 그럴 수밖에 없었구나 하는 순간도 있을 것이다.

좋은 엄마가 되고자 애쓰는 엄마들에게 이 말을 꼭 해주고 싶다. 아이는 '좋은 엄마'를 원하는 게 아니고 그냥 '엄마'를 원할 뿐이다.

작가에게는 손등을 도닥이며 말해주고 싶다. 엄마로 성장하느라 너무 애썼다고, 기특하다고.

– 조선미(EBS 〈부모〉 멘토, 아주대병원 정신건강의학과 교수)

내가 원한 것이 이런 육아서다. 강의를 할 때마다 나는 엄마들에게, 이제는 자식 자랑하는 육아 성공담에 주눅 들지 말고, 엄마로서의 괴로움과 좌절감을 나누며 서로 위로받아야 한다고 주장했다. 성공적인 육아법을 찾지 말고, 육아를 통해 자신을 찾아가기를 권했다. 놀랍게도 이 책이 바로 그런 이야기를 하고 있다. 저자는 엄마로서의 경험을 숨김없이 드러내고 치열하게 성찰한다. 엄마들이 부끄러워 말하지 못했던 이야기를 거침없는 필력으로 발설한다. 다시 말하지만 엄마들은 이런 이야기를 서로 나누어야 하다. 미숙한 엄마 경험은 당신만 겪는 문제가 아니며, 당신이 그렇게 한심하고 모자란 사람이어서도 아니라는 사실을 알아야 하기 때문이다.

육아일기와 독서일기가 한 권의 책에 녹아 있다는 건 더 놀랍다. 저자는 엄마가 되어 경험하는 부조리와 고통을 이해하고 해결하기 위해 육아서와 여성학, 철학과 역사서, 동화책 등을 가리지 않고 탐독했다. 그러니까 이 책은 작가 엄마의 진실한 육아 경험서이면서 깊이 있는 독서일기이다. 이 책을 읽으면 꿩을 잡아먹고 심지어 알까지 먹을 수 있는 것이다.

육아와 독서를 함께하는 지난한 과정을 통해 저자는 이른바 '득도의 경지'에 오르는데, 깨달음의 내용이 또한 멋지다. 그녀의 이야기를 따라가면서 당신도 그 경지에 이르기를 바란다.

— 박미라(마음칼럼니스트, 《완벽하지 않아도 괜찮아》 저자)

'엄마됨'에 대한 개인적·사회적 고찰과, 좋은 책을 적절하게 발견하며 얻는 내밀한 기쁨과, 감정을 다스리고 자신과 화해하며 깨닫고 발전하는 하루하루, 그리고 그 모든 것이 합해진 결과물은… 너무 재미있다. 원고를 읽으며 나는 몇 번이나 중얼거렸다. "작가님, 왜 이렇게 웃기신 겁니까? 이렇게 진지하고 짠한 주제로 이렇게 사람 배꼽 잡게 하셔도 되는 겁니까?"

— 장강명(《한국이 싫어서》 작가)

엄마의 독서

© 정아은 2018

초판 1쇄 발행 2018년 1월 22일
초판 5쇄 발행 2022년 10월 5일

지은이 정아은
펴낸이 이상훈
편집인 김수영
본부장 정진항
문학팀 최해경 김다인 하상민
마케팅 김한성 조재성 박신영 김효진 김애린
사업지원 정혜진 엄세영

펴낸곳 (주)한겨레엔 www.hanibook.co.kr
등록 2006년 1월 4일 제313-2006-00003호
주소 서울시 마포구 창전로 70 (신수동) 화수목빌딩 5층
전화 02) 6383-1602~1603
팩스 02) 6383-1610
대표메일 munhak@hanien.co.kr

ISBN 979-11-6040-120-2 03810